Frank Abbond

EGO SUM MALEFICIUM

ISBN | **978-88-91186-82-9**

Opera letteraria riservata

**Ego Sum
Maleficium**

Progetto grafico e impaginazione:
Fata Arwen per la Graphic Designer

Realizzazione copertina:
Michael Muzzi da un'idea di Cristian Abbondati

Citazione

Quando i 1000 anni saranno trascorsi,
Satana sarà sciolto dalla sua prigione
e uscirà per sedurre le nazioni
che sono ai quattro angoli della terra,
Gog e Mogog, per radunarle alla battaglia;
il loro numero sarà come la sabbia del
mare.

Apocalisse di Giovanni (XX - VII)

Prologo

In questo mio lavoro voglio raccontare la forza di Satana, non come ho fatto nell'altro mio romanzo intitolato "Rock Witch - La strega del rock", in cui il protagonista maligno era un demone; in questa storia il protagonista è il demonio stesso. Ho anche inserito dei personaggi che si sono aggirati tra le pagine dell'altro racconto, questo per dare una continuità alle mie storie noir o horror, secondo i punti di vista. Con questa nuova avventura ho cercato di raccontare le vicissitudini di una famiglia colpita da una maledizione demoniaca che la vedrà combattere contro il demonio. Gli incubi sono l'evoluzione dei sogni, che si infilano nella nostra mente a loro uso e consumo; a volte sono solo riferimenti che prendono vita dalle quotidianità che ci circondano, e questi alla fin fine sono innocui. Ma, se vengono pilotati dal demonio, diventano deleteri, portando addirittura alla devastazione del malcapitato. In questo caso, il malcapitato non è solo un personaggio, ma un'intera famiglia che soccomberà al volere del serpente, il quale manipolerà la loro esistenza a suo piacimento, portandoli a subire pressioni che li danneranno.

È nell'aria che respiriamo un senso di disagio e di provvisorietà che si manifesta in ogni attività che l'uomo si cinge a compiere, sia materiale che spirituale e intellettuale. La vita di oggi è caratterizzata in questo senso, che è diffuso e avvertito in ogni cosa, e a tutti i livelli della nostra società. Questa società odierna dei consumi e dei rifiuti non crea più difese, non ci sono più gli scudi che ci possono riparare dalle frecce scagliate dagli arcieri del consumismo. Ne restiamo crivellati. Si fa tutto al momento, per poi essere gettato via dopo il consumo; un usa e getta della vita che si consuma in se stessa, in una deificazione esasperata e sterile. Tutto ciò alimenta solo negatività e cattiveria, che sono il fertilizzante che nutre i disegni del male, ingozzando l'atavica fame di anime del demonio.

L'età della terra è calcolata scientificamente intorno ai quattro miliardi di anni, ed è accertato pure che l'uomo viva su questo granello di sabbia che ruota nello spazio da milioni di anni. In questo lungo periodo civiltà si sono succedute a civiltà, percorrendo la lunga strada che ci ha portato a raggiungere le conquiste culturali e tecnologiche che il genio umano è riuscito a procurarci. Questa esasperata evoluzione di certo ha snellito e agevolato le attitudini dell'uomo, ma ha anche procurato l'inizio della distruzione che non tarderà ad arrivare. Sembro pessimista e catastrofico? No! Sono testimonianze scientifiche che lo affermano. Io ho solo valutato le loro previsioni e mi sono fatto questa concezione della fine del mondo. Tutto questo sarà opera del diavolo.

Frank Abbond

Capitolo 1

La corazzata americana Iron's Ship navigava a una velocità di quindici nodi. Il mare era calmissimo nell'Oceano Pacifico, e c'era una bonaccia surreale nell'arcipelago della Micronesia tra le isole Caroline a est e le Filippine a ovest. L'ammiraglio Kirk Hesley si era ritirato nella sua cabina, lasciando il comando della nave al capitano Bob Shelton e al guardiamarina Alex Burton. I due marinai, in plancia, seguivano con cura la rotta, chiacchierando tra loro.

«Questa calma mi mette i brividi... Pare di navigare nello spazio, la nave sembra ferma...» disse Bob, avendo un leggero tremito e rivolgendosi ad Alex, il quale gli rispose con uno smagliante sorriso.

«Beh, meglio così che sotto una tempesta. Questo tempo durerà per molte miglia, almeno secondo i bollettini meteo che dalla base ci stanno inviando. Così, se non altro, staremo tranquilli. Ti pare?»

«Sì, hai ragione. Questo è l'Oceano Pacifico ed è raro imbattersi in una tempesta, specialmente in questo periodo...»

Bob, guardando la bussola, disse: «Bene! Stiamo mantenendo la rotta Nord-Ovest senza seccature. Arriveremo domani sera nelle Filippine e attraccheremo nel porto di Davao, nell'isola di Mindanao, in perfetto orario».

Alex, correggendo leggermente la barra, rispose con aria soddisfatta: «Già, non vedo l'ora di scendere a terra! Voglio spassarmela come si deve... Poi, mi prenderò una bella sbornia».

Nella Fossa delle Marianne, alla profondità di 11.521 metri, una voragine enorme si stava aprendo. Voragine dalla quale si cominciò a intravedere un turbine violento, mentre in seguito si materializzarono degli schizzi infuocati a velocità pazzesca. Infine, un getto di lava rovente che sembrava assumere forme demoniache. Appariva come il diavolo che stava uscendo dall'inferno con al seguito i suoi demoni. In pochi minuti raggiunse la superficie, procurando un'onda d'urto che si trasformò in uno tsunami senza precedenti e alzando un'ondata alta sessanta metri, la quale si stava avviando alla velocità di cinquecento chilometri l'ora verso le isole Palau. Precisamente nella capitale Koror.

La corazzata si trovava proprio sulla rotta del demoniaco maroso. Improvvisamente la nave ebbe uno scossone che la fece ondeggiare. Il mare si stava increspando sempre più, un vento forte cominciò a soffiare. Questo allarmò non poco i componenti della plancia che, freneticamente, si adoperarono per tenere la nave in assetto.

Bob Shelton diede l'ordine di avvisare l'ammiraglio delle difficoltà che si stavano presentando. Uno dei marinai addetto alle comunicazione avvisò Kirk Hesley che era necessaria la sua presenza in plancia. Quando Hesley faticosamente la raggiunse, guardando il mare, si accorse che un'onda alta a occhio e croce una cinquantina di metri si stava dirigendo proprio sul fianco di dritta. Allora spalancò gli occhi e si fece il segno della croce. Naturalmente tutto l'equipaggio venne assalito dal panico e dalla paura: sapevano che niente poteva salvarli dall'investimento dell'enorme maroso. Infatti, con tutta la sua furia, l'onda investì la nave inghiottendola come un boccone succulento e proseguendo la sua forza verso la costa delle Palau.

Sulle spiagge di Koror i bagnanti si stavano godendo la bella e calda mattinata sdraiati al sole. Alcuni erano in mare, nuotando nelle acque cristalline, quando un forte vento spazzò via gli ombrelloni e i tetti dei bungalow, mentre un frastuono assordante invase l'isola e, dall'orizzonte, ad alta velocità, stava sopraggiungendo un muro d'acqua che assunse forme demoniache. Sembrava che il diavolo in persona stesse guidando l'enorme maroso: la cima appariva infuocata e fiamme fluttuanti assumevano l'aspetto di demoni che si stavano accanendo contro la spiaggia.

Quando lo tsunami raggiunse l'isola, la rase al suolo completamente, compresi gli indigeni e i turisti che la abitavano. Poi continuò la sua corsa, inghiottendo altre terre e infrangendosi sulle coste delle Filippine, dove anche lì fece dei danni, anche se ormai aveva quasi spento la sua furia. Fu un disastro che fece parlare a lungo i media, anche perché gli scienziati non si spiegavano quale fosse il motivo del disastro, visto che gli sismologi non avevano captato nessun movimento tellurico o telluridrico, e nella zona non era ancora il periodo dei cicloni.

Capitolo 2

Circa un anno dopo

«Dottor Medici, c'è al telefono il signor O'Neal da Londra, sulla due. Chiede di lei, dice che è urgente...» disse la segretaria di Enrico Medici, seduta dietro la sua scrivania e con in mano la cornetta dell'interfono.

Enrico, corrucciando la fronte, le rispose: «Bene! Digli che non sono in sede e cerca di liquidarlo senza dare spiegazioni. Facciamolo cuocere nel suo brodo, gli strapperemo un contratto con i fiocchi. Poi chiama Paolo e digli di occuparsi del contratto della... Niente, lui sa di che si tratta». Chiuse la comunicazione, si infilò la giacca e uscì dall'ufficio. Salì sulla sua Spider e si avviò verso casa.

Era un bel pomeriggio di fine settembre, l'aria era calda e lui si stava godendo il vento che lo accarezzava, scompigliandogli i capelli. Si sentiva felice per come le cose si stavano mettendo nel suo lavoro come consulente finanziario. I suoi affari, infatti, andavano nel migliore dei modi. Era stato nominato direttore della filiale di Roma, e questo lo rendeva particolarmente soddisfatto. Aveva trent'anni, era alto, bello e affascinante, con un carisma che incantava tutti quelli che lo frequentavano. Per gli amici sembrava un tipo emblematico. In certi momenti poteva sembrare un ragazzo compassato, severo, all'antica, specialmente nel suo lavoro; in altri moderno, al passo con i tempi, anzi, proiettato nel futuro.

Nei fine settimana, qualche anno prima, era facile vederlo bighellonare per le vie della città sulla sua Harley Davidson, in jeans, giubbotto e stivali. E spesso appariva in giacca e cravatta aggirarsi per musei e mostre d'arte. E benché come consulente finanziario fosse rigoroso e piuttosto inflessibile, era il primo a farsi avanti quando c'era da divertirsi. Essendo estroverso e goliardico, i suoi amici lo chiamavano "Il Rocker" per la sua indole scherzosa e la sua abilità di scorrazzare sfrecciando in sella alla sua moto.

Le uniche tristezze che si trascinava dietro erano la morte del padre e quella della madre, ossia le persone che amava più al mondo. Ma c'erano suo fratello e le tre sorelle che gli erano rimasti ancora nel cuore, annebbiando il dolore per la perdita dei genitori. Cinque fratelli molto uniti tra di loro che si volevano un bene dell'anima, e questo lo alleviava da tutte le preoccupazioni e dalle vicissitudini che la vita gli scaricava contro. Viveva in un villino ben costruito e ben arredato sull'Aventino.

Dopo la morte dei genitori, si era preso cura della sorella di quattordici anni che amava moltissimo e che viziava in modo esagerato, riempendola di regali e di attenzioni. Anche gli altri fratelli erano troppo indulgenti, così l'adolescente diventava sempre più capricciosa. Nonostante quel lato del suo carattere, in fondo era una ragazza assennata e appassionata di cinema: voleva lei stessa diventare regista. E per questo motivo, oltre agli studi obbligatori, frequentava il centro sperimentale di cinematografia dove era lodata per la sua passione e la competenza che dimostrava. I suoi generi preferiti erano il thriller e l'horror; lei stessa scriveva racconti di questo tipo, ma non intendeva pubblicarli perché voleva farne un film a episodi noir quando sarebbe stata pronta, dopo gli studi.

Quella sera, in televisione, davano un film horror. Un cult

nel suo genere che non voleva perdersi, così si armò di patatine fritte, hamburger e un fiume di Coca Cola per mettersi davanti al televisore e gustarsi il film.

All'interno della nefasta costruzione che ospitava la camera mortuaria del coroner, su un piano di marmo accuratamente preparato per il riconoscimento, giaceva il corpo inerte di una giovane ragazza di quattordici anni. Era morta in un modo orrendo quanto misterioso: in camera sua, mentre stava guardando in televisione un film horror. Il genere di pellicole di cui era appassionata e che vedeva di solito.

Sullo schermo era apparsa una creatura immonda, uno di quei mostri che esistono solo nell'immaginario dei registi, degli sceneggiatori o degli scrittori. Questo era veramente orrendo: sembrava un grosso lupo pieno di squame taglienti e con una bocca enorme, corredata da zanne sporgenti. Il mostro si stava fiondando su una ragazza che stava fuggendo in un bosco fitto di vegetazione. Quando l'inquadratura aveva fissato la bestia in primo piano nel suo slancio, quest'ultima era uscita dallo schermo del video, gettandosi su Eva. Con un'unghiata le aveva reciso la giugulare, da cui si era sprigionata una fontana di sangue, e con un morso le aveva strappato di netto il fianco destro. Poi era rientrato nel video, continuando la sua scena che si era conclusa con la sua cattura da parte di un gruppo di giovani, i quali avevano messo a punto una trappola per prendere la bestia immonda che aveva terrorizzato il villaggio. Ciò si poteva scorgere nel video, mentre dalla gola di Eva schizzavano fuori zampilli di sangue che si spargevano da tutte le parti.

Le auto della polizia circondavano la villetta. Enrico fermò la sua auto nel vialetto e corse fino a casa. Numerosi agenti avevano steso un nastro bianco e rosso intorno all'ingresso per delimitare il passaggio ai non addetti al servizio, inoltre impedivano il transito ai curiosi che si erano accalcati. Enrico non si accorse della delimitazione e ci camminò sopra, continuando ad avanzare. Gli occhi fissi sulla porta d'ingresso, senza vedere niente altro.

«Ehi! Lei non può entrare lì dentro» tuonò una voce. «Torni subito indietro...»

Uno degli agenti, era grande e grosso, allungò una mano prendendolo per un braccio. Lui si ritrasse e lo guardò fisso, esclamando con voce spezzata: «Ma è casa mia! Che cosa sta succedendo? Non capisco. Si tolga di torno, devo... Che significa tutto ciò?».

Si scrollò di dosso l'agente che, balbettando, gli rispose: «C'è stato un omicidio, stiamo effettuando dei rilievi...».

«Che sta dicendo? Quale omicidio? Oh, Dio... nooo! Lì dentro c'è mia sorella...» Poi, eludendo la pressione dell'uomo, si fiondò verso la porta e continuò a camminare, trovando un nuovo sbarramento. Un altro agente in uniforme gli mise un braccio davanti, impedendogli di entrare. «Non si può passare di qui, è la scena del delitto.»

Enrico lo spinse di lato per poter passare e dopo si rivolse a lui con gli occhi lucidi e con voce irritata: «Le ripeto che lì dentro c'è mia sorella... Voglio vederla, la prego...».

Il poliziotto fece tanto d'occhi e si guardò alle spalle, poi tornò a fissarlo. «Ho capito, lei è il signor Medici, giusto?» disse, alzandosi sulla schiena. Enrico fece un cenno con la testa. L'agente, sistemando la fondina della pistola, riprese: «Senta, aspetti qui che le chiamo il Commissario. È lui il responsabile, meglio che lei non entri».

Il giovane vide la pietà negli occhi dell'agente, ma non gli fu di nessun conforto. Lo precedette, irrompendo nella stanza di Eva. La camera era affollata di uomini della scientifica in tute bianche che si adoperavano per recuperare indizi utili. Qualcuno, forse un paio di loro, indossava tute con strisce rosse. Erano quelli del furgone bianco che, ora ricordava, aveva visto parcheggiato sul marciapiede con gli sportelli aperti. Il mezzo aveva sulla fiancata stampate parole terrificanti: "Istituto di medicina legale".

Quando il fratello la vide, nel televisore scorrevano i titoli di coda del film, mentre Eva era in una pozza di sangue. Venne preso dal panico, non sapeva cosa fare ed era impietrito, poi cercò di lanciarsi sulla sorella e cominciò a urlare, girando la testa e guardando gli agenti che lo circondavano.

«Aiuto, aiutatemi! Eva, amore… Cosa... Oh Dio mio, no...nooo!» esclamò.

Quando quell'urlo infinito, gravido di disperazione, si spense, Enrico sembrava più morto di lei. I suoi occhi erano impietriti e la bocca rimase aperta, anche se non ne usciva più nessun suono: quell'urlo si era bevuto tutto ciò che aveva da dire. Restò immobile per un tempo non definito, senza inerzia, catatonico. Quel silenzio, dentro le sue orecchie, sembrava più rumoroso di un'esplosione atomica. La disperazione l'aveva reso di marmo ed era piantato a terra come un albero difronte a quel corpo mutilato orrendamente. Poi, d'un tratto, si scosse e si portò le mani tra i capelli in segno della terrificante disperazione in cui era caduto.

A quel punto intervenne il commissario Marini, il quale cercò di calmarlo, impedendogli di tuffarsi sulla vittima per non inquinare eventuali tracce e lasciare che gli uomini della scientifica continuassero il loro delicato lavoro. Lo prese per le spalle e affettuosamente lo trascinò in salotto.

«Signor Medici, capisco il suo dolore, ma non posso permettere che lei si avvicini alla ragazza... Potrebbe alterare eventuali tracce. Deve capire che dobbiamo fare di tutto per risalire all'assassino, perciò si sieda qui. Il tenente Di Berti le spiegherà ogni cosa...»

Poi si rivolse al tenente. «Di Berti, prendi qualcosa da bere e stai vicino al signor Medici.» E sottovoce: «Cerca di calmarlo... è in uno stato pietoso, poveraccio».

Enrico non aveva la forza di reagire. Era come se fosse stato colpito da una paralisi e tremava come se avesse una crisi epilettica. Il tenente ebbe paura che potesse venirgli un infarto, così richiamò il commissario che intervenne, vedendo lo stato in cui si trovava Enrico. Consigliò al tenente, scanso equivoci, di chiamare un'ambulanza e farlo portare al pronto soccorso. In seguito tornò nella stanza. Nell'aria si sentì la sirena dell'ambulanza che si avvicinava.

Così era morta la povera ragazza, in un modo incredibile, e non c'era una spiegazione logica. Nessuno poteva immaginare che l'assassino fosse un mostro uscito dal televisore e dopo rientrato nel video, lasciando la povera Eva martoriata.

Sul tavolo di marmo dove lei giaceva si potevano scorgere il volto e il corpo deturpato. In tutto il viso aveva dei graffi profondi e la gola era squarciata; inoltre, nel lato destro del corpo, sul fianco precisamente, mancava la parte che era stata dilaniata. La larghezza della ferita che era stata inferta dal morso superava i trenta centimetri. O almeno il dottor Umberto Renzi, il patologo giudiziario che aveva effettuato i primi accertamenti, dedusse che la bocca della bestia avesse tale misura. Nonostante le mutilazioni subite, gli occhi della ragazza erano incredibilmente sereni.

Dei passi annunciarono l'arrivo di Enrico, accompagnato dal medico. I due entrarono nella stanza, e il volto del giovane, vedendola, venne invaso da tutta la commozione e la disperazione che un uomo può provare di fronte alla salma orrendamente mutilata di una sorella così giovane. Come si può spiegare il dolore che un individuo può provare vedendo il suo stesso sangue disteso su un tavolo di marmo senza vita? È impossibile spiegarlo. Era devastato, si sentiva come una città postatomica, e dentro di lui tutto era crollato: le sue speranze, i suoi ideali, il suo futuro, il suo presente. Il presente che gli stava portando via l'allegria, la serenità e l'amore per la sua amata Eva.

Nel petto gli prese vita un urlo terribile che non si trasmise nella gola, ma restò intrappolato nel suo cuore. Sentì un dolore come se gli avessero infilato nel petto un ferro rovente. Poi dette sfogo al suo dolore con il pianto in gola.

«Nooo! Mio Dio... Perché? Perché? Era una bambina, la mia sorellina, così giovane, innocente... Addio, amore mio, non ti dimenticherò mai.»

Nel corso della vita possono capitare molte disgrazie. Alcune di queste riusciamo a digerirle con la forza di volontà, ma una sciagura come quella che aveva investito in pieno Enrico era talmente devastante da spezzare il cuore, togliendo la facoltà di comprendere come fosse potuto accadere. Perché proprio a Eva, un'adolescente così graziosa e raffinata? In lei si stava affacciando la bellissima donna che sarebbe presto diventata, stroncando di colpo la sua giovane vita.

Lui era devastato da quel dramma e non riusciva a uscirne fuori senza soffrire intensamente. Il patologo Umberto Renzi che aveva effettuato gli esami autoptici e lo aveva accompagnato per il riconoscimento, prassi obbligatoria da parte di un familiare per riconoscere le vittime di incidenti e necessaria per chiudere le indagini, si commosse vedendo la disperazione nella quale era piombato Enrico. Così cercò di consolarlo: «Mi dispiace moltissimo per sua sorella. Se può confortarla, le assicuro che non ha sofferto. Il colpo che ha ricevuto alla gola l'ha uccisa immediatamente. Non siamo riusciti a capire che tipo di bestia l'abbia assalita... forse un enorme cane rabbioso, tipo un pitbull. Questo lo sapremo dopo le analisi che i RIS stanno effettuando. Mi dispiace...».

Enrico, asciugandosi le lacrime, gli si rivolse con la voce spezzata dalla commozione.

«Grazie, Dottore, ma niente mi può confortare... Era una bambina, dolce, solare e buonissima. Dio mio... Quando l'ho scoperta, credevo di morire. Come può succedere un fatto tanto drammatico ai giorni d'oggi? E com'è possibile che una bestia sia entrata in casa e abbia sbranato mia sorella? È tutto improbabile, dato che la finestra della stanza era chiusa e noi non abbiamo bestie in casa, anche se abito in un villino. Poi è recintato con mura alte. Non capisco come può essere accaduto un dramma del genere.»

«Certamente, queste cose le abbiamo considerate e ancora non abbiamo trovato delle risposte. Stiamo indagando, e anche i RIS stanno facendo delle analisi sia sui rilievi effettuati sul corpo della poverina che sul luogo del delitto. Aspettiamo che emettano la loro diagnosi, e noi ci muoveremo di conseguenza. Mi dispiace che il suo villino sia sotto sequestro, ma si tratta di due o tre giorni, poi le sarà restituita la sua casa.»

«Capisco, ma l'importante è che riuscite a venirne a capo. Mi scusi, se è possibile e non le dispiace, vorrei restare solo con lei, per qualche minuto...»

Il patologo, stringendogli la mano con solidarietà, rispose: «Certo, resti pure quanto vuole... Io la aspetterò nel mio ufficio per la firma del verbale. Si faccia forza, resti pure con la sua cara.» Detto questo si allontanò, lasciando Enrico con la sua disperazione.

Il giovane uomo amava moltissimo Eva, di cui si era preso cura personalmente in seguito alla morte del padre che era morto per un tumore fulminante circa due anni addietro. Così sua madre e sua sorella si erano trasferite dalla casa di campagna nella sua di città. Il suo scopo era di non lasciarle sole nel dolore, specialmente la madre che, ormai quasi sessantenne, amava perdutamente il marito. A distanza di un anno anche lei era morta in un incidente: più precisamente in un'esplosione causata da una misteriosa perdita di gas che l'aveva dilaniata. Le indagini non erano riuscite a far luce su come fosse stato possibile quell'incidente, visto che la casa era rimasta disabitata per lungo tempo. Era successo che lei, dopo aver passato un anno a casa del figlio, tornando nella sua villa aveva acceso la luce e la scintilla aveva scatenato l'esplosione che l'aveva investita.

Enrico, dopo essersi passato le mani tra i capelli in segno di disperazione, allungò una mano pietosa verso la fronte della giovane per accarezzarla. Al contatto, improvvisamente, una scarica azzurrognola si formò tra la mano e la fronte di Eva, come se avesse toccato dei fili elettrici scoperti. Lui ebbe uno scatto di difesa, ritraendo a sé la mano e restando sbalordito e un poco impaurito dall'accaduto. I suoi occhi si accesero di una luce infernale. Poi, come se nulla fosse accaduto e avesse dimenticato, ripiombò nella disperazione, mentre gli occhi s'inondarono di lacrime che gli solcarono il viso.

Stava per chinarsi e baciare la sorella per l'ultima volta

quando la porta, aprendosi, provocò soltanto nelle sue orecchie un rumore con un riverbero assordante, come fosse amplificato. Entrò Piero, suo fratello, accompagnato dalla sorella Miranda, mentre l'altra sorella, Caterina, in quel momento si trovava a Londra per l'incisione del suo nuovo disco. Enrico si gettò loro al collo abbracciandoli, cercando in quella stretta di trovare un poco di conforto alla sua disperazione.

«Piero, Miranda, aiutatemi voi! Eva, la nostra sorellina, non c'è più» disse. Nello stesso istante iniziò a piangere disperatamente, stringendosi ai suoi fratelli.

Vedendo Eva, anche Piero e Miranda vennero colti dalla commozione e scoppiarono in un pianto angosciato. Restarono abbracciati, cercando di trovare conforto l'uno nell'altro per un tempo indefinito. La famiglia era già provata dalla scomparsa dei loro genitori e la perdita della sorella li fece piombare in una tristezza che non poteva trovare conforto. Erano una famiglia molto unita, ora ancora più unita nel dolore insopportabile che si portavano dietro.

Capitolo 3

Il caso della ragazza uccisa in modo incomprensibile cadde come un macigno, rotolando addosso al commissario Vittorio Marini e al suo efficiente staff. Era tutto più complicato di quanto si potesse immaginare. Nel luogo del delitto, cioè nella stanza da letto della poveretta, non erano state trovate tracce che potessero portare gli inquirenti a risalire all'assassino. Inoltre, le ferite riportate sul suo corpo non sembravano inferte da una lama da taglio, ma piuttosto dalle zanne affilatissime di una bestia enorme.

Le analisi effettuate dai RIS avevano riscontrato che non esisteva in natura una bestia di quel genere. Il DNA che avevano ricavato dai resti lasciati dai morsi aveva dato esito negativo: non esisteva, non apparteneva al regno animale conosciuto dalla scienza. I colpi sembravano stati inferti proprio da un essere soprannaturale, un demone, anche perché non avevano trovato impronte di nessun animale sia nella casa che nella stanza della ragazza. In aggiunta a ciò, la porta e la finestra erano sbarrate, quindi nessuna bestia avrebbe potuto entrare nella stanza e sbranare la poverina per poi svanire nel nulla senza lasciare traccia. Non riuscivano a capire nulla perché tutto ciò sembrava impossibile alla razionalità. Chiunque fosse stato a ucciderla sarebbe dovuto passare attraverso il muro, perché non c'era segno di scasso in nessuna parte della casa; in più, quei morsi non sembravano affatto lasciati da un essere umano né da una bestia conosciuta, ma da un immondo demone. Per questo Marini sembrava essere sconvolto. Aveva già avuto a che fare con un essere demoniaco, e questo nuovo caso lo stava riportando nell'inverosimile e nell'ignoto e ne aveva paura. Paura di non riuscire a svelare l'arcano.

Lui stesso era stato sul luogo del delitto e non era riuscito a comprendere come fosse stata dilaniata in quel modo orrendo. Girando nella casa con molta cautela per non inquinare eventuali tracce, dopo che ebbe sistemato il fratello della vittima consegnandolo alle cure del tenente Di Berti che lo fece trasferire al pronto soccorso, d'un tratto venne invaso da brividi convulsi. Nella sua mente, in rapida successione, si materializzarono scene raccapriccianti. Vide la bestia che assaliva la ragazza in una scena in bianco e nero, poi a colori. Vide se stesso ricoperto dalle fiamme che stava bruciando. Poi era sott'acqua e si sentiva mancare l'aria come se stesse annegando. Allora iniziava ad agitarsi come per raggiungere la superficie per prendere aria, ma non riusciva a emergere.

Ciccarelli, che lo aveva accompagnato, vedendo il commissario comportarsi in modo fuori dal normale, si preoccupò, lo prese per le spalle scuotendolo con forza e gli gridò: «Commissario! Commissario, cosa le prende?». In seguito, girandosi verso gli agenti che si stavano occupando di recuperare qualche indizio, li sollecitò: «Aiutatemi, il Commissario sta male. Ha un attacco, non so cosa gli sta capitando, venite di corsa».

I presenti accorsero, cercando di calmare il commissario che stava tremando come una molla. Quindi lo fecero sdraiare su un divano, gli slacciarono il nodo della cravatta, gli sbottonarono il colletto della camicia e gli diedero da bere un bicchiere d'acqua. Lui si riprese, sbarrando gli occhi, e rimase sbalordito nel ritrovarsi sdraiato sul divano con gli agenti intorno. Non capì perché si trovava in quello stato, allora si alzò in piedi di scatto, dicendo: «Che succede? Perché mi state tutti addosso? E come mai ero sdraiato qui? Insomma, volete dirmi che sta succedendo?».

Ciccarelli, con calma e cautela, gli rispose: «Commissà, credo che lei... Ecco, ha avuto una crisi. Sembrava indemoniato, non riuscivamo a calmarla».

«Una crisi? Di che cazzo di crisi stai parlando? Avrai avuto le traveggole...»

«No, Dottò, è proprio così. Era in uno stato...»

A quel punto Marini cominciò a ricordare. Si riabbottonò il colletto e si sistemò la cravatta che aveva di traverso, dunque cominciò a camminare su e giù nervosamente. Aveva avuto quelle visioni e non capiva il perché, non gli era mai capitata una cosa del genere. Essere intrappolato da visioni terrificanti come un incubo lo resero talmente inquieto che non riusciva a farsene una ragione. Si fermò, si strofinò la fronte come faceva di solito e pensò. Capì subito che c'era sotto la mano del demonio.

Capitolo 4

Tutto era nato nel XVII secolo. Una maledizione da allora pesava sulla famiglia Medici.

Nell'anno del Signore 1614 Geraldo Medici, un contadino di circa quarant'anni, si aggirava con il suo carretto nelle strette stradine del quartiere Panico sulla riva sinistra del Tevere, difronte a Castel Sant'Angelo. Il suo carretto era trainato da un mulo che sembrava spirare da un momento all'altro da quanto era vecchio e magro. Il caos che regnava era furibondo, e la viabilità era messa a rischio dal traffico dei carretti che trasportavano ogni tipo di merce. Nelle botteghe gli artigiani si davano da fare costruendo i loro manufatti, e il fabbro batteva il martello sull'incudine per dare forma al pezzo di ferro che stava lavorando. Il suo battere sembrava scandire il tempo che scorreva inesorabile. Quel quartiere popolare e popoloso consumava le sue giornate nel caos più frenetico. Nella falegnameria, invece, i garzoni apprendisti preparavano le assi di legno che il mastro adoperava per la realizzazione di mobili commissionati, di solito, dai nobili, perché la plebaglia possedeva solo suppellettili di fortuna. Poi c'erano i venditori di frutta, quelli che vendevano il pane e che urlavano, pubblicizzando la loro merce. Insomma, il caos regnava sovrano nell'accozzaglia di catapecchie che formavano quel quartiere romano dove non mancavano furti, rapine e addirittura omicidi. La prigione della città era congestionata dai carcerati.

Geraldo era in città per acquistare della merce, tipo legname, chiodi, martello e tutto l'occorrente per riparare alcuni danni nella sua cascina di campagna dove allevava bestiame, specialmente pecore e qualche mucca. In più si occupava della coltivazione di verdura. Si recava di tanto in tanto in città per vendere i suoi prodotti, ma questa volta non era venuto per vendere, quanto per comprare. La sua fattoria era una piccola casetta in cui viveva con la moglie e i suoi due figli: un maschio e una femminuccia. Al contrario la stalla, il fienile e il portaattrezzi, erano abbastanza grandi. Il forte vento che aveva scatenato una vera tempesta aveva scoperchiato parte del tetto, e lui era andato in città per acquistare i materiali per la riparazione. Dopo gli acquisti, con il suo carretto, si era avviato verso l'estrema periferia della capitale. Passando davanti a un bordello gli era venuta voglia di sfogare i suoi bollenti spiriti. Ma, guardandosi in tasca, aveva scoperto che non aveva il becco d'un quattrino, così aveva dovuto rinunciare all'idea libidinosa che gli era balenata in testa. Sicché, per colpa di qualche spicciolo, era stato costretto giocoforza a restare fedele alla sua brutta, grassa e flaccida moglie.

Il sentiero che portava alla sua proprietà passava proprio davanti alla casa di due sposini: i signori Erminio e Angelica Coretti. Angelica era una stupenda contadinella di vent'anni, formosa e appetibile. Lei era piegata in avanti, dato che stava potando delle piantine di fiori nel piccolo giardino che coltivava e che circondava la sua casa. Il resto del suo podere era un campo che il marito coltivava. In quel momento era passato proprio lì davanti Geraldo che, guardando la donna in quella posa, era stato preso dalla voglia che aveva maturato davanti al bordello. Aveva quindi deciso di fermarsi, parcheggiando il suo carretto e avvicinandosi a lei. «Buongiorno, Angelica, potresti dissetare il tuo vicino di casa? Manca ancora un chilometro per arrivare alla mia fonte e sto morendo di sete» le disse.

La giovane si era voltata verso di lui, spostando indietro un ciuffo di capelli che le era caduto sulla fronte, mettendo così in mostra il suo stupendo décolleté. L'uomo era rimasto imbambolato alla vista di quello spettacolo, al punto da non riuscire a distogliere lo sguardo dalle magnifiche tette di Angelica che, con gentilezza, gli aveva risposto: «Sicuramente. Non si rifiuta mai un po' d'acqua a nessuno, specialmente al vicino di casa. Vieni, Geraldo, accomodati. Ti offro volentieri da bere».

Erano entrati in casa, poi Angelica aveva offerto l'acqua al suo ospite. Lui aveva bevuto ed era stato invaso dalla voglia di saltare addosso alla formosa e bella contadinella, e così aveva fatto. Lei era rimasta stupita e impaurita dalla reazione di Geraldo, tanto che aveva iniziato a urlare come un'ossessa.

«Fermo... Cosa stai facendo? Sei un porco maledetto... Aiutooo!»

La ragazza era la figlia di una famosa fattucchiera che non era proprio una vera strega, anche se in segreto adorava il diavolo e partecipava ai sabba dove si riunivano gli adepti del demonio per adorarlo, addirittura evocandolo. Adele "La Megera", come la chiamavano tutti, preparava filtri magici, toglieva il malocchio e cose di questo genere. Angelica, facendo leva sulla notorietà della madre, mentre si ribellava con tutte le forze urlando, si era rivolta ancora a Geraldo: «Fermati, maledetto! Se non la smetti, ti farò una fattura e resterai impotente per tutta la vita. No, non voglio, maledetto...».

———⊰⊱———

Nella campagna romana Erminio e Angelica stavano fuggendo inseguiti da uomini a cavallo, guardie della Santa Inquisizione.

L'Inquisizione è stata la pagina più nefasta della Chiesa. Era cominciata circa alla metà del 1200 per ordine di papa Innocenzo II, con una famosa bolla che aveva dato inizio a una sanguinosa epopea. Nei settecento anni che erano seguiti erano stati arsi vivi, dopo essere stati torturati, circa duecento esseri umani al giorno. Serviva poco per cadere nelle mani insanguinate della Santa Inquisizione: bastava essere accusati di eresia o di stregoneria senza nessuna prova. Così molti erano finiti arsi vivi solo per vendetta personale o addirittura per accaparrarsi la benevolenza della Chiesa. In questo modo venivano denunciati esseri umani che con l'eresia e la stregoneria non avevano nulla a che fare. Ma la Chiesa aveva usato questa strategia come arma micidiale solo per togliersi di mezzo persone scomode, nemici e dissidenti.

Addirittura avevano inquisito i Catari, una confraternita che praticava il Cristianesimo degli esordi. Come Gesù ripudiavano ogni ricchezza terrena, aiutavano spiritualmente chi ne aveva bisogno e venivano da tutti chiamati "La brava gente", come gli Albinesi. Un vero Santo come San Francesco d'Assisi si avvicinava molto al loro pensiero, senza però suscitare l'ira funesta della Chiesa che bruciava vivi tutti quelli che non la pensavano come il loro dispotismo imponeva. In questo modo avevano tolto di mezzo scienziati, poeti e pensatori come Giordano Bruno, Dolcino, Giovanna D'arco e molti altri.

I cavalieri del Papa inseguivano i due sposi nel bosco,

dov'erano fuggiti per non farsi catturare, ma dopo un'affannosa fuga tra la folta vegetazione erano stati scoperti. Subito li avevano raggiunti, incatenandoli e trascinandoli attaccati a una corda verso la prigione di Castel Sant'Angelo, dove erano stati interrogati e torturati fino a farli abiurare.

Tutto era nato dal fatto che Geraldo Medici, vicino di casa dei due malcapitati, preso dalla voglia di possedere Angelica in assenza del marito aveva tentato di violentarla. Erminio, tornando a casa fischiettando dopo il lavoro nei campi, sentendo che la moglie stava urlando, si era precipitato. Era entrato in casa e, trovando Geraldo che stava approfittando della moglie, gli era saltato addosso, prendendolo a pugni. Poi, preso dall'ira, stava per sferrargli una coltellata ma Angelica, gridando, l'aveva esortato a non farlo: «No, fermati! Non farlo, finirai arrestato e condannato a morte. Non ne vale la pena. L'hai già picchiato, credo che basti, sicuramente ha capito la lezione... Non ci riproverà più, ne sono sicura».

Lui si era bloccato, seguendo il suggerimento accorato della moglie, l'aveva preso per il bavero e l'aveva cacciato fuori casa, intimandogli di non farsi più vedere se non voleva morire.

«Vattene fuori dalla mia proprietà, porco che non sei altro, e non farti più vivo, altrimenti la prossima volta non te la caverai così a buon mercato. Giuro che ti ammazzerò.»

Geraldo, con la faccia tumefatta dai colpi che Erminio gli aveva inferto e furioso come una belva, era saltato sul suo carretto per allontanarsi dalla casa in fretta e furia. Dentro di lui stava balenando l'idea di vendicarsi, e l'aveva fatto nel peggiore dei modi. Si era recato in Chiesa dal parroco, denunciando Erminio di eresia e Angelica di stregoneria. Era bastata solo la sua parola per far scattare l'arresto, ed era cominciato l'interrogatorio nelle segrete del castello. Per giungere alla condanna era sufficiente la testimonianza concorde di almeno due testimoni, così Geraldo si era fatto aiutare dal fratello per avvalorare la sua verità. Comunque, era necessaria anche la confessione dell'imputato.

Il presunto colpevole veniva detenuto in carcere durante lo svolgimento del processo che non aveva una durata predefinita e le cui udienze, i "costituti", si svolgevano a discrezione dello stesso giudice. Di solito era un cardinale, ma bastava anche un vescovo o addirittura un frate, l'importante era che veniva nominato inquisitore dal Papa, una sorta di giudice. Se la prova della colpevolezza non veniva raggiunta, allo scopo di sciogliere le eventuali contraddizioni presenti nelle deposizioni degli imputati, questi ultimi erano sottoposti a tortura, mezzo di coercizione legittimato dalla giurisprudenza papale fino alla metà dell'ottocento. Per gli uomini la tortura generalmente consisteva nella "corda". Legate le braccia dietro la schiena l'imputato, nudo, veniva sollevato da terra con una corda che scorreva su una carrucola fissata al soffitto. Era tenuto in quella condizione per non più di mezz'ora, perché una durata superiore poteva comportare gravi conseguenze: dalle lesioni agli arti superiori fino al collasso cardiocircolatorio. Questo non piaceva agli inquisitori. Gli avrebbe tolto il divertimento di ascoltare le strazianti urla che il torturato emetteva per l'atroce dolore che sopportava. La tortura poteva essere reiterata più volte nel corso del processo. Se si riteneva che l'accusa fosse stata provata, il tribunale chiedeva all'imputato di abiurare, cioè di rinnegare le proprie convinzioni. Di solito era condannato necessariamente a morte e, se era impenitente, veniva bruciato vivo al rogo. La pena veniva eseguita dall'autorità civile, il cosiddetto "braccio secolare".

Nella sala delle torture, dove vi era ogni genere di congegno atto alla sofferenza più atroce, avevano iniziato da Erminio. Gli avevano legato le mani dietro la schiena, poi l'avevano appeso per i polsi a una corda attaccata a una carrucola appesa sul soffitto e, con estrema lentezza, l'avevano issato su. Man mano che tiravano il dolore che subiva era atroce. Oltre le sue urla si sentiva lo scricchiolio delle ossa delle spalle che si spezzavano. L'interrogatorio non era durato a lungo perché Erminio non aveva resistito al dolore e subito aveva abiurato, confessando le sue eresie anche se erano false. Dopo la sua confessione, che gli avevano fatto firmare con una certa difficoltà visto che aveva le braccia a penzoloni, l'inquisitore aveva emesso la sua sentenza: «Pur che prima con cuor sincero, et fede non finta avanti di noi abiuri, maledichi, et detesti li suddetti errori, et eresie, e qualunque altro errore, et eresia contraria alla cattolica et apostolica Chiesa, nel modo e forma che da noi ti sarà dato. Et acciocché questo tuo grave, e pernicioso errore, e transgressione non resti del tutto impunito, questo tribunale ti condanna a morte mediante il rogo».

Dopodiché Erminio era stato gettato in una cella, quindi era iniziato l'interrogatorio di Angelica. Le torture della donna erano state terribili. Dopo averla adagiata su un tavolaccio dove le erano state legate braccia e gambe, avevano cominciato con lo schiacciamento delle mammelle, letteralmente dilaniate. Poi erano passati ad altri tormenti. Le avevano stretto gli arti inferiori, ognuno in una morsa, e le avevano stritolato le ossa delle gambe. Tutto questo cercando di tenerla sveglia per farla soffrire più a lungo. Ma, nonostante le atroci sofferenze, Angelica non aveva abiurato, così anche la sua sentenza era stata emessa: il rogo.

La piazza era gremita di gente che era giunta per godere dello spettacolo del rogo. Tutti erano in attesa. C'era una confusione tale che le guardie dovevano calmare i bollenti spiriti degli spettatori, i quali urlavano all'unisono: «Rogo, rogo, dateci il rogo».

Il carro dei condannati era sbucato da dietro l'angolo della piazza, scortato da guardie a cavallo. Il pubblico aveva cominciato ad agitarsi e a scagliare contro i poveretti tutto ciò che si trovava a portata di mano.

«Maledetti peccatori, eretici... Al rogo, brucateli vivi. Al rogo...»

Angelica ed Erminio erano stati condotti sul luogo quasi morti per le terribili torture a cui erano stati sottoposti. Li avevano in seguito legati ai pali al centro delle pire e avevano dato fuoco tra le urla di dolore dei due. Ma Angelica, prima di morire, fissando negli occhi Geraldo e urlando come un'ossessa, aveva pronunciato una maledizione contro di lui che li aveva denunciati.

«Geraldo Medici, che tu sia maledetto! Maledetto tu e tutti i tuoi discendenti. Finirai anche tu bruciato, ma all'inferno, dove ti raggiungeranno i tuoi posteri. Ahhh... aaah... aaah.»

In un crocevia Adele, la madre di Angelica che, oltre a esserlo, sembrava proprio un strega da quanto era arcigna e brutta. Aveva i capelli arruffati che sembravano di stoppa, e il viso bianco come un sudario dal quale spuntavano degli enormi nei neri. Inoltre era quasi sdentata, se non per i due denti di un marrone scuro che sporgevano dalle labbra sottili e tirate. La sua veste era lercia, unta ed emanava un puzzo nauseabondo. La Befana che viene raffigurata nella festa dell'Epifania, in confronto, sembrava una Dea. Aveva segnato a terra un cerchio dove, al centro, aveva acceso un fuoco. Poi aveva dato inizio al suo rito: il Sabba. Si era spogliata completamente nuda e, mentre lo faceva, il cerchio che aveva segnato si era acceso di una luce fosforescente. Lei aveva anche disegnato una croce a terra e si era messa a sputarci sopra più volte. Infine, si era inginocchiata, alzando le mani e invocando Satana

«Maestro del male, potente Lucifero, mio signore e padrone. Io, Adele, tua devota, ti invoco. Vieni da me, dalla tua serva... Prendimi, sono tua.»

In quel momento la donna aveva cambiato aspetto diventando bellissima e, dal fuoco che bruciava al centro del cerchio, si era materializzato il diavolo in persona: una figura orribile, con un membro enorme. Si era scagliato sopra di lei che, nel frattempo, si era sdraiata a terra con le gambe allargate. Le era montato sopra e l'aveva fatta sua. Dopo si era alzato e, con voce cavernicola, le aveva chiesto: «Adele, perché mi hai invocato? Cosa chiedi al tuo padrone?».

Mentre si stava ritrasformando nella megera che era, Adele, inginocchiandosi ai piedi pelosi del demonio, solennemente aveva detto: «Mio signore, mio eletto, padrone del mio corpo e della mia anima, ti ho servita per tutta la vita. Ora ti chiedo di ripagarmi per la mia fedeltà...».

Il demonio che era avvolto dalle fiamme le aveva risposto: «Dunque, cos'è che chiedi?».

«Ti chiedo di maledire Geraldo Medici e tutti i suoi discendenti fino alla fine del mondo. Desidero che le loro anime appartengano a te; questo desidero dal mio padrone amatissimo.»

Il mostro, mentre stava dissolvendosi, le aveva detto la sua risposta: «Restami fedele e servimi con tutto il potere che ti ho conferito e sarai esaudita».

Erminio e Angelica stavano bruciando. Il loro agghiacciante urlo si era alzato in cielo, poi entrambi avevano smesso di urlare. A quel punto era cominciata la festa. Tutta la gente che era accorsa aveva preso a danzare allegramente tra il fetore della carne umana che bruciava. I padri avevano dato un ceffone ai figli, questo era in uso, per non far dimenticare cosa gli sarebbe capitato se si fossero macchiati di qualsiasi reato, specialmente di eresia o stregoneria.

Il diavolo è uno spirito che tiene incatenati agli inferi tutti i peccatori. Alle persone che erano in stato di peccato, al contrario, Gesù Cristo diceva: «Chi non è con me è contro di me, e chi non raccoglie con me disperde». Il Messia si riferiva alle persone che perseveravano in questo stato fino alla morte. Gesù perdona, mentre la Chiesa condanna. Al diavolo è stato dato un potere enorme in questo mondo, principalmente sulla morte. Secondo le parole di San Giovanni: «Tutto il mondo giace sotto il potere del maligno».

Il Signore, infatti, si è incarnato proprio per distruggere le opere del Maligno. La figura del diavolo è anche molto presente nella "Divina Commedia" di Dante Alighieri, specialmente nel libro dell'Inferno. Questo c'era da aspettarselo, che lo collocasse proprio lì, visto che ci vive. Egli comanda il gruppo principale dei demoni che è costituito dai diavoli Malebranche, e infine nella zona Cocito, precisamente dove si trova il diavolo in persona, ossia Lucifero, un essere enorme con tre teste che maciulla nelle sue bocche i corpi dei dannati. È così che viene raffigurato in quasi tutti i testi antichi che trattano la demologia.

La religione cristiana in ogni sua convinzione ha sempre combattuto la comunicazione con gli spiriti, considerata di per sé reale ma interpretata come opera di natura luciferina e demoniaca. Pertanto vietata, poiché considerata pratica satanica e maligna. E come tale potenzialmente molto pericolosa per via di un divieto biblico della legge di Mosè che proibisce ogni forma di divinazione e di concussione con il demonio. Per questo e non solo, verso il 1200, per opera della bolla di papa Innocenzo II, era nata la Santa Inquisizione, che bruciava vivi sul rogo gli adepti dei demoni. Ecco che la Chiesa medioevale, con la forma della "denuncia per fama", si trovava tra le mani uno strumento perfetto per scoprire l'eretico e la strega. A volte non era nemmeno necessario che qualcuno li accusasse.

Uno dei manuali inquisitori più importanti, quello di Eymerich, che aveva organizzato anche un'assurda crociata, stabiliva chiaramente e perfettamente questo procedimento. L'inquisitore, frate Eymerich, annunciando le proprie decisioni, aveva inviato una lettera a tutti i parroci delle città o villaggi, imponendo il tenore dello scritto e incaricando anche il parroco della parrocchia di Panico a Roma.

«Io, vicario del Santissimo Pontefice, frate domenicano Eymerich, comunico al curato della parrocchia di Roma quanto segue: siate rapido nell'obbedire ai nostri comandi apostolici. Abbiamo intenzione, in conformità a quanto spetta a noi fare come inquisitori, di parlare di certe questioni che riguardano la fede all'assemblea del clero e dei fedeli. Perciò, in virtù dell'autorità papale di cui siamo investiti in questi luoghi, Vi preghiamo, chiediamo e ordiniamo di annunciare al popolo che domenica prossima esso dovrà recarsi nella cattedrale, così da ascoltare cose che riguardano l'ortodossia della fede.»

La domenica era arrivato l'inquisitore in persona. Era entrato in pompa magna nella basilica di San Pietro e, durante la Messa, aveva pronunciato un'omelia ricordando ai presenti, e anche agli assenti, cosa significasse l'obbedienza alla fede. L'omelia si era conclusa con un invito che non aveva lasciato dubbi.

«Comprendiamo il valore delle questioni appena trattate; ciascuno sappia che, se è venuto a conoscenza di parole o atti compiuti contro la fede, è tenuto a rivelarlo all'inquisitore. Nessuno pensi che denunciare amici o paesani sia una vergogna! Anzi, questo è da considerarsi un gesto di meravigliosa obbedienza alla legge di Gesù nostro Signore. Perciò, evitando ogni confusione, si ascolti bene ciò che il notaio leggerà.»

Il notaio era salito sul pulpito accanto all'inquisitore e, svolgendo un rotolo di pergamena, aveva fatto solennemente tuonare la sua possente voce: «Avendo appreso che le serpi dell'eresia e della stregoneria vogliono diffondere il loro veleno in questa città, che gli eretici vogliono devastarvi le anime come le volpi devastano le vigne del Signore. Noi, le cui viscere fremono di paura e disdegno all'idea che il veleno dell'eresia abbia già avvelenato molte anime. Noi, con l'autorità del Papa di cui siamo investiti in virtù della santa obbedienza e sotto pena di scomunica, ordiniamo e stabiliamo a tutti, e ognuno, laici, membri del clero secolare e del clero regolare, viventi nei confini di questa città e in un raggio di quattro miglia fuori le mura, che entro sei giorni a partire da oggi ci dicano se hanno saputo o hanno sentito dire che la tale persona sia eretica. Conosciuta come eretica, sospetta di eresia, che parli contro il tale o il talaltro articolo di fede o contro i sacramenti, o non si comporti come gli altri ed eviti il contatto dei sacerdoti o invochi demoni e renda loro culto. Chiunque, Dio non voglia, non si piegherà al nostro ordine di delazione, sappia che sarà sottoposto alla scomunica, arrestato e processato dalla Santa Inquisizione...».

Ecco, questo è l'inizio, l'aire che ha scatenato una delle pagine più deleterie della Chiesa, mietendo decine di migliaia di morti bruciati vivi. Ma non la pensava così Angelica che, attraverso il diavolo, cercava la sua vendetta, anche se questo significava bruciare viva. Così, con l'aiuto di sua madre, invocando Lucifero, aveva scatenato la maledizione che avrebbe colpito la famiglia Medici.

Capitolo 5

Nella sala riunioni del primo distretto di polizia di Roma il commissario Vittorio Marini aveva riunito il suo staff composto dal maresciallo Guglielmo Ciccarelli, suo fedele assistente, dal tenente Di Berti e dal sergente Misano. Gli uomini discutevano animatamente, cercando di tracciare una linea per questo nuovo caso di cronaca nera che gli era piombato addosso colpendoli in pieno. Camminando su e giù nervosamente, Marini prese la parola: «Ragazzi, ci risiamo di nuovo! Un'altra faccenda inspiegabile, sembra che il demonio ce l'abbia con noi. Oppure siamo il cast di un film horror, mi sa che siamo scesi direttamente all'inferno. Il diavolo mi ha posseduto per qualche minuto, vi assicuro che non è stata una cosa piacevole... Credevo di morire».

A quelle parole gli agenti lo fissarono impietriti e attoniti. Lui, che si sentiva come se fosse precipitato in un burrone senza fine, li fissò con severità.

«E non mi guardate con quella faccia... Ho avuto un incubo da sveglio e ho visto il demonio, dopo mi è parso che stessi bruciando vivo e che stessi affogando. Vi sembra normale questo? Abbiamo un'altra volta a che fare con i demoni, qui si tratta di un caso... Insomma, vi pare che una bestia sconosciuta, che sulla terra non esiste, possa aggirarsi nella città, passare attraverso il muro e dilaniare una povera ragazza? Io sto diventando pazzo, anzi, credo di essere già pazzo...» Dunque si rimise a sedere dietro la sua scrivania che sembrava la discarica di una cartoleria da quanti fascicoli indisciplinati vi giacevano sopra.

I tre agenti lo stavano ad ascoltare esterrefatti. Quasi contemporaneamente allargarono le braccia e all'unisono, allungando il muso, fecero: «Boh!».

In quel momento squillò il telefono. Marini, per trovare la cornetta e rispondere, dovette scavare tra il mucchio di scartoffie, spargendole da tutte le parti. Finalmente riuscì a pescare il ricevitore e a rispondere con voce irritata e quasi urlando: «Sì! Chi è che rom....».

Nella loro casa Carlotta, la sua bellissima moglie, era seduta su una poltrona del salotto e gli parlava al telefono. Si tolse gli occhiali da lettura che aveva infilato per formare il numero di telefono, con le sue lunghe gambe snelle che teneva accavallate. Sentendo la voce irritata con cui il marito le aveva risposto, con apprensione gli domandò: «Che cos'hai, Vittorio, non ti senti bene?».

«Oh, scusami, amore! No, no, è solo che qui le cose non funzionano e questo mi manda fuori di testa. Mi sento come nelle sabbie mobili e più mi muovo più affondo...»

«Meno male... Ehm, voglio dire... Mi avevi fatto preoccupare, dal modo in cui mi hai risposto. Comunque, non essere così catastrofico; tu riesci sempre a risolvere tutto e ci riuscirai anche questa volta, ne sono sicura. Sei un guerriero immortale e vincerai la tua guerra. Ora, però, rilassati e stai calmo, non farmi stare agitata. Piuttosto, non dimenticare che questa sera siamo invitati da mia cugina, e non arrivare tardi, mi raccomando...»

«Stai scherzando? Non l'ho certo dimenticato! Non preoccuparti che arriverò in tempo. Tranquilla, a dopo. Ciao, cara.»

Poi riattaccò il ricevitore con un'aria sconsolata, piombando a sedere sulla poltrona e rivolgendosi ai suoi subalterni. «Scusatemi, era mia moglie. Porca miseria, mi ero dimenticato completamente che questa sera siamo invitati a cena da una sua cugina. Una snob del cazzo, mi annoierò da morire, ma non ne posso fare a meno. Comunque, torniamo a noi, cosa stavo dicendo?»

Ciccarelli ribatté con la sua solita aria scanzonata. «Stava dicendo che stasera ha una festa snob... Che significa snob?»

«Scemo, lascia stare. Dicevo prima della telefonata, non della festa snob.»

«Ah, prima della telefonata? Stavamo dicendo che lei è pazzo... Ehm... Cioè... Anzi... Lei stava dicendo che è pazzo, io questo non lo credo...»

«Eh, ci mancherebbe altro! Finché lo dico io che sono pazzo è così per dire, ma il primo che lo pensa, lo mando in pattuglia nei quartieri malfamati o a trasportare fascicoli da un piano all'altro del dipartimento.»

«Assolutamente, qui tutti la stimiamo. Per carità, nessuno penserebbe a una cosa del genere. Invece... Voglio dire che non abbiamo nessun indizio nelle nostre mani, figuriamoci i RIS. A Dottò, a me sembra una stronzata. 'Sti RIS, come dice sempre lei, combinano casini e non capiscono niente. Sono solo bravi a inquinare le prove. Qui ci vogliono la sua intuizione e il suo naso, come al solito, altrimenti non ne usciamo fuori.»

Marini lo guardò intensamente, fissandolo negli occhi, ma senza accorgersi che lo stava facendo. Il suo pensiero navigava con una barchetta in mezzo a un oceano in tempesta. D'un tratto scrollò la testa, si accese una sigaretta e rispose al maresciallo, anche se un tantino in ritardo. «Adesso non esagerare. Però, visto che hai parlato dei RIS, andiamoli a sentire e vediamo cosa ci dice il colonnello Vallone. Andiamo io e te, Ciccarè. Voi, guagliò, andate al quartiere Testaccio, poi a Centocelle e infine in viale Marconi: sono gli indirizzi delle famiglie delle donne scomparse sei mesi fa e mai più ritrovate. Meno male che sono solo tre, altrimenti... Prendete i fascicoli, studiateli bene e andate a interrogare di nuovo le famiglie e gli inquilini dei palazzi dove abitano. Interrogate tutti. La ragazza che è stata ritrovata nella marana sembra sia stata massacrata di botte, almeno secondo le prime analisi. È più di sei mesi che stiamo indagando senza risolvere un bel niente. Anche questo caso è difficile. Mah! La poveretta è rimasta sei mesi immersa nell'acqua putrida. Sarà difficile trovare tracce per risalire alla sua identità e all'eventuale assassino. Beh, per l'identità il DNA ci darà una risposta, ma l'assassino? Sempre che non sia stato il demonio, sarà difficile...»

Quindi, facendo ruotare la mano, continuò: «In ogni caso, cercate di saperne qualcosa di più. Vedremo... Ci troviamo qui più tardi».

La ragazza era stata ritrovata per caso dopo sei mesi dal giorno che era scomparsa. Quell'anno, dalla primavera all'estate, era piovuto pochissimo, così il colmo dell'acqua della marana si era abbassato notevolmente, mettendo in luce tutto ciò che fino a quel momento era rimasto sommerso. Un cacciatore che passava proprio in quella zona aveva scorto parte del corpo, allora aveva denunciato il fatto alla polizia e aveva accompagnato gli inquirenti sul posto. Avevano ripescato il cadavere che era stato portato dal coroner per cercare di risalire alla sua identità e, visto che era in uno stato di decomposizione tale da non poter essere riconosciuto, gli avevano fatto la prova del DNA. Poi avevano contattato le tre famiglie che a quei tempi avevano denunciato la scomparsa delle loro figlie. Comparando i dati degli esami, le avevano dato un nome. Era la figlia di un commerciante di pezzi di ricambio per auto e di una dottoressa che lavorava all'ospedale San Camillo. La coppia aveva mandato la ragazza a studiare in Svizzera per due motivi: darle una buona istruzione e sopratutto toglierla dal giro della droga che assumeva da qualche mese. Quando si erano accorti della tossica frequentazione della loro figliola, avevano preso la decisione di allontanarla da Roma e dal quartiere Testaccio. L'avevano fatto per il suo bene, anche se questo aveva comportato starle lontano.

Marini e Ciccarelli erano a colloquio con il colonnello Vallone, capo dei RIS, che gli stava spiegando quanto la situazione della ragazza sbranata dal mostro fosse più complicata di come si pensasse.

«La questione è quanto di più incomprensibile ci potesse capitare. Dai morsi ricevuti, che sembrano stati inferti da uno squalo, risulta che la bocca della bestia che ha aggredito la ragazza avesse una larghezza di circa trenta centimetri.»

Marini, scuotendo la testa, lo interruppe: «Sì, ma questo è impossibile. Gli squali non girano nella città, nuotano negli oceani».

«Certo, lo so benissimo. Che ha scoperto... l'acqua calda? Comunque, voglio dire che abbiamo analizzato la bava che ha lasciato sul corpo e il DNA è piatto, non ha strutture animali. Non esiste in natura, sembra che non... Ecco, quell'animale non esiste. È formato da pixel, come un'immagine televisiva o un elaborazione del computer.»

«Questo lo sapevamo già. Ora è lei che vuole scoprire

l'ombrello, ma mi creda, non le servirà per ripararsi dalla pioggia che le cadrà addosso dai media. Si bagnerà, Colonnè, mentre io voglio sapere come si spiega la morte della ragazza...»

«Non si spiega, Commissà! Questo è uno di quei casi che rimarranno insoluti...»

«Insoluti un corno! Io non lascio casi insoluti, andrò fino in fondo, a costo di indagare all'inferno.» Allora chiese al colonnello delucidazioni sul caso della ragazza ritrovata nella marana. Anche questo caso lo stava mettendo in imbarazzo, dato che non erano riusciti ancora a darle né un'identità e né a capire chi fosse l'assassino.

Lo stato di decomposizione della figliuola era in uno stato pessimo, e lui stava in sbattimento per come si stavano orizzontando le indagini. Pensava che forse era possibile risalire al suo nome attraverso il DNA, ma che non sarebbe stato facile recuperare un indizio che potesse portare a scoprire l'assassino. Così chiese al colonnello delucidazioni sulle analisi che erano in corso. «Della ragazza ritrovata nella marana cosa mi dice?»

«Anche questo caso non è facile. Sappiamo solo chi è, si chiama Barbara Mattioli.»

Marini, incazzato come una bestia, si rivolse all'altro con voce alterata: «Non ci posso credere! Allora, se già conosceva chi è, cosa aspettava a informarmi? Forse ha dimenticato che il caso lo stavo seguendo io? Insomma, ci vuole un po' di rispetto; dovevo venire io da lei per conoscere gli sviluppi delle sue analisi?».

Subito dopo si rivolse a Ciccarelli con aria truce. «Ciccaré, chiama Di Berti e avvisalo che il Colonnello Vallone, con la sua efficienza, finalmente ha scoperto l'identità della ragazza.»

Poi si girò verso il colonnello. «Come ha detto che si chiamava?»

«Barbara Mattioli, l'indirizzo dei suoi è via Galvani...»

«Hai sentito? Avvisa il Tenente.»

«Subito, Dottò.» Ciccarelli si mise immediatamente al cellulare per chiamare i suoi colleghi. Mentre Marini tornò a rivolgersi a Vallone. «La sua è mancanza di rispetto verso di noi che ci sbattiamo per...»

L'altro, leggermente in soggezione, rispose cercando di dare una spiegazione accettabile al commissario.

«Stavo per avvertirla, ma lei è sempre in anticipo su tutti e non mi ha dato il tempo di avvisarla che era già arrivato più veloce della luce. Le ripeto che si chiamava Barbara Mattioli. In ogni caso, la informo che stiamo cercando di ricavare qualcosa. Forse abbiamo isolato un piccolo frammento di DNA: dello sperma che è rimasto intrappolato nell'ovulo della poverina. Pare che da quella violenza sarebbe rimasta incinta, se non fosse stata uccisa. Beh, nonostante sia rimasta in acqua per più di sei mesi, lo stiamo analizzando. Chissà, forse con un po' di fortuna...»

«Bene, questa se non altro è una buona notizia. La prego di informarmi subito, almeno mi risparmierò del tempo prezioso per venire qui da lei per strapparle notizie utili. Mi avvisi appena saprà qualcosa di sicuro, sempre che la fortuna l'aiuti, altrimenti... Ma grazie lo stesso. Per l'altro caso, ne ero certo che non avreste concluso un corno. Lei, Colonnello, si arrende troppo facilmente e arriva sempre troppo tardi... Arrivederci.»

Detto questo uscì, salì in macchina e si rivolse a Ciccarelli. «Dai, guagliò, torniamo alla centrale. Vediamo se Di Berti è riuscito a saperne di più su quest'altra patata bollente. Poi si sta facendo tardi, e devo correre a casa per prepararmi alla cena del cazzo che mi aspetta ma, se non vado, rischio che mia moglie chieda il divorzio.»

Ciccarelli, con le mani incollate sul volante e con un'aria sperduta nel nulla, non si decideva a mettere in moto la macchina, e Marini lo sollecitò.

«Guagliò! Che aspetti... che ti do una spinta? Vuoi mettere in moto 'sta carretta? Sei lì imbambolato come uno scemo. Parti o hai un appuntamento qui? Mi vuoi far divorziare da mia moglie? Forza e coraggio, jamm bell ja.»

Ciccarelli si scrollò dai suoi pensieri, mise in moto e partì a tutta velocità verso la meta. Mentre guidava per le vie della città, si rivolse al commissario con una certa malinconia, sfogandosi.

«Mi scusi, Commissà, mi ero per un attimo assorto nei miei pensieri. Sa, mi assillano molti problemi oltre a quelli che abbiamo sul lavoro. Beh, nella mia vita privata non ci capisco più niente. Sono assillato dalle problematiche che la routine mi scarica addosso e… forse non sono pronto per affrontare le cose che non capisco, chi lo sa!?»

Marini rimase sconcertato per lo sfogo del suo assistente, non si sarebbe mai aspettato una confessione tanto accorata. Per placare le perplessità dell'altro uomo cercò di portare il dialogo su argomenti che alleggerissero la sua tensione.

«Eh, caro Guglielmo, la vita è così... Cerchi con molti sacrifici di acquisire esperienze, cresci intellettualmente, alimenti le tue esperienze e le tue conoscenze, e ti affanni come uno schiavo per apprendere e per imparare a vivere mentre il tempo inesorabilmente scorre come l'acqua del fiume. E, quando credi di sapere tutto sulla vita e ti senti un saggio, colto e pieno di esperienza... beh, arriva la mietitrice e buonanotte al secchio. Devi vivere la tua vita come si presenta, senza dare molta importanza alle negatività e alle perplessità. Scaccia dal tuo essere ogni pensiero negativo e la vita ti sorriderà.»

«Sì, è proprio così. Io lo so benissimo, ma ne ho mandati giù di bocconi amari. Credo che la morte sia più dolce della vita.»

«Ora non essere catastrofico. In fin dei conti cosa ti manca? Hai cinque figli, una moglie che ti vuole bene e molti amici che ti stimano. Che altro vuoi? Per il fatto che la morte ti sembra dolce, è semplice: basta non ingerire più lo zucchero. Perché ingannare anche gli alimenti amari addolcendoli? È una frode alimentare, non è corretto.»

«Ciò significa che il caffè lo dobbiamo bere amaro?»

«No, questo mai! Noi napoletani abbiamo la dispensa per la "tazzulella e cafè", sarebbe un sacrilegio bere il caffè amaro. È... come bestemmiare.» E guardando l'orologio ebbe una leggera tensione. «Caspita, si sta facendo tardi. Portami subito a casa...»

Quindi fissò il cielo, accorgendosi che era uggioso. «Probabilmente, da un momento all'altro, arriverà un acquazzone. Vedi di darti una mossa.»

L'assistente volse lo sguardo verso il cielo. I nuvoloni correvano sopra i palazzi della città, erano nubi grigie come il ferro e orlate d'argento.

«È ottobre, avremo i nostri soliti temporali prima della fine dell'anno. Ma per ora non credo minacci temporali, saranno nuvole di passaggio.»

Marini, nella sua casa in via dell'Oca, era sotto la doccia. Poggiò le mani al muro, facendosi cadere addosso gli schizzi dell'acqua calda che lo investivano. Restò lì in quella posizione per godersi il tepore della cascata, facendosi inondare e cercando così di scrollarsi di dosso tutti i fantasmi che lo assillavano. Ancora pensava alle allucinazioni che lo avevano invaso nella casa di Enrico Medici, ne era preoccupato e non riusciva a farsi una ragione di ciò che gli era accaduto. Aveva visto, o credeva di aver visto, il diavolo in persona, poi il fuoco che lo stava divorando... Ne aveva sentito tutto il bruciore e anche la mancanza d'aria, come se stesse affogando. Pensò a tutto questo come a un incubo, ma allora perché ne sentiva tutte le sensazioni come se fosse vero, tangibile? Anche l'incomprensibile morte della ragazza, che sembrava non fosse stata causata da un essere umano ma da un demonio, era alquanto improbabile. Era la cosa più arcana che si potesse immaginare.

Sotto la doccia sperava che l'acqua gli lavasse via tutti i suoi dubbi. Ma, tra le altre cose, gli venne in mente un altro tormento che da lì a poco doveva subire, vale a dire la cena a cui era in procinto di partecipare. Quelle riunioni di amici alquanto snob e noiosi erano per lui una vera tortura, dato che chiacchieravano di cose che a lui non interessavano af-fatto, trattandosi di pettegolezzi che la nobiltà si scaricava addosso. Inoltre, queste cene e questi chiacchiericci non finivano mai. Lui cercava di estraniarsi dai discorsi che inta-volavano, ma in qualche modo ne veniva coinvolto. La sola cosa che lo confortava era sentir parlare Carlotta; lei era l'unica che cercava di dare un senso interessante agli argomenti, ma questo non bastava, perché gli aristocratici di se stessi erano la banalità in persona. Comunque non ne poteva fare a meno. La sua Carlotta aveva bisogno di queste frequentazioni, le rammentavano quando viveva al castello e le domeniche si passavano con tutta una schiera di parenti vicini e lontani con cui si cenava e si spettegolava su chi non era presente.

In quella festa si cominciò il concerto, sparlando di quel cugino che aveva venduto le sue proprietà per poi comprarsi una barca, una nave in verità da quanto era grande, e aveva cominciato a fare il giro del mondo collezionando amanti di tutte le razze. Senza dare importanza al loro sesso amava accettare uomini come donne, e riusciva a rinunciare ai bambini perché, nonostante tutto, aveva una certa moralità, altrimenti avrebbe sedotto anche loro. Aveva sparso denaro da tutte le parti, nei bordelli come nei casinò, perdendo alla roulette cifre da capogiro ed elargendo danaro in ogni posto si potesse sperperare ricchezza. Naturalmente era finito in bancarotta, così era stato costretto a vendere la barca per pagare i suoi debiti e non finire in galera. Rimasto in bolletta, aveva cercato l'aiuto da tutti, infilandosi prepotentemente come ospite a babbo morto qua e là. In quel momento non si trovava a quella festa solo perché era ad Aosta, ospite del duca Amedeo.

Poi, come sempre, si intavolò il discorso sul bridge, e la noia di Marini raggiunse il limite sopportabile, perché lui odiava il bridge e tutti i giochi da tavolo. Li riteneva noiosi, soprattutto lo stare intorno a un tavolo a maneggiare carte da gioco ed esaltare quando si vinceva o imprecare se si perdeva. L'unica cosa che lo interessava a casa della Pallavicini era la sua meravigliosa collezione d'arte: aveva reperti archeologici di grande rarità e valore. Ogni volta che metteva piede in quel museo c'era sempre qualcosa di nuovo e interessante da ammirare. Difatti decise di fissarsi su un busto romano che si diceva fosse di Caligola. Naturalmente lei deteneva questo reperto contro la legge, in quanto lo aveva acquistato clandestinamente da un tombarolo, mentre il marmo doveva appartenere al ministero delle belle arti e rinchiuso in un museo. Ma si sa, i nobili difficilmente vengono visitati dalle autorità, anche se tutta Roma sapeva che lei possedeva reperti illeciti. La stessa contessa sembrava un reperto archeologico. Non era molto vecchia, aveva solo una sessantina d'anni, ma ne dimostrava ottanta da quanto era incartapecorita. Con la sua voce acuta non stava mai zitta e ogni occasione era buona per cominciare un concerto suonato solo con note alte e stridule. Oltre alla sua voce che sembrava una cornacchia in calore il naso aquilino e arcigno assomigliava al rostro di un rapace capace di conferirle un aspetto da aquila reale, tanto più che portava sempre dei cappellini piumati. Anche la collezione degli altri ospiti era quanto di più pittoresco si potesse trovare in giro. Lei invitava alle sue feste dei nobili decaduti solo per dimostrare le sue ricchezze, perché diceva che l'invidia era il carburante per alimentare il valore della nobiltà.

Però, in quella sera che non finiva mai, Vittorio fu fortunato perché incontrò un conte laureato come lui in giurisprudenza, con cui poté intavolare interessanti argomenti.

«Oggi, caro Commissario, la giurisprudenza è sempre più politicizzata. I giudici sono sempre più in concussione con la politica e farebbero di tutto per guadagnarsi un posto di rilievo, sono senza scrupoli...»

«Ha ragione, Avvocato, non esiste più moralità. Poi questi politici sono anni che parlano di riforma della giustizia, ma questa legge rimane giacente nel dimenticatoio, riemerge solo quando cade un governo e se ne forma un altro. Allora si ricomincia con la tiritera delle riforme, tuttavia secondo me non hanno nessuna voglia di riformare niente, gli fa troppo comodo se le cose continuano come stanno.»

«Già, è proprio così che vanno le cose. Si usa la giustizia

perseguitando chi dà fastidio e inventando prove inesistenti per arrivare a distruggere il politico che ha la possibilità di mettere i bastoni tra le ruote ai loro disegni. Questo per mantenersi ben stretta la poltrona che occupano, ma non è giustizia, piuttosto è persecuzione.»

Di seguito ci fu il "tutti a tavola", seguendo un protocollo maniacale antiquato quanto inutile e frustrante. Sembrava di essere a Versailles alla corte del re Sole. Nulla era senza un'etica esasperata, e persino i camerieri servivano le solite pantagrueliche portate con estrema attenzione, perché il tutto non cadesse nella comodità. Tutto doveva avere un rituale esasperato. E finalmente la cena finì e si passò in altri ambienti. Le donne nel salone dei pettegolezzi e del bridge, e gli uomini in biblioteca a fumare sigari e bere drink di vario genere, secondo i gusti. Vittorio bevve un eccellente Burbon del Tennessee.

"Veramente ottimo" pensò.

Di seguito si cominciò, come al solito, a parlare di politica e dell'andazzo delle borse che in quel periodo stavano in ribasso, facendo perdere un sacco di soldi agli investitori di azioni. All'una di notte il tormento di Vittorio finì, perché la serata giunse finalmente al termine e poté tornare nella sua "casa, dolce casa". Una volta dentro si tolse lo smoking e, a dire il vero, gli passò per la mente di bruciarlo, infilandolo nel camino per non indossarlo più. Ma ci ripensò e lo custodì nel suo guardaroba, sperando ci restasse per sempre. Anche Carlotta si spogliò, togliendosi con eleganza e sensualità il suo vestito di Laura Biagiotti che le calzava così bene da farla sembrare una mannequin. Ma per Vittorio stava ancora meglio con indosso la lingerie, capace di renderla talmente sensuale che gli vennero idee poco pulite. Lei continuò a spogliarsi, lasciando gustare all'attento

Vittorio il suo corpo stupendo, specialmente il perfetto lato B.

La serata, in questo modo, ripagò Marini di tutti i sacrifici che aveva accumulato in quella festa infernale. Preso dal raptus sessuale, praticamente senza nessuna etichetta, saltò letteralmente addosso alla sua meravigliosa Carlotta, facendo l'amore con lei appassionatamente e baciandola dappertutto con una tale foga da sembrare in astinenza di sesso da chissà quanto tempo. Questo modo di amare fece piacere all'infuocata Carlotta, presa anch'essa dalla voglia di sesso, così lei si concesse con tutta l'anima e il corpo al suo esperto amante.

Capitolo 6

In una sala d'incisione Caterina Medici, in arte Ketty Medì, era davanti al microfono e stava consultando lo spartito in attesa che il produttore le mandasse in onda la base per cantare il suo ultimo successo. In sala regia il tecnico stava mettendo in fase le sonorità della base, cercando di tirare fuori i suoni giusti. Soddisfatto del suo lavoro, con un cenno attraverso il vetro che separava Ketty dalla regia le diede l'ok. La base partì, e la cantante cominciò a cantare il suo rock. Finito il pezzo, Ketty entrò in sala regia per ascoltare com'era stata incisa la sua voce. Le squillò il cellulare, era Piero che la informava della disgrazia che era capitata alla loro sorellina Eva. La notizia lasciò Caterina letteralmente senza voce. Restò impietrita e lasciò cadere a terra il cellulare senza chiudere la comunicazione a cui aveva involontariamente inserito il vivavoce: «Caterina, sono disperato... Pronto… pronto...».

Uno dei tecnici raccolse il cellulare e rispose: «Pronto, guardi che...».

«Cos'è successo a Caterina... Chi è lei?»

Rod, con un italiano inglesizzato, replicò: «No no, stia tranquillo, non ha niente, è solo che non riesce a smettere di piangere. Sono il tecnico del suono, stia tranquillo...». Quindi tolse il viva voce dal cellulare, mentre Piero si preoccupava per la salute di Caterina.

«Come dice? Assolutamente no, stia tranquillo, abbiamo chiamato un medico, ma non ha... Cerchi di calmarsi e stia tranquillo, appena si riprenderà dalla crisi, le dirò di chiamarla. Ok, arrivederci.»

Quel dramma che le era piombato addosso la sconvolse a tal punto che si sentì mancare. Il fonico l'aiutò a sedersi. Lei con difficoltà si riprese, allora cominciò un pianto disperato. Non riusciva a fermarsi, la brutta notizia l'aveva colta di sorpresa. Mai si sarebbe aspettata una telefonata più drammatica di quella che aveva ricevuto poco prima. Piero, con voce spezzata dalla disperazione, le aveva comunicato che sua sorella era deceduta in modo orribile: sbranata da una bestia feroce. La notizia le rimbalzò nella mente come un tamburo, lasciandola nella più completa disperazione. I tecnici dello studio faticarono non poco per cercare di calmarla ed esprimerle la loro solidarietà, ma il loro sforzo fu inutile perché Caterina non riusciva a smettere di disperarsi e piangere a dirotto. Da ultimo chiamarono un medico che le inalò un calmante, dopo cui lei finalmente cominciò a rilassarsi prima che la accompagnassero in albergo, dove chiese al concierge nella hall di prenotarle il primo volo per Roma. L'uomo chiamò l'aeroporto e prenotò il volo delle 8:30 a nome di Caterina Medici.

Il ritorno in Italia per il funerale di Eva fu l'evento più triste che avesse mai vissuto dopo quello della perdita del padre e della madre. Scesa dall'aereo, venne assalita da alcuni viaggiatori che l'avevano riconosciuta. Cominciarono a girarle intorno chiedendo autografi. Il suo bodyguard faticò per allontanarla dagli scalmanati che la importunavano senza ritegno. Lei, dietro i suoi grandi occhiali scuri per nascondere gli occhi arrossati dal pianto, salì sulla macchina guidata dall'autista di Piero. Era una ragazza molto bella e affascinante, e il suo aspetto da bad girl, da rockettara in pratica, le conferiva un fascino selvaggio.

Sin da bambina era appassionata di musica rock. L'amore per la musica l'aveva sicuramente ereditato dal padre che era stato un applauditissimo concertista, anche se lui suonava musica classica. Caterina, da adolescente, aveva preso lezioni di canto, scoprendo così di avere una voce splendida, perfetta per cantare il rock. Si era poi unita a un gruppo di ragazzi con i quali aveva formato una rock band, in cui lei suonava la chitarra ed era la cantante nonché la loro leader. Il passo successivo era stato di fare delle serate, esibendosi in locali di poco conto e addirittura nei matrimoni, e non per guadagnare qualche soldo, non ne aveva bisogno perché i Medici erano una famiglia molto ricca ed erano benestanti anche i componenti della sua band, ma solo perché cantare era la sua vita e il suo modo di esprimersi. Non ne poteva fare a meno. Quando aveva una chitarra in mano e un microfono davanti alla bocca, si sentiva talmente realizzata che dalla vita non chiedeva altro che cantare il suo sfrenato rock davanti a un pubblico che la applaudisse. In una di quelle serate era stata scoperta da un produttore discografico che le aveva prodotto il suo primo album e l'aveva lanciata nel mondo dello show business. Da quel momento la sua carriera di cantante era decollata, fino a diventare una rock star di fama internazionale. Aveva inciso anche duetti con i più famosi cantanti del mondo, e i suoi dischi andavano talmente a ruba che in poco tempo ne aveva venduti milioni, guadagnando un sacco di soldi. Senza contare che i suoi concerti riempivano gli stadi di fan scatenati. Il suo nuovo tour mondiale doveva cominciare a Roma allo Stadio Olimpico il venti ottobre, per poi continuare nelle più importanti città del mondo. Tutta la città era infestata di locandine che annunciavano questo evento straordinario. I biglietti erano esauriti per la gioia dei bookmaker che stavano facendo soldi a palate.

Giunta a Roma, si era dimenticata del freddo pungente, dei pomeriggi in cui era già buio alle cinque, della pioggia che batteva senza sosta a Londra e del traffico che congestionava la viabilità. Non che in Italia non ci fosse traffico, specialmente a Roma, ma lo sopportava perché era nella sua di città. La sua adorata Roma in cui vivevano anche i suoi fratelli che l'amavano e che a sua volta lei amava. In quel momento era disperata per la scomparsa della sua sorellina, ma aiutata dai fratelli e dall'altra sorella, si fece forza per partecipare al funerale e dare l'addio per sempre alla sua cara estinta.

Era un tardo pomeriggio. Il sole che si stava abbassando emanava un colore che dava al paesaggio una magica atmosfera, sembrava un quadro impressionista. In terra si disegnavano ombre bislunghe che davano l'impressione di essere posticce. Un leggero vento scompigliava le fronde degli alberi, mentre i raggi di luce solare che penetravano bassi tra i rami disegnavano fasci che sembravano pennellate di porpora. Investivano le tombe che arredavano quel lugubre paesaggio dove sostavano mazzi di fiori colorati, rendendole quasi amene, e colorando infiniti prati verdi e viali alberati. Questa solare meraviglia era in contrasto con la cupa atmosfera che regnava nel cimitero. Enrico, Piero, Miranda, Caterina e pochi amici intimi erano visibilmente commossi, mentre gli addetti ai lavori stavano tumulando la salma nella tomba di famiglia, posandola di fianco al padre e alla madre. Il prete stava pronunciando le esequie, dando la benedizione e gettando acqua santa sulla bara. Solo gli occhi di Enrico videro le cose infernali che stavano accadendo. Quando l'acqua santa si posò sulla bara, immediatamente turbini demoniaci uscirono dalla tomba come fossero scariche elettriche che si concentrarono dando vita a forme fantasmagoriche. Queste ultime volteggiarono intorno alla cappella per poi sparire in cielo, spandendosi come nebbia, e lanciando un urlo agghiacciante con un eco che sembrava non finire mai. Enrico rimase terrorizzato e fuggì via, lasciando sbalorditi i presenti. Piero lo inseguì, ma senza successo.

Enrico stava camminando senza una meta precisa, con ancora negli occhi lo spettacolo che aveva vissuto in cimitero. Era disperato, non si dava una spiegazione razionale per quanto stava accadendo. Cercò con tutta la forza di volontà di scacciare dalla mente quelle visioni infernali che aveva vissuto. Di colpo si riprese da quell'incubo. Si accese una sigaretta, aspirando una lunga boccata di fumo, poi lo espulse insieme a un lungo sospiro, cercando di buttare fuori anche la disperazione che lo tormentava. Si mise a camminare fino a stancarsi, nella città che con frenesia si stava preparando per la sua movida. La gente già affollava le vie del centro in cerca di divertimenti. Campo de' Fiori era già gremita di fannulloni che si stavano ingozzando di birra, lasciando le bottiglie vuote dappertutto, e schiamazzando come iene inferocite senza nessun riguardo per la piazza che aveva visto bruciare al rogo Giordano Bruno. Ma si sa, oggi i giovani sono privi di moralità e rispetto, perché travolgono ogni cosa. Il vandalismo è la loro religione. Ringraziando Dio non sono tutti così, ma il numero è sempre in crescita.

A piazza di Spagna, intorno alla Barcaccia, i turisti si

affannavano a fotografare il panorama che si arrampicava con i suoi scalini fino ad arrivare a Trinità dei Monti, mettendosi i posa per scattare selfie. In via dei Fori Imperiali la gente si trascinava come un'ondata fino a rifrangersi come una risacca sul Colosseo. Nel quartiere Testaccio, dai locali sotto il Monte dei Cocci, usciva ogni tipo di musica. Il Pantheon illuminato sembrava una grande torta, se ne poteva sentire il dolce sapore. Il Vaticano spandeva intorno a sé la Santità che era racchiusa tra le mura della Basilica circondata dalle colonne del Bernini che sembravano abbracciarla. Era maestosa, imponente e divina. Il Tevere scorreva silenzioso e impaziente di tuffarsi nel Mar Tirreno, e i ristoranti alla moda erano pieni dei cosiddetti vip. Insomma, Roma si stava vestendo da sera e, come sempre, era splendida.

Enrico si sedette su una panchina nel parco difronte alla Piramide Cestia cercando di raccogliere le idee. Mentre era assorto nei suoi pensieri, si scosse di soprassalto. Sentì prima un sibilo assordante, poi un frastuono come se la terra si stesse spaccando non molto lontano. E proprio dalla punta della piramide vide un chiarore abbagliante, una luce fosforescente che usciva fuori dal monumento come spinta da un lanciafiamme. Poteva essere un fantasma infuocato perché quel chiarore assunse forme disumane, sembrava un diavolo circondato dalle fiamme. Il muso somigliava a un enorme lupo con delle zanne esagerate, il corpo invece poteva sembrare umano, ma le gambe pelose con ai piedi degli zoccoli e le mani con artigli affilatissimi denunciavano la sua figura animalesca e terrificante. Poi, all'improvviso, gli piombò addosso. Al contatto con lui la bestia si trasformò in un bagliore che cominciò a spandersi nell'aria, lasciandogli addosso un alone fosforescente che svanì pian piano. Lui restò pietrificato. Il respiro per un attimo si spense. Gli occhi smisero di vedere, lasciandolo con l'aria che freneticamente aveva aspirato, ma di colpo, come se la vita fosse tornata e il suo cuore avesse ricominciato a battere, tirò fuori dai polmoni tutta l'aria che li aveva congestionati. E i suoi occhi ricominciarono a visualizzare il paesaggio che lo circondava. Ricadde seduto sulla panchina, portandosi le mani al viso e sentendosi devastato.

Un uomo di passaggio che portava a spasso il suo cagnolino, vedendolo in stato confusionale, gli chiese se avesse bisogno di aiuto. Enrico, con un cenno di diniego, gli rispose: «No, grazie, non è niente. È stato solo un giramento di testa, ma ora va tutto bene. Comunque la ringrazio».

L'uomo, dopo essersi accertato che effettivamente Enrico si fosse ripreso, mormorò: «Sì, capisco, a volte capita anche a me di avere dei giramenti di testa. Sarà pure per via dell'aria rarefatta che respiriamo in questa città piena di traffico. In ogni modo non si preoccupi, sono malori che passano quasi subito».

Il cagnolino cominciò a ringhiare verso Enrico come ad aggredirlo, e il padrone che lo teneva a guinzaglio faticò per non permettere che gli saltasse addosso.

«Poldo, che ti prende? Stai buono. Uhm, è molto strano, non l'ha mai fatto, è un cane docile. Forse anche a lui l'aria rarefatta ha... Mi scusi, non credevo proprio che...»

«Non si preoccupi, non è niente, a volte i cani fanno così. Chissà cos'ha visto in me. Ma stia tranquillo che non è successo niente. C'è di peggio.»

«Sì, ha ragione, c'è di peggio. Beh, ora la saluto, arrivederci.»

Enrico lo salutò cordialmente. L'uomo si allontanò, tirandosi dietro il cane che ancora ringhiava verso di lui, subito proiettato nello stupore e nel terrore di quanto gli era accaduto. Non riusciva a darsi una spiegazione logica. Quello che gli stava capitando non aveva nessuna razionalità, era qualcosa di demoniaco e gli sembrava di essere impazzito. Dopo essersi calmato, decise di dormirci sopra. Partendo dall'adagio che la notte porta consiglio, si incamminò verso casa sull'Aventino. Nel salotto si sedette su una poltrona, accendendosi una sigaretta. Forse, nel fumo che volteggiava in aria, voleva trovare la pace e cancellare i pensieri che si erano impossessati della sua serenità. Cercò di rigovernare la mente quasi disfatta dalle orrende e incomprensibili visioni. Mentre si avviava in bagno, passando davanti alla stanza di Eva, si fermò un attimo. Di scatto aprì la porta, sperando di trovare la ragazza e che ciò che le era accaduto fosse solo un brutto sogno. Si accorse che il letto era vuoto, allora richiuse immediatamente la porta, non voleva vedere quel letto senza vita. Cercò anzi di scacciare tutto il dramma che aveva nell'anima.

Andò in bagno, poi si sedette in poltrona, con lo sguardo proiettato nel nulla, e si sforzò di lanciare nel nulla anche i suoi tristi pensieri. Gli occhi ormai divenuti di piombo si stavano chiudendo ma, prima di serrarsi completamente, zumarono per un attimo su un quadro appeso sulla parete di fronte a lui. Dopo si addormentò, poggiando la testa sulla spalliera della poltrona e lasciando cadere a terra il mozzicone della sigaretta ancora acceso. Il paesaggio che era dipinto sulla tela diventò reale, ed Enrico stava fuggendo per non essere ucciso. Sentiva che le forze gli stavano mancando, ma doveva correre per non essere catturato. Una ventina di soldati armati di mitra lo stavano inseguendo e sparavano contro di lui e il suo compagno di sventura, un uomo enorme alto due metri ma ancora più largo che alto, sui duecento chili. I due fuggivano correndo disperatamente, a zigzag, cercando di evitare i proiettili che gli stavano scagliando contro in una corsa senza fine. Ormai erano esausti, e i soldati stavano per raggiungerli, quando Enrico vide una grotta, unica speranza di salvezza. Vi sgusciò dentro, seguito dal suo compagno che entrò in quel pertugio come un piede entra in un calzino, ossia spingendosi a forza.

Gli inseguitori, scorgendo il loro nascondiglio, infilarono i mitra dentro quel piccolo tunnel, fecero fuoco e uccisero il ciccione, crivellandolo di colpi. Quegli stessi soldati, mentre si allontanavano correndo, si trasformarono in orrendi mostri scheletrici che sparirono urlando come belve, immergendosi in una foresta dove gli alberi che la arredavano sembravano esseri viventi. Nella grotta piombò il silenzio, il buio era pesto, impenetrabile. Enrico, a tastoni, cercò di capire dove si trovasse e se c'era la possibilità di uscire da quella tomba di roccia. Era tutto scuro, ma i suoi occhi si stavano abituando alla lieve luce che penetrava attraverso il corpo del ciccione. A carponi, dopo un paio di metri, si trovò in uno slargo alla fine del cunicolo dove giaceva il suo compagno che ostruiva interamente l'uscita. Accese l'accendino per fare luce e rendersi conto di dove fosse finito, ma d'un tratto finì il gas e la già fioca luce si spense. Tentò ancora di far riprendere la fiamma, ma niente da fare. In quel momento si maledì perché non aveva acquistato un nuovo accendino.

Tornò indietro, tentando di rimuovere il corpo inerte del malcapitato. Impossibile, era troppo pesante. Non riuscì a spostarlo nemmeno di un millimetro, nonostante gli sforzi. Si accasciò a terra sfinito, con il fiatone e con il cuore che gli batteva a mille come se dovesse uscirgli dal petto.

Riprese fiato e tornò nello slargo: una stanzetta piccolissima, una stanza di roccia, una grotta di dolore. Venne invaso dal terrore, tremando come una foglia spinta dal vento. Sentì il corpo gelarsi, forse per la paura, ma era più presente il freddo che gli stava gelando tutto il corpo, atrofizzandogli le giunture. Era irreparabilmente chiuso in quella claustrofobica prigione di roccia. Dalle pareti una musica di goccioline che scendevano intonava, come se fosse un'orchestra, una sinfonia infernale. Attraverso il cunicolo vide la silhouette del pachiderma con una luce fosforescente che alogenava quel corpo inchiodato a terra, oltre il quale c'era l'uscita, la salvezza e la libertà. Passò del tempo non quantificabile... Ore, giorni, mesi, anni o solo attimi, non lo sapeva. Il tanfo della decomposizione di quel corpo si sentiva sempre di più, soffocando la poca aria che entrava. L'umidità atrofizzava i suoi movimenti, eppure sopportò tutto. La fame no! Quella non la sopportava più. I dolori allo stomaco lo fecero urlare come una bestia feroce. Le sue urla assunsero mille echi come se uscissero dal centro della terra. Impossibile sopportare il tormento della fame. L'unica cosa commestibile era...

"Perché no?" pensò.

I suoi occhi si accesero come due fari nella notte, venne invaso dalla pazzia e, dai lati della bocca, gli uscì una bava biancastra e densa. Cominciò a grugnire come una belva affamata, quindi si lanciò con un urlo agghiacciante sul corpo del pachiderma. Prima gli strappò i vestiti, poi affondò le dita nella carne putrefatta dalla decomposizione e desinò con quell'antropofago pasto. Dopo aver mangiato, si sentì forte come un leone, urlando come una furia, e scavò nella carne. Dopo avergli spezzato un braccio, con l'osso tagliente si aiutò a scavare e scavò, scavò, scavò ancora. La luce difronte a lui si ingrandiva sempre di più. Continuò a scavare con più foga, strappando pezzi di carne putrefatta e piena di vermi che la divoravano. Un urlo, un terribile grugnito gli venne dal petto e non dalla gola e, infine, un ghigno di gioia. Era fuori dalla grotta.

Uscì correndo come un forsennato. Aveva fretta di allontanarsi da quel sarcofago di roccia umida e puzzolente. Il suo volto di colpo mutò d'espressione. La gioia si fuse con il terrore. Vide qualcosa che lo fece rabbrividire. La sua mente urlava, cercando di comunicargli quello che i suoi occhi scorgevano, ma le immagini raccapriccianti che gli balenavano davanti erano prive di ogni logica. Si voltò dall'altra parte per non guardare più quel mostro che si era presentato davanti ai suoi occhi inorriditi. Qualcuno stava urlando, eppure non poteva essere lui, anche se era in procinto di farlo. Doveva essere qualcun altro. Dietro di lui c'era l'essere immondo che lo stava aggredendo. Gli lacerava le membra, cercava di strappargli gli occhi dalle orbite e gli divorava le carni con le sue enormi zanne. Poi udì la sua stessa voce e il suo urlo liberatorio: «Ah! Nooo... Dio... Dio... Dio...».

Quell'urlo risuonò e rimbalzò nell'aria come un eco infernale, il suono avanzò e tornò indietro. Si mise le mani sulle orecchie per tentare di soffocare il rimbombare del suo terrore che gli rimbalzava nella mente. D'un tratto la bestia scomparve, e le sue ferite si rimarginarono come per incanto. I suoi occhi erano fissi sulla scena che gli era apparsa difronte. L'immagine che si presentava al suo sguardo era demoniaca. Alla sua sinistra, su un picco a strapiombo, si ergeva un maniero maledetto, il cui cielo era ricoperto da nubi nere attraverso le quali si formavano fulmini che ripetutamente colpivano il paesaggio circostante formato da lava incandescente e rocce di fuoco. Là, dove il fulmine colpiva, nascevano creature immonde, sembravano pterodattili che, urlando e sghignazzando, gli volteggiavano intorno. Enrico era terrorizzato. Voleva fuggire, ma non trovava il varco. Decine di creature figlie del fulmine lo stavano circondando, una delle quali, la più orrenda, gli atterrò davanti sbattendo le sue enormi ali. Sembrava una creatura mitologica. Si posò davanti a lui, mutando il suo aspetto che si trasformò in quello della sorella che, piena d'amore, allungò la mano sinistra. Enrico, incoscientemente, le porse la destra come per farsi guidare. Lei, con voce angelica, lo attirò a sé: «Vieni, Enrico, vieni dalla tua amata sorellina».

Al contatto tutto scomparve. Intorno a lui si creò un vuoto assoluto dove precipitò come in un baratro. Man mano che cadeva in quel pozzo pieno di ragnatele e vegetazione che gli graffiavano il corpo, si allungavano arti pelosi con le unghie ad artiglio che tentavano di afferrarlo, ma senza riuscirci. Sul fondo c'era la sua poltrona avvolta dalle fiamme, dove lui stesso vi si era accasciato. Precipitava sempre più, come fosse attratto da una gravità cento volte superiore a quella della terra, e il suo precipitare sembrava infinito. Poi cadde su se stesso che stava dormendo sulla poltrona in modo molto agitato. I due corpi si fusero tra loro, diventando uno solo. Si svegliò di scatto, sbarrando gli occhi. Ripensando a quel brutto sogno, gli venne il voltastomaco. Quel maledetto delirio gli sembrò reale. Guardandosi le mani, si accorse che erano imbrattate di sangue fin dentro le unghie, e che i suoi stessi vestiti erano imbrattati. Venne colto dalla disperazione. Come sempre, non riusciva a darsi una spiegazione di quanto gli stava capitando. Si portò le mani al viso come per piangere, ma con stupore sentì che c'era qualcosa di diverso. Non aveva mai portato la barba lunga che sembrava di due o tre settimane, perciò si precipitò in bagno per guardarsi allo specchio. In un primo momento rimase basito da ciò che stava vedendo, dopo lo assalì la disperazione mista all'incredulità e al terrore. Un terrore incontrollabile.

«Mio Dio, cosa mi sta succedendo?! Sono macchiato di sangue e ho la barba lunga. Cosa mi è capitato? Dove sono stato? Non capisco. Dio mio, aiutami tu.»

La fronte gli si imperlò di sudore, un sudore freddo come il ghiaccio. Con la forza di volontà si riprese, dunque coordinò le idee cercando di cancellare le incomprensioni, le perplessità e il terrore. Si infilò sotto la doccia, lavando via dal suo corpo lo sporco e quel brutto incubo. Si tagliò la barba che non era sua. Si vestì con abiti puliti. Preparò un pacchetto con quelli sporchi e li occultò, insieme al suo incubo, dentro un secchione dell'immondizia fuori casa. Entrò nel bar dietro l'angolo e ordinò un caffè, dopo aver salutato il barman. Il giornale che stava leggendo portava la data odierna. Sbarrò gli occhi e alzò il braccio per vedere l'orologio. Erano le 8:20 del mattino, perciò aveva dormito solo sei ore. Fuggì via come un pazzo, lasciando il giornale, il caffè e lo stupore del barman e degli altri clienti del bar.

La fisica è giunta a una conclusione: tutto è onda, vibrazioni ed energia. Ma queste vibrazioni sono di varie qualità. Esistono diverse lunghezze d'onda, e l'uomo ne percepisce alcune attraverso il prisma dei propri sensi. La logica e la scienza si alimentano con l'intuizione, ma molto spesso la scienza fa indietreggiare i confini del mistero, del paranormale e dell'irrazionale. Tende a sopprimerli, senza però riuscirvi, perché ciò che è capitato a Enrico non ha una spiegazione scientifica e razionale secondo le vedute della scienza. Ma, evidentemente, esiste un mondo parallelo che viaggia in un'altra dimensione: quella occulta ed esoterica.

Queste due dimensioni sono l'universo e l'altro verso, cioè il mondo in cui viviamo e il mondo nascosto, il paranormale, l'occulto, l'esoterico. Questi due mondi paralleli viaggiano l'uno a fianco dell'altro. Solo che l'universo in parte lo conosciamo, mentre l'altro verso è per noi qualcosa di incomprensibile, l'occulto appunto, che a volte sconfina nella nostra dimensione mischiando, miscelando normalità e paranormalità. Esse corrono su binari paralleli, confondendosi l'una con l'altra. Ma a volte la nostra visione razionale viene trascinata nell'irrazionalità, nell'occulto e nell'incomprensibile. Quando succede questo sconfinamento nel paranormale, si verificano manifestazioni che lasciano nel conscio parti dell'inconscio, com'è accaduto a Enrico, e il suo sogno ha lasciato su di lui la testimonianza della dimensione occulta pilotata dal demonio.

Capitolo 7

Enrico salì a piedi e di corsa le scale, quindi bussò alla porta dello studio dell'avvocato Piero Medici, suo fratello. La segretaria venne ad aprirgli, mentre lui, senza dire niente, irruppe nell'ufficio spalancando la porta. Trovò Piero seduto dietro la sua scrivania. Affannosamente gli raccontò, filo per segno, quanto gli era accaduto. Piero sembrò non credere a una sola parola di quanto stava dicendo Enrico che, senza sosta, continuava a vomitare il suo racconto raccapricciante. Piero era sempre più perplesso, mentre Enrico ribadiva la sua verità: «Ma sì, ti dico che è proprio così... Non sono un visionario, mi sono svegliato completamente imbrattato di carne putrefatta. Una puzza irresistibile, poi avevo la barba lunga, molto lunga. Questo è vero, ti assicuro che... ».

Piero, con razionalità, gli spiegò che il fenomeno doveva senz'altro attribuirsi agli incubi dovuti allo stress e al troppo lavoro, sicuramente anche allo shock subito per la morte della sorella. Per un istante i loro occhi si incontrarono e il tempo sembrò fermarsi. Piero scorse la tristezza nello sguardo del fratello, vide le sue labbra muoversi senza che ne uscisse più alcun suono e ciò che stava dicendo si bloccò di colpo. Era come se potesse vedere il passato nello sguardo atonico di Enrico. L'aveva lì difronte ed ebbe la sensazione di ammirare una statua di marmo. Sembrava che dentro di lui non ci fossero più nessun pensiero e nessun ricordo, come un uomo morto senza nessun segno che denunciasse lo scorrimento della vita.

Poi, d'un tratto, Enrico scattò come se avesse ricevuto la carica, e tutto riprese a scorrere: i suoi ricordi, il terrore, l'incomprensione e le perplessità. Si mise a camminare nervosamente per tutta la stanza, sembrava uno svasato che continuava a imprecare, e si passò le mani nei capelli in segno di disperazione. Piero si preoccupò non poco del suo comportamento e cercò di scuoterlo. Si avviò così verso di lui, prendendolo delicatamente per le spalle e trascinandolo sulla poltrona.

«Enri, ora calmati. Ci sarà senz'altro una spiegazione razionale. Rilassati, siediti, in questo modo cercherò di capire con più precisione cosa ti è successo. Dunque, dici che quando eri seduto sulla panchina hai percepito come un terremoto che ha fatto tremare la terra, giusto?»

«Sì, è proprio così. Dopo, dalla piramide, è uscita fuori come una luce accecante, un mostro orrendo che si... Oh, mio Dio. Mi è sembrato che fosse il diavolo in persona che, a velocità pazzesca, mi passasse attraverso... Io non capisco.»

«Non dire sciocchezze! Avrai avuto un giramento di testa che ti ha trasmesso la tremarella. Quale terremoto? Non ci sono stati terremoti, mentre la luce che dici di aver visto uscire dalla piramide... Addirittura il diavolo... Non esiste, è stata sicuramente un'allucinazione, succede. Se hai anche avuto una mancanza, sicuramente i tuoi occhi hanno subito dei luccichii dovuti alla depressione del tuo stato di debolezza.»

«Sì, sarà stato pure un calo di pressione, ma cosa mi dici dello stato in cui mi sono trovato al mio risveglio? Quella non era depressione, addosso avevo i segni...»

«Questo non mi pare sia una cosa...»

Enrico lo interruppe con la rabbia in corpo. Non poteva

credere che suo fratello dubitasse della sua sanità mentale, eppure era sempre stato sincero. Erano talmente legati che si raccontavano anche cose intime. Lui era sicuro di ciò che gli era accaduto. Si rivolse a Piero con rabbia, gridando la sua verità: «Senti, non mi credi? Beh, sai che ti dico? Che sei uno stronzo! Quello che ti ho raccontato è successo. Capito?».

D'un tratto, però, si calmò. Pensò di aver esagerato a trattare suo fratello in modo poco ortodosso, e capì anche che il suo racconto sarebbe stato percepito da chiunque come una storia visionaria e inverosimile. Chiese scusa per lo scatto e ribadì la sua verità.

«Ti chiedo scusa, mi sono comportato come... Tutto sommato ti capisco e comprendo il tuo scetticismo, perché nessuno crederebbe a ciò che ti ho detto. Intuisco che è inverosimile, lo so, ma ciò che ti ho raccontato non è un'invenzione. Te lo giuro, non sono impazzito.»

Piero lo abbracciò affettuosamente, cercando di dargli conforto. «Dai, fratellino, non è che dubito di te, ma devi ammettere che è strano. In sostanza, stai tranquillo e rilassati, vedrai che troveremo una spiegazione per tutto questo. Ne parlerò con un mio carissimo amico psichiatra che è uno specialista in cose del genere. Adesso, però, non pensarci più e cerca di stare tranquillo.»

Infine gli consigliò, se non voleva impazzire del tutto, di passare qualche giorno di riposo. «Enrico, dammi retta, se continui in questo modo finirai per impazzire davvero. Da fratello maggiore ti ordino di prenderti una vacanza. Vattene in campagna e riposati o vai a pescare, devi annoiarti, scazzarti. E bada bene, te lo ribadisco, questa è un'imposizione. Capito?»

L'altro, più rilassato, promise di seguire il suo consiglio.

D'altronde, cosa poteva fare? Non poteva continuare a farsi tormentare dai suoi incubi che, sempre più frequentemente, si impossessavano della sua volontà. Forse Piero aveva ragione, era troppo provato, e le vicissitudini che gli erano capitate stavano devastando la sua mente. Se continuava a essere vittima di deliri, certamente avrebbe perso la ragione senza rimedio. Il consiglio di suo fratello poteva essere la soluzione per uscire da quelle visioni demoniache. La campagna era molto riposante, e stare un po' da solo rivedendo i vecchi amici d'infanzia l'avrebbe rilassato e reso decisamente più sereno. Questo pensò. Così accettò volentieri il consiglio di Piero.

«Sì, signore! Ai suoi ordini. A parte gli scherzi, credo tu abbia ragione. Ne sono successe troppe ultimamente tra la morte di papà, quella di mamma e poi anche di Eva. Siamo rimasti solo noi quattro. Ringraziando Dio, ci vogliamo bene. Ok, farò come dici tu, te lo prometto. Grazie, fratellone, ti voglio bene.»

«Te ne voglio anch'io. Ma aspetta un attimo... Voglio che tu prenda queste pillole.» Afferrò dal cassetto della scrivania una scatola e, porgendogliela, gli disse: «Tieni, prendi, sono Xanax, niente di traumatico. Vedrai, ti rilasseranno. Ne prendi una la mattina e una la sera e sicuramente ti sentirai meglio, a me hanno fatto effetto. Parlerò con quel mio amico e prenderò un appuntamento, almeno ti farai visitare. Ma ora, come ti ho già suggerito, stai rilassato e segui il mio consiglio. Ciao fratellino, riguardati.»

Si salutarono affettuosamente. Enrico, uscendo, si scusò con la segretaria per il comportamento poco urbano con cui era entrato nello studio.

«Sono stato piuttosto invadente e maleducato» le disse. «Margherita, ti chiedo scusa.»

La donna, accompagnandolo all'uscita, ribatté: «Dai, Enrico, non dire sciocchezze! Non hai nulla di cui scusarti, ho capito benissimo che eri sconvolto. Non so perché, ma avevi una faccia.... Quando avrai tempo e vorrai, potrai sfogarti con me. Ciao, Enrico, vedi di rilassarti».

«Certo, lo farò. Ti ringrazio, arrivederci.» Si voltò e uscì.

Margherita continuò a guardarlo mentre si allontanava. Lo guardò andar via con nel cuore una certa tristezza. Lei, segretamente, era attratta da Enrico, ma non aveva mai manifestato il suo interesse. Dentro di sé sperava fosse lui a fare il primo passo, però il giovane la considerava solo una bella ragazza e niente di più. Era ancora innamorato del suo primo amore che aveva lasciato al paese e, adesso che stava tornando, sperava di rivederla e riallacciare con lei quel paradisiaco rapporto che li aveva fatti innamorare. Margherita seguì i passi di quell'uomo che le piaceva. Lo seguì finché scomparve del tutto, poi chiuse la porta piano piano, sospirando.

Uscito suo fratello, Piero telefonò al cellulare dello psichiatra Joe Perry, suo grande amico. Lui era in taxi, si stava recando nel suo studio. Dopo che i due si furono salutati con cordialità, Piero gli raccontò quanto era capitato al fratello. Joe cominciò a spiegare al suo amico come questi fenomeni si potevano manifestare.

«È un classico fenomeno di bilocazione, ossia escursioni fuori dal corpo. È quello che più di altri fenomeni raccolti nella vasta categoria dei paranormali mi ha sempre affascinato. Dunque, la bilocazione indica la presenza simultanea della stessa persona in due luoghi distinti, cioè quel determinato momento in cui un soggetto si trova coscientemente, o come nel caso di tuo fratello incoscientemente, in un luogo e in un altro ben distinti. Questo è generalmente caratterizzato dalla perdita temporanea dello stato vigile e si presenta solamente in determinate situazioni.»

«Beh, questo lo capisco, ma non capisco come tutto ciò possa accadere a una persona razionale come Enrico. Non riesco a farmene una ragione.»

«Vedi, Piero, durante lo stato onirico, durante un trans o in momenti di grande sofferenza psicofisica, anche in parti-colari momenti di alterazione psicomotoria, voglio dire sotto l'effetto di qualche droga o allucinogeni, si possono mani-festare fenomeni di bilocazione. Tuo fratello per caso fa uso di queste sostanze, che tu sappia?»

«No, assolutamente! La pensa come me sulle droghe, ne siamo fermamente contrari. No, Joe, Enrico non fa uso di nessuna droga.»

«Ok, Piero, dovrò visitarlo per dare una giusta diagnosi. Comunque, stai tranquillo che questi fenomeni spariscono nello stesso modo in cui si sono manifestati, ma bisogna pi-lotare questa guarigione. Al momento stavo andando nel mio studio per prendere dei documenti, poi partirò per Parigi dove resterò un paio di settimane, ma al mio ritorno ti chiamerò e visiterò Enrico. Ora cerca di stare tranquillo, a presto.»

Caterina era in piedi a casa sua, aveva appena riag-ganciato il telefono con cui aveva parlato a lungo con il suo agente, mettendo a punto gli ultimi ritocchi del concerto. Ormai mancavano pochi giorni, e lei voleva assicurarsi che tutto fosse a posto. A quel punto si sdraiò sul divano, met-tendosi a pensare. Le vennero in mente sua madre e la sorella, e un paio di lacrime le solcarono il viso. Fuori pioveva, il rumore delle gocce che battevano sui vetri della finestra la confortò, perché svanì quella reminiscenza che aveva inciso negativamente sul suo umore. La memoria di quei giorni lontani le suscitava sempre una ridda di emozioni a volte positive altre negative, contrastanti con qualcosa di simile alla nostalgia ma più complessa. La nostalgia spesso sconfinava nel sentimentalismo. I suoi ricordi erano talvolta abbastanza radicati in lei, così com'erano impressi nella mente senza bisogno che l'immaginazione aggiungesse altro. Le sue reminiscenze le custodiva gelosamente, erano soltanto ricordi suoi, e nel corso degli anni queste reminiscenze si erano trasformate in una sorta di museo personale. Ma in questo momento la situazione era un tantino più complicata. Il dramma che aveva colpito la sua famiglia le stava sconvolgendo la serenità al punto che nella sua testa balenava l'ipotesi di rinunciare al tour per restare vicina ai suoi fratelli, forse non per dargli sostegno morale quanto piuttosto per essere confortata lei stessa. Tuttavia dovette scartare quest'idea bislacca. Tutte le prove estenuanti con i musicisti, il balletto e tutto il resto l'avevano impegnata per tanto di quel tempo che non ricordava più quando erano cominciati. Non poteva mandare tutto a puttane, se non altro per rispetto dei suoi collaboratori. Aveva imposto a tutto lo staff ore e ore di prove per il suo senso maniacale della perfezione.

Inoltre, il tour era la cosa più importate per Eva. Lei era la sua più accanita fan e aspettava con frenesia che la sua Caterina cantasse il recital a Roma, addirittura allo Stadio Olimpico, che di solito si riempiva al completo per vedere ventidue miliardari, in calzoncini e maglietta numerata, correre dietro a un pallone per cercare di infilarlo in rete, per poi sentire gridare "gol". Non considerava sport il calcio, ma un enorme business. Diceva che era assurdo che una società spendesse cento milioni di euro per acquistare un giocatore brasiliano ed elargirgli uno stipendio di venti milioni l'anno, mentre gli atleti che praticavano il vero sport come la corsa, il salto in alto e il lancio del giavellotto, per citarne tre, erano seguiti solo ogni quattro anni per le Olimpiadi. In aggiunta a ciò gli stessi atleti erano pagati pochissimo o addirittura si mantenevano con i propri mezzi. Questo era il pensiero di Eva sullo sport, mentre Caterina non vedeva l'ora di sentir gridare da settantamila scatenati non "gol", ma "Ketty, Ketty". Il vero propellente che la spinse a non rinunciare al tour fu proprio che la sua sorellina l'avrebbe guardata dal cielo.

Per il resto della giornata ebbe la sensazione di muoversi sott'acqua. Cominciarono ad arrivare le telefonate, i fiori che le inviarono i suoi fan più accaniti e le visite di personalità del mondo dello show business e del giornalismo. Addirittura giunse una troupe televisiva per un'intervista a opera di una giornalista specializzata in eventi musicali, cosa che lei odiava, ma il suo ufficio stampa sosteneva che il programma in cui sarebbe andato in onda il servizio fosse molto popolare e che le avrebbe procurato dei benefici medianici importanti. La fama e il successo l'avevano tenuta in trappola e le avevano fatto perdere il controllo del tempo. Ma dentro di lei il dolore per la perdita della sorellina premeva come un macigno. Era talmente atroce da sembrarle addirittura fisico e, di tanto in tanto, le ondate di panico la travolgevano con una forza tale che, se vi si fosse abbandonata, sarebbe annegata. Infine quel trambusto finì. Anche i numerosi fan che si erano accalcati sotto il portone della sua casa, nonostante piovesse, se ne stavano andando e così fece anche il servizio d'ordine che per tutto il giorno li aveva tenuti a bada. Fuori aveva smesso di piovere ed era uscito un timido raggio di sole che stava accompagnando il giorno verso il crepuscolo. Nonostante le persiane che aveva fatto chiudere dalla sua domestica, nella stanza filtravano fasci luminosi e, attraverso le stecche, la luce tenue del sole basso si insinuava in larghe strisce che si disegnavano nella stanza e si bevevano tutte le ombre con il loro caldo scintillio.

D'un tratto, da una delle fessure, entrò un bagliore accecante che la investì in pieno. Caterina ne ebbe paura, specialmente quando si accorse che lei stessa era fatta di luce e che fluttuava come fosse fiamma. Quindi sentì un calore fortissimo, finché la luce svanì di colpo. Riprendendo vagamente coscienza, sentì delle voci che parevano mormorii dell'altro mondo. Le sue ciglia batterono. Fece un mezzo tentativo per riaprire gli occhi, senza però riuscirci, e gemette per un dolore acuto e pulsante all'addome. Con uno sforzo sovrumano aprì gli occhi. Un bagliore fosforescente le si materializzò, poi si trasformò in un mostro spaventoso che le premette addosso gli artigli, penetrando dentro le sue carni e strappandole le budella fuori dalla pancia. Le scappò un urlo agghiacciante. Un brivido di freddo la invase, come se fosse stata chiusa dentro un congelatore, dunque svenne, cadendo sul tappeto in una posa da bambola rotta. La colf, sentendo l'urlo che Caterina aveva emesso prima di svenire, accorse in fretta. Trovandola sdraiata a terra, si precipitò ad aiutarla cercando di scuoterla e, quasi gridando, le chiese: «Signorina, signorina... Mio Dio che le è capitato?».

Caterina si riprese, allora guardò la sua domestica che la stava aiutando ad alzarsi intanto che era ancora vittima di un tremore spasmodico. Si toccò la pancia, accorgendosi con piacere che non aveva ferite, così si rilassò e, con voce spezzata, balbettando, rispose alla donna: «Oh, Dio. Una luce accecante. La mia pancia, non so, io... Ora sto bene, va tutto bene. Grazie, Cecilia, non è nulla... Preparami un tè. Va meglio».

«Signorina, lei si sta stressando troppo con tutta questa gente, con la televisione e il resto... Credo che si dovrebbe riposare di più. Le porto il tè, ma è meglio che si riposi e rimandi tutto a domani.»

«Certo, hai ragione. Farò come dici tu. Prima, però, prenderò il tè, ma dopo dovresti prepararmi un bagno caldo, credo di averne bisogno.»

Lei era rilassata nella vasca da bagno, si stava godendo il caldo tepore dell'acqua affogata nei suoi pensieri. Ripensò a cosa le era successo. Non riusciva a capire cosa si fosse materializzato davanti ai suoi occhi e cosa le avesse procurato quel dolore atroce alla pancia al punto da farla svenire. Ripassava nella mente ogni cosa quando, all'improvviso, l'acqua si mise in agitazione come se stesse bollendo. Prestissimo iniziò ad aumentare uscendo dalla vasca. Stava riempendo tutta la stanza da bagno come in una cisterna. La giovane donna, impaurita, si mise a nuotare cercando di tenersi a galla per non affogare. Non si spiegava cosa stesse accadendo. L'acqua usciva sempre più velocemente, aveva quasi raggiunto il soffitto e mancavano pochi centimetri che Caterina sfruttò per continuare a respirare. Ormai l'acqua aveva riempito completamente la stanza da bagno, non c'era più spazio per riprendere fiato. Lei, dimenandosi, stava per affogare, quando Cecilia bussò alla porta. Di colpo, come in un rewind, ogni cosa tornò alla normalità. Caterina si ritrovò sdraiata nella Jacuzzi con gli occhi sbarrati dal terrore, sputando fuori dalla bocca l'acqua che le era entrata nei polmoni. In seguito tossì rumorosamente, emettendo dei versi gutturali che sembrava la stessero strozzando. Cecilia, sentendo la tosse e quei versacci, si preoccupò.

«Signorina, che le sta capitando? Come mai tossisce in quel modo? Non sta bene?»

L'altra, riprendendo fiato, rispose: «Niente, Cecilia, ho solo bevuto un tantino. Cosa c'è, perché hai bussato?».

«Per dirle che c'è al telefono il signor Piero che chiede di lei.»

«Bene! Digli che lo richiamo io più tardi.»

Carolina Ludovisi, la fidanzata di Piero, era una splendida ragazza alta e con magnifici occhi azzurro mare. Aveva modi sereni e tranquilli che sapevano di classe e di raffinatezza, ma era la sua voce che attirava. Era insolito che, da una cosa semplice come una voce, si potesse esserne attratti a tal punto che Piero non sapeva resisterle a lungo lontano. Per lui era come ascoltare lo scorrere dell'acqua di un ruscello o fissare le fiamme di un camino acceso. Anche il suo sorridere, senza mai trascendere in una risata rumorosa, lo rasserenava. Lui diceva che quel sorriso aveva il suono delle corde centrali di un'arpa, donandogli soavi carezze e tenere e squisite delizie.

Carolina richiuse la portiera del taxi e avvertì il vento leggero e caldo attraverso via Nazionale nei primi giorni di ottobre. Automobili e autobus si facevano strada attraverso un labirinto di furgoncini parcheggiati in seconda fila, mentre la folla dell'ora di cena si spostava frettolosamente da una parte all'altra. La donna si coprì istintivamente i capelli con le mani per proteggersi, mentre si infilava sotto la tettoia sventolante che immetteva nel ristorante. Spinse la porta ed entrò dov'era attesa. Dopo essersi tolta la giacca di seta attillata che ricopriva il suo stupendo décolleté, diede un'occhiata in giro tra le teste dei clienti seduti ai tavoli per cercare dove fosse quello di Piero. Con la mano destra poggiata sulla morbida curva del suo fianco abbassò la spalla sinistra in una posa teatrale, quindi gettò indietro un ciuffo ribelle dei lunghi e morbidi capelli biondi. Gli occhi azzurro mare si posarono su quelli verdi di Piero che stava parlando con il cellulare.

Con un cenno la invitò verso di lui, per poi continuare a parlare al telefono. «Va bene, Cecilia. Le dica che sono al ristorante e che tra circa un paio d'ore rientrerò a casa. Sì, per favore, dica di chiamarmi lì. Bene, grazie.»

Chiuse la comunicazione mentre Carolina, con la grazia di una mannequin, prese ad avanzare come in una passerella con passo felpato, lasciando intravedere le gambe slanciate attraverso lo spacco della gonna. Il suo corpo snello avanzava in modo provocante, facendo frusciare a ogni passo la seta color corniola del suo elegante tailleur di Valentino. Arrivata al tavolo, lasciò cadere la giacca sulla spalliera della sedia, prese il pacchetto di sigarette che giaceva sul tavolo e se ne mise una tra le labbra carnose e sensuali. Piero le accese la sigaretta. Lei, come se stesse sospirando e tirando fuori il fumo che aveva aspirato, quasi timidamente gli disse: «Scusami, tesoro, per il ritardo, ma in redazione ho avuto dei problemi. Comunque sono qui».

Lui le diede un bacio, quindi l'aiutò a sedersi spostandole la sedia. Alzò le spalle e, con la sua voce calda e suadente, mentre si risiedeva le rispose: «Non importa, amore, anche aspettarti per me è un piacere. Se necessario, ti aspetterò tutta la vita, ma non tardare troppo. Uhm, complimenti, sei sempre più bella ed elegante. Questo vestito ti sta da Dio».

Poi chiamò il cameriere con un gesto, continuando a rivolgersi alla donna sensuale che lo stava incantando con il suo fascino e con un sorriso che avrebbe fulminato chiunque. E le chiese: «Prendi un aperitivo?».

La donna, tirandosi indietro i capelli con nonchalance, pronunciò la sua risposta: «Sì, grazie, un Martini».

Piero si rivolse al cameriere senza guardarlo. «Due, grazie.»

Restò con lo sguardo incollato su quello spettacolo della natura. Non riusciva a toglierle gli occhi di dosso da quanto era bella e affascinante. Stavano insieme ormai da più di tre anni, si amavano perdutamente, e ognuno di loro stava maturando l'idea di sposarsi, ma ancora non si erano decisi a chiederselo. Lui vide nel suo sguardo una certa inquietudine, sapeva benissimo quali erano le frenesie di Carolina. Era un'eccellente giornalista, nonché direttrice del giornale dove lavorava, ma non era soddisfatta di come il suo editore censurava gli articoli che doveva mandare in stampa. Spesso lei aveva pensato: "Visto che vuole decidere sempre lui, perché non se lo dirige da solo questo fottuto giornale? O magari, già che c'è, perché non lo fa dirigere da quell'imbecille di suo figlio che mi ha imposto come vice?".

Piero conosceva il valore artistico e intellettuale della sua donna e, vedendola ammosciata, imbronciata e con un umore che non era il suo solito, si fissò a guardarla più intensamente, se così si può dire. Secondo lui quella fragilità, ossia quel musetto imbronciato che si specchiava sul volto incantevole della donna, le conferiva un fascino e una sensualità ancora più irresistibili. Per non rimanere incollato a quell'immagine stupefacente scrollò la testa come per rientrare nella realtà. Intervenne cercando di spiegarle come stavano le cose secondo lui.

«So benissimo quali sono i tuoi problemi. Vedi, Carolina, scusami sai... ma ho l'impressione che tu non abbia afferrato in pieno la situazione politica di questo momento. Il tuo stupendo lato B rischia una pedata come chiunque altro. Se il tuo giornale sta subendo un drastico calo di tiratura, è perché tratta argomenti troppo seri. Anche la rubrica sui fatti quotidiani sta diventando obsoleta. Bella storia quella sulle cellule staminali, non c'è dubbio, o su quell'intellettuale che si è dedicato agli studi dell'evoluzione demografica del ventesimo secolo. Sono cose importanti, culturali, ma a chi vuoi che interessino? Sono temi che, per capirli bene, richiedono una certa cultura o quantomeno una sensibilità, e questi lettori sono la minoranza. I problemi della massa ormai sono troppi. Le cose serie non fanno altro che caricare ancora di più le loro angosce, e la maggior parte di questi lettori non ha bisogno di cose spinose, quelle le vede nei telegiornali o le legge sui quotidiani, mentre loro hanno bisogno di scacciare i problemi di cui sono oberati. Hanno insomma bisogno di leggere cose meno pesanti che alleggeriscano il loro umore e le loro preoccupazioni. Capisco che le banalità sono lontane un miglio dalle tue credenze, ma tu non sei la massa, che invece vuole proprio futilità che scaccino le loro incertezze. E tu, come giornalista e donna impegnata, hai il dovere morale di alleggerire le loro angosce.»

Quando Piero parlava, aveva il dono di dare a chiunque lo ascoltasse la sensazione di essere ben compreso. Aveva un senso innato di persuasione, e il suo dialogo era forbito e incisivo. Carolina lo stava ascoltando con molto interesse. Quello che le stava dicendo pensò fosse la pura verità, ma non era facile attuare il suo consiglio. Lei aveva un editore che non permetteva a nessuno di discutere i suoi ordini, anche se era molto furba e intelligente e con maestria riusciva quasi sempre a portare la pratica a suo favore. Tuttavia, in quel momento si sentiva frustata e stanca di combattere la sua guerra contro il dispotismo di quel cretino di Bertoni. Non ne poteva più. Stava per dire la sua, ma si fermò perché arrivò il cameriere con i cocktail. Piero lo ringraziò, poi riprese a parlarle, senza nascondere una smorfia acida. «Voglio dire che dovresti proprio iniziare a rivolgerti a un pubblico più popolare, se desideri che la tiratura vada a gonfie vele.»

L'espressione di Carolina si poteva riassumere facilmente con il modo affermativo con cui lui si era espresso. Anche se era nata a Roma, più si sentiva irritata più si comportava all'inglese, senza esagerare, e nascondendo l'ira che aveva dentro. Lei era sempre stata la massima autorità sia nella sua famiglia che tra i suoi amici e nemici. Era una tuttologa par eccellenza, esperta in ogni cosa, di cultura e dei modi di trattare argomenti sia intellettuali che di vita vissuta. Impavida difronte alle sfide e ai conflitti che le si presentavano, vinceva sempre le sue battaglie contro le fatalità negative che la vita le schizzava addosso. In più combatteva con tale audacia e determinazione che, quando i vari problemi si presentavano senza disciplina, riusciva sempre ad affrontarli con intelligenza e coraggio. Era una donna sensibile che aveva a cuore le problematiche che affliggevano il mondo intero, ma questa volta si sentiva quasi sconfitta dalla testardaggine e dal dispotismo del suo editore. Era come aver vinto al Superenalotto, senza però trovare più la ricevuta per riscuotere il premio.

Le sue guance rubizze si tirarono in un'espressione furiosa. Scuotendo la testa in modo elegante, mormorò:

«Certamente, hai ragione, ma quel cretino del mio editore non sarebbe affatto d'accordo con nessuna delle cose che hai detto. Lui si è fatto dal nulla. La sua famiglia era molto modesta, suo padre faceva il muratore, e lui per mantenersi doveva lavorare, non potendo studiare. Credo che non abbia fatto nemmeno le superiori, ecco perché cerca di imprimere al suo giornale argomenti il più possibile culturali... Lo impone per nascondere la sua ignoranza. Non permetterebbe che si mandassero in stampa pezzi di lettura popolare. In fondo, è lui il proprietario del giornale, delle televisioni, delle finanze e della politica. Se il giornale fallisse, per lui non sarebbe una grossa perdita».

L'antipatia che Piero provava per Arnoldo Bertoni, l'arrogante e presuntuoso miliardario proprietario della testata di cui Carolina era direttrice, gli traspariva da tutti i pori. Era stato in rapporto con Bertoni in tribunale, quando aveva vinto la causa facendolo condannare a un risarcimento milionario nei confronti del suo cliente. Conosceva bene quell'uomo senza scrupoli che non si fermava davanti a nulla pur di raggiungere i suoi disegni, che erano sempre indirizzati a guadagni per lo più illeciti e talvolta contro la legge. Avrebbe venduto l'anima al diavolo. Però, in un certo senso, l'avrebbe sempre ringraziato, perché proprio in quell'aula di tribunale aveva conosciuto Carolina. Tornando a lei, le prese la mano accarezzandola e soggiunse: «Sì, conosco bene quel cafone arrogante. Se il problema consiste nel calo della tiratura, devi contrattaccare con un piano strategico che ti dia un'immediata spinta per una ripresa».

Questo lei lo sapeva benissimo. Conosceva bene l'animo umano, e sopratutto conosceva quel viscido del suo editore, ma non sapeva cosa fare. Lui era un amico di suo padre, ed era proprio la sua raccomandazione che le aveva procurato

quell'impiego prestigioso. Sapeva fare benissimo il suo lavoro e gestire i collaboratori che la rispettavano e la stimavano come donna, giornalista e direttrice, essendo intelligente e furba. Qualche volta la tenacia che ci metteva subiva una pausa che la metteva in una situazione di pessimismo verso le sue decisioni, rendendola vulnerabile, anche se con tutta la volontà che possedeva cercava di celarle, dimostrando una forza d'animo incredibile. Ma spesso la tenacia non bastava. Superare certi scogli era difficile anche per chi aveva una forza di volontà e una determinazione al pari di Carolina, che in quel preciso momento stava subendo un crollo della volontà. Interrompendo Piero, gli rispose: «Sì, ma non è così semplice. Vedi, il suo piano editoriale non si discute, è un uomo cocciuto e arrogante.
Io... io... credo che lascerò questo lavoro e ne cercherò un altro. Sono stufa di quel figlio di puttana».

Lui, con gentilezza, cercò di farle capire che nel momento storico in cui vivevano non sarebbe stato facile trovare un nuovo impiego. Il Paese stava attraversando un periodo di crisi che ormai andava avanti da un bel po' di tempo, e lo Stato con i suoi politici non riusciva a evitare il declino che stava subendo. La disoccupazione era a livelli storici, invece le tasse tartassavano specialmente i meno abbienti, e le industrie chiudevano i battenti una dietro l'altra o trasferivano le loro ditte in paesi dove gli oneri fiscali erano di gran lunga minori. Oltre a questo, le infrastrutture erano congelate per mancanza di fondi; i beni culturali, che erano la risorsa più significativa, cadevano a pezzi per mancanza di manutenzione; le strade delle città erano un colabrodo. E ancora l'immondizia giacente impestava anche le vie del centro, mentre nella periferia il puzzo era insopportabile, e questo non solo a Napoli, ma in tutte le città della penisola. Quell'ammasso di pattume imputridiva l'aria, ma non c'erano né mezzi né discariche o inceneritori per smaltirla. Infine, il debito pubblico era a livelli storici. Insomma, non c'era più nulla che andasse bene, l'Italia era sull'orlo del fallimento. L'unica cosa che funzionava erano gli stipendi milionari degli innumerevoli politici, la maggior parte inutili, come inutili erano le numerosissime auto blu, gli autisti e le ingenti scorte che venivano impegnate per la sicurezza di questi parassiti. Il tutto naturalmente pagato dall'erario, vale a dire dal popolo che non arrivava a fine mese per sbarcare il lunario. Questo per non farla troppo lunga, ce ne sarebbe da parlarne per ore e ore.

Come tutti, anche Piero era preoccupato di come andavano le cose, anche se lui non aveva problemi a sbarcare il lunario, ma essendo altruista, si preoccupava per la massa che non aveva di che vivere. La beneficenza che la sua famiglia elargiva era solo un granello di sabbia. Per tutto ciò, mise in guardia la sua donna.

«Vedi, tesoro, se lasci questo giornale, le tue scarpe di Prada dovranno farne di strada per trovare un nuovo impiego tanto prestigioso, perciò ti consiglio di dedicarti anima e corpo per cambiare il progetto editoriale, perché quello che ti impone Bertoni, in questo momento storico del nostro paese, è il più deleterio che si possa concepire. Devi reagire con forza e immediatamente.»

In quel momento gli squillò il cellulare, chiese scusa a Carolina e rispose: «Sì!».

Caterina era seduta in salotto nel suo appartamento. Era piuttosto in crisi, perché ciò che aveva vissuto le aveva messo addosso un umore pessimo e aveva paura. Non capiva cosa le stava accadendo, e che cosa significavano quelle visioni in cui aveva visto quel mostro orribile che le aveva procurato un dolore talmente forte da farle perdere i sensi, oltre a cosa rappresentava ciò che le era capitato in bagno. Queste cose la misero in uno stato di perplessità e di timore, perché non riusciva a darsi una spiegazione plausibile. Si sentiva come se stesse impazzendo, però non voleva mettere in allarme suo fratello e né che si preoccupasse per lei, così cercò di celare le fobie che avevano preso possesso della sua tranquillità. Gli stava telefonando solo perché lui l'aveva chiamata.

«Ciao, Piero, sono Caterina...»

«Ah, Caterina, sei tu.»

«Ti serviva qualcosa o...»

«Sì, ti ho cercata, volevo sentirti... No, niente di speciale, era solo per salutarti e sapere come stai.»

«Sto abbastanza bene, ma vedi, è che... Non so...»

«Ma che cos'hai? Ti sento strana, forse non stai bene?»

«No, Piero, mi sento bene, è che sono un pochino stanca...»

«Beh, lo credo che sei stanca, stai lavorando troppo. Devi riposare di più, 'sto tour ti sta stressando.»

«Sì, hai ragione, ma non posso mollare. Sai, devo essere pronta per il venti, il tour comincia, e dovrò girare il mondo. E quindi è importante che sia preparata, per questo sto lavorando molto.»

«Ho capito, ma cerca di non stressarti troppo, non farmi preoccupare. Promettimelo!»

«Certo, te lo prometto. Anzi, volevo auto invitarmi a cena e, se sei libero, verrei da te domani sera. Che ne dici? Ho voglia di stare un po' con te e Carolina.»

«Bene, mi fa piacere, e anche lei ne sarà contenta. È qui con me, stiamo cenando in via Nazionale.»

Carolina intervenne, chiedendo a Piero di mandarle un

saluto: «Mandale un bacio da parte mia».

Girandosi verso la sua donna, lui continuò a parlare al telefono. «Ti manda un bacio. Sorellina, ci fa molto piacere averti a cena da noi. Allora d'accordo, domani sera a casa mia alle 20:00. Ciao, tesoro, cerca di riposare. A domani.»

Chiuse la comunicazione, poi si rivolse alla sua donna dicendo: «Scusami, amore, hai sentito... Caterina verrà da noi domani sera. Sai, l'ho sentita giù di morale e non è da lei. È sempre così pimpante che è difficile starle dietro, però stasera mi sembrava un tantino... Beh, sarà stanca».

«Lo credo, con tutte quelle estenuanti prove. Sai, un tour è una cosa molto impegnativa, poi questo a Roma è il primo ed è sempre così, in seguito tutto sarà routine. Domani sera le parlerò io e cercherò di confortarla, vedrai che tutto le passerà.»

La donna bevve un sorso di Martini, con aria perplessa.

«Tornando a noi, cosa stavi dicendo?»

«Dicevo che non puoi lasciarti andare in questo modo. Devi infischiartene e, se questo comporta essere licenziata, visto che tu stessa vorresti lasciare il giornale, che te ne frega. Se dedicare un numero ad argomenti più interessanti e di cultura più popolare ti farà vendere più copie, beh, tu avrai vinto. È proprio quel che ci vuole per quel cretino, altrimenti continuerà a comandarti a bacchetta e a contraddirti in eterno. Un tipo del genere va colpito dove è più sensibile, cioè nel portafoglio, non puoi permettergli di cavarsela così a buon mercato. Se il tuo giornale in futuro comincerà ad avere buone tirature, anche lui se ne farà una ragione, e ne guadagnerà il tuo prestigio. Sei tu la direttrice, ti pare? Con questa tattica gli farai mancare il terreno sotto i piedi. Dai retta a me.»

L'affermazione di Piero non era sbagliata, in fondo. Oltre

a essere un buon avvocato, era anche un brillante scrittore. Aveva messo in moto la tattica di scrivere libri leggeri rispetto a quelli didattici che non si vendevano più, ed era passato a romanzi più commerciali che erano diventati dei grandi successi, facendogli guadagnare fama e soldi. Per lui la scelta di una linea diversa si era rivelata vincente, al punto da ottenere successi tali che solo pochi scrittori sarebbero riusciti a raggiungere in così poco tempo. Aveva la reputazione di essere non solo un buon manager di se stesso, ma anche uno scrittore in gamba e un avvocato molto apprezzato. Quando si arrivava a questioni pratiche come quelle che intendeva procurare a Carolina, era certamente un consigliere indispensabile. Quindi l'incipit che le suggerì in seguito si rivelò vincente. Arnoldo Bertoni, nonostante disponesse di un ingente capitale e fosse il proprietario di un'azienda editoriale e informatica, aveva le mani in pasta sia nelle finanze che nel governo, ma in fin dei conti era un uomo meschino, viscido, prepotente, disgustoso e senza scrupoli. Per raggiungere i suoi scopi, avrebbe ucciso anche la madre.

Piero continuò a rivolgersi a Carolina con un certo paternalismo, dicendole: «Tesoro, devi cercare di essere più determinata. Hai la fama di essere una guerriera, non capisco perché ti comporti come una perdente. Sembri una bambina che... Insomma, in questo momento credo che tu sia un tantino pessimista. Vedo in te una sorta di inquietudine».

La stava guardando con un'aria seria, poi continuò: «Hai una certa ingenuità...».

Lei era una donna che si sentiva sempre in imbarazzo a scoprire che qualcuno la accusava di ingenuità, perché sentiva dentro un senso di superiorità e di sicurezza che le veniva naturale. Leggermente irritata, scuotendo la testa e quasi con rabbia, lo interruppe.

«Non è vero! Ti sbagli completamente, sono una calcolatrice e pianifico sempre tutto senza trascurare i dettagli. Ti prego di non ricominciare con la tiritera della donna immatura, perché non sono io quella di cui parli. Non sopporto quando qualcuno mi giudica, specialmente se lo fai tu. Ma forse non mi conosci bene.»

«Cosa vuoi dire con questo?»

L'espressione degli occhi di lei era fredda e ostile, pareva dire che poteva piacere ad altri essere giudicati, ma non a lei. Sembrava una tigre che si stava preparando al combattimento. Ciò che aveva udito l'aveva scossa fin nell'intimo del suo essere, così gli rispose con aria severa: «Voglio dire che non sopporto critiche avventate su di me. Insomma, idealizzare le donne, vederle secondo una certa idiosincrasia, una tipologia che non ha nulla a che vedere con la verità. L'innocente, l'ingenua, come mi definisci o come la pensi tu, sono solo congetture e idiozie e non appartengono alla mia persona».

Piero in quel momento sembrava disorientato da quella sfuriata. Quell'immagine si era materializzata nella mente di Carolina, ma si accorse che lui aveva un'aria preoccupata. Certamente cercava di nascondere le sue preoccupazioni, ma non poteva celarle a lei che lo conosceva come le sue tasche. Il loro lieve alterco si concluse con uno smagliante sorriso che Carolina regalò al suo uomo prima di parlargli con tenerezza. «Scusami, tesoro, non volevo.»

Gli prese la mano tra le sue e, con un sorriso esagerato, continuò. «Piero, smettiamola di discutere tra di noi. Non voglio più parlare di me. Voglio sapere cos'è che ti preoccupa, me ne accorgo dalle rughette che ti si formano sulla fronte. Perché non ne parli con me? Per una volta, posso essere io la tua analista, ti pare? Dai, sfogati pure. Sarò lieta di ascoltarti.»

La preoccupazione di Piero era suo fratello minore, per il racconto che gli aveva fatto e per gli incubi che si erano impossessati di lui. Era piuttosto incredibile ciò che gli aveva confessato, ma lui conosceva bene l'animo umano, sopratutto quello di suo fratello che era una persona seria e razionale. Benché avesse soltanto trent'anni, era già direttore commerciale di un'importante ditta finanziaria che manovrava business milionari, per cui non era assolutamente uno sprovveduto, e quello che affermava di aver vissuto, doveva essere assolutamente la pura verità. Nei suoi occhi aveva letto tutto il dramma di quegli eventi. Albergava nel suo sguardo qualcosa di demoniaco. Non era l'espressione serena di un uomo nel pieno delle sue facoltà e dalla sua razionalità, ma c'era in lui una luce infernale. Sembrava rugoso, invecchiato, e anche la sua voce era cambiata, essendo più rauca e graffiante. Lo aveva visto irrompere nello studio come una furia, con un ghigno contorto come quello di un lupo inferocito.

Piero decise in quel momento di sfogarsi e di condividere con la sua donna le preoccupazioni che lo assillavano, cercando in lei quella complicità che avrebbe alleggerito il peso che si sentiva addosso. Per questo motivo decise di sfogarsi, ma era reticente, non voleva raccontare ciò che Enrico gli aveva confessato, ritenendo che fossero faccende troppo incredibili da menzionare. Perciò, minimizzando, espose il suo discorso.

«Mah! Sono preoccupato per Enrico. La morte di Eva deve averlo sconvolto più di quanto si possa immaginare. È un ragazzo ipersensibile, poi amava Eva in modo... Ecco, sono preoccupato per lui. È piombato da me, raccontandomi una storia incredibile e senza nessuna razionalità, sembrava il racconto di un film horror. Ma se ti devo dire, credo che non sia impazzito, era veramente sconvolto.»

Lei, incuriosita, gli chiese di ripeterle cosa suo fratello gli aveva detto. «Beh, perché non mi racconti tutto?»

Fissandola negli occhi azzurri, annuì e iniziò: «Credo che sarebbe inutile, è una storia infernale, inverosimile. Come se avesse il demonio dentro di sé. Non capiresti».

La giovane, sorseggiando il suo Martini, lo affrontò decisa.

«Ti sei dimenticato che mio zio è cardinale e il più esperto esorcista del clero? Non dire sciocchezze! Se qualcuno può capirti, quella sono io, e non dimenticare che ho studiato a fondo gli eventi paranormali e spiritistici. Sul demonio ne so quanto lui. Ricordati quante consulenze ti ho dato per la stesura dei tuoi bestseller.»

Piero scrollò la testa, con calma si accese una sigaretta e si passò la mano tra i capelli.

«Sì, hai ragione! Sicuramente tu puoi capire.»

In quel momento arrivò il cameriere, chiedendo le loro ordinazioni. Dissero le loro preferenze, e finalmente Piero raccontò tutta la storia degli eventi che Enrico aveva vissuto. Le riferì anche ciò che il suo amico psichiatra aveva diagnosticato sulla bilocazione, tanto che lei rimase sconcertata dal racconto.

«Joe sarà uno stimato medico, ma di possessione del demonio ne sa poco.»

«Cosa vuoi dire? Che c'entra il demonio?»

«C'entra eccome! Enrico è posseduto da qualche demone. Se quello che mi hai raccontato è vero, credo che...». Lasciò la frase a metà, perché decise sul momento di rivolgersi allo zio per cercare di venire a capo di quella situazione scibile.

«Dobbiamo parlare assolutamente con mio zio. Prenderò un appuntamento. Quello che mi hai raccontato è incredibile. Mio zio è la sola persona che può aiutarci, uno psichiatra non può fare granché contro il demonio.»

Usciti dal ristorante in via Nazionale, Piero e Carolina si avviarono a piedi verso piazza Esedra alla libreria "Feltrinelli", dove una troupe televisiva e alcuni giornalisti si stavano preparando per la presentazione dell'ultimo libro di Piero Medici. Il romanzo dal titolo "Trapianto" trattava la storia di una famiglia di giovani sposi che stava vivendo un dramma devastante, in quanto il loro bambino di sei anni era stato colpito da una malattia che sembrava inguaribile. Il male era all'ultimo stadio: il midollo spinale aveva bisogno di un trapianto urgente. Il padre aveva deciso di offrirsi per la donazione, tutto era andato benissimo, e il bambino era guarito completamente. L'equipe diretta dal professor Roger Bheyle aveva fatto miracoli, e l'operazione era riuscita perfettamente. Nel suo racconto Piero aveva sviscerato tutto il dramma di questa famiglia, mettendo in risalto le vicissitudini che avevano dovuto subire per cercare i soldi che servivano per l'operazione e per il viaggio in America. Proprio lì Bheyle, profumatamente pagato, aveva salvato la vita alla creatura. Il padre del bambino aveva combattuto con le banche per cercare di avere il prestito necessario, ma non c'era stato niente da fare, nessuno voleva fargli credito. Infine, aveva deciso di vendere i suoi averi, compresa la casa, e con i pochi soldi che i loro genitori erano riusciti a rimediare, aveva accumulato la somma necessaria ed era partito. Dopo circa un mese di degenza, i pazienti erano stati dimessi e la loro vita era ripresa. Così erano vissuti felici e contenti.

Quando Piero entrò con Carolina nella libreria, venne accolto con applausi. Fu anche assalito dai giornalisti che cominciarono le loro interviste. Alcuni gli chiesero a cosa si fosse ispirato per raccontare quella storia straziante. Lui rispose che aveva preso spunto da una storia vera, e che anche il finale roseo era la pura verità. Altri gli chiesero come mai questa volta non avesse scritto un romanzo avventuroso com'era solito scrivere, e quale alchimia avesse caratterizzato il cambiamento del suo stile. Questa fu la domanda che ritenne più intelligente, quindi fu felice di rispondere.

«Nella penna di uno scrittore si trasferiscono i suoi pensieri, che posandosi su un foglio di carta diventano parole. Queste parole, una dietro l'altra, formano un racconto. In questo prendono vita dei personaggi che fanno parte di un mondo immaginario, dove i protagonisti che vi recitano sono puramente inventati. In questo caso, lo scrittore è il Dio che ha creato quel mondo virtuale, ne è il creatore. Lui forma l'aspetto fisico e intellettuale di ogni attore, sviscerando il loro carattere. Il libro diventa un microcosmo, e lo scrittore ne è il creatore. Scatenando la sua fantasia, crea una storia che esiste solo nella sua mente. Dalla sua creatività poi si trasferisce, diventando un lavoro più o meno di successo, ma ciò che lui ha trasportato dalla sua immaginazione alle pagine che compongono il suo lavoro sono solo fantasie che non esistono veramente. Bene, detto questo, ho voluto mettere a riposo la mia creatività, raccontando una storia veramente esistita e non scaturita dalla mia fantasia. Di questo microcosmo io non sono il creatore, ma solo il cronista.»

Anche se il suo libro usciva dai canoni usuali dello scrittore, fu un successo. Era riuscito, nonostante la storia straziante, a creare quel patos che ti tiene incollato alle pagine fino alla fine. Aveva sviscerato i suoi personaggi con estrema veridicità, senza trascurare il loro carattere e i loro drammi, in un racconto estremamente avvincente e pieno di emozioni strazianti, ma anche di felicità quotidiana che i personaggi man mano vivevano nelle sue pagine.

Indipendentemente da quello che possa essere stato il successo di Piero nell'ambito dell'azione diretta, nello scrivere la triste storia ancora una volta torna il motivo di fondo della dialettica morale per cui, al di là da ogni moralismo, le passioni, le impressioni e la ragione hanno un ruolo fondamentale che fa tutti gli scrittori uguali ciascuno a modo suo. Lo scrittore costituisce quell'equilibrio dal quale scaturisce un'idea umana, in una razionalità che, come termine di realizzazione, è la stessa razionalità del tutto. La giusta natura, la provvidenziale e intellettuale natura dell'uomo. Razionalità della natura e razionalità dell'uomo che, in un sapiente gioco creativo, costituiscono il suo mondo, il quale ragionevolmente coincide con l'atto in cui le stesse passioni compongono il mondo della natura e il mondo dell'uomo. A loro volta combacianti tra loro.

Questa era la disciplina della filosofia con cui lo scrittore svolgeva il suo compito nel narrare le sue storie. In un primo momento la critica fu ostile ma, visto il successo, dovettero cambiare le loro decisioni, assegnando al lavoro una compiacenza positiva che gli valse, infine, premi letterari e innumerevoli onorificenze in tutto il mondo culturale. Dopo le interviste, Piero cominciò ad autografare i libri che i clienti acquistavano.

Capitolo 8

Enrico, nella sua stanza, era visibilmente euforico. Il consiglio di Piero aveva giovato positivamente sul suo sistema nervoso, e al momento si sentiva rilassato e allegro. Decise così, immediatamente, di attuare la terapia che il fratello gli aveva consigliato. Chiamò l'ufficio e diede al suo vice disposizioni precise su come doveva evadere le pratiche urgenti, poi preparò i bagagli, li caricò in macchina e partì allegramente per la campagna. La giornata era meravigliosa, il vento della notte aveva sgombrato il cielo da tutte le nuvole e, nonostante fosse pomeriggio inoltrato e i primi di ottobre, l'aria era tiepida e piacevole. Al punto che aprì il tettuccio della sua Spider, lasciandosi accarezzare dal vento e dai colpi di luce, con il sole basso che, infiltrandosi tra i rami degli alberi, riusciva a colpirlo come il flash di una macchina fotografica. Sfrecciò con il vento in poppa verso la sua casa, la casa di famiglia che era stata restaurata dopo l'esplosione dove morì la madre. In quel momento gli venne in mente la fine orrenda che fece.

Marina, la madre di Piero, Enrico, Miranda, Caterina ed Eva, dopo qualche mese passato a casa del figlio Enrico, aveva deciso di rientrare nella sua villa. Era un caldo pomeriggio di maggio quando era entrata nel viale alberato della sua proprietà. Aveva parcheggiato la Jeep e si era messa ad ammirare il casale, inebriandosi con l'intenso profumo delle rose appena sbocciate che coloravano di rosso, arancio, giallo, viola, rosa e turchese le aiuole che arredavano il curatissimo giardino. Lei stessa, quando viveva felice nella casa, si prendeva cura delle rose ma, durante la sua assenza di un anno, era stato il giardiniere a prendersi la bega di coltivare i roseti e naturalmente i giardini della villa. Aveva avuto la sensazione di fare un viaggio a ritroso nel tempo. Con un battito di ciglia la sua mente, per un attimo, l'aveva catapultata ai giorni di intensa felicità che una volta aveva vissuto. Quando aveva conosciuto Giorgio, tra loro era scattato come un colpo di fulmine e si erano innamorati l'uno dell'altra. Lei era una ragazza molto affascinante, alta, con un portamento elegante e piena di fantasie e desideri. Sembrava che albergassero in lei i sogni di tutto il mondo, ma non aveva riconosciuto il suo finché non aveva incontrato lui.

In quel momento della sua vita, alla soglia dei sessant'anni, conservava ancora intatta nel suo cuore la fiducia nell'amore, che per lei era la vera essenza della vita. Con un altro battito di ciglia era tornata al momento attuale in cui si trovava. Trovava che nulla era cambiato, come se il tempo non fosse mai trascorso. Il portico era sempre ben arredato con i suoi salotti in vimini, e i fiori coloravano tutti i vasi e le aiuole che tappezzavano quell'ordinatissimo parco. Le pareti in pietra a vista della villa, colpite dal sole basso che si tuffava nell'acqua della piscina, stampavano sopra i muri dei tremolanti riflessi rosei e argento. Gli infissi di legno tinteggiati di nero, ai lati delle finestre rettangolari dove spiccavano le tende bianche, sembravano tasti di un pianoforte. Per un attimo l'immagine le era sembrata che si appannasse per poi trasformarsi nella scena che di nuovo aveva invaso la sua mente. Era difronte al pianoforte, teneva teneramente in braccio il figlioletto Piero appena nato, mentre suo marito tormentava i tasti dello strumento suonando "Canto d'amore" di Chopin. La musica si diffondeva nella sua mente come una melodia magica. Era lì con le due persone che amava di più al mondo: suo marito e il loro figlio, che avevano voluto con tutta l'anima.

Giorgio Medici era un valente musicista di fama mondiale, un uomo di bell'aspetto, sempre elegante e con un fascino che ammagliava. Amava sua moglie più di se stesso, ed era ricambiato nello stesso modo da lei. Appena adolescente, con grande sorpresa e soddisfazione, era stato accettato al conservatorio di Santa Cecilia, dove era stato considerato il migliore del suo corso, diventando di conseguenza uno dei più richiesti pianisti sulla piazza. Marina, invece, amava leggere e scrivere. Si era laureata in lettere e filosofia alla Sapienza di Roma, poi aveva frequentato un master in giornalismo a Londra, dove aveva scritto articoli per il campus. Allora ventitreenne aveva spedito il suo curriculum vitae a tutti i giornali per cercarsi un'occupazione, ma era arrivato prima Giorgio che, dopo essersene innamorato, l'aveva chiesta in sposa. Così Marina aveva rifiutato un impiego prestigioso che le era stato offerto dalla RAI come giornalista e presentatrice del telegiornale, e si era occupata a tempo pieno del suo amato marito. Ma il bel quadruccio familiare d'improvviso era svanito, lasciando il posto alla sua più immane tragedia. La sofferenza più forte di ogni dolore più intenso. Come un sasso lanciato contro una finestra, Marina era lì impalata, con il volto tra le mani, quasi senza il respiro, cercando di penetrare il significato di ogni evento e sforzandosi di anticipare la storia che non era ancora stata narrata. La sua storia futura senza il suo Giorgio. Non era di certo un amore comune quello che nutriva per il marito. Ora, però, poteva amare solo il ricordo del più indissolubile amore che la faceva sorridere e ridere di nuovo. Non si era mai chiesta che cosa alimentasse a quel modo i suoi sogni, forse nel profondo aveva paura della risposta. Ma era lì, senza il respiro, senza più futuro, senza più Giorgio, senza più niente, con gli occhi vitrei. Solo un ricordo terribile, solo la certezza che voleva cancellare. Suo marito era morto: il cancro se l'era portato via ormai da un anno.

Era troppo spaventata dalla verità che ne subiva il terribile morso, togliendole il respiro. Era in silenzio, ripensando alla dolcezza della sua passione, delle parole non dette e di domande mai poste. Era passato un anno da quel maledetto mercoledì di terrore, di dolore, e nessun raggio di sole poteva diradare la nebbia che oscurava il suo futuro, come se fosse già morta, come se non avesse più anima. Si sentiva un animale randagio, senza più parole da pronunciare e più atti da compiere. Era impalata davanti al portico della sua alcova, dove la felicità l'aveva coccolata, accarezzata, amata. Dove aveva riso e riso ancora, e dove aveva visto crescere i suoi figli e il suo grande amore per Giorgio. E aveva anche ascoltato la musica aleggiare nella casa come una melodia divina. Lo vedeva al pianoforte che suonava per lei, solo per lei, in un concerto che d'un tratto si era interrotto all'improvviso, che d'un tratto aveva troncato la sua vita tragicamente. Nella mente, lo sguardo gli era volato subito al pianoforte, che nessuno aveva più suonato, e che nessuno avrebbe più suonato, almeno finché lei fosse stata ancora viva. Poi, con il pensiero, aveva voltato lo sguardo. Giorgio gli era apparso in successione mentre si avvicinava al camino, prendeva l'attizzatoio e spostava alcuni ciocchi per far riprendere al fuoco la sua forza, per poi rimetterne altri per ravvivare le fiamme che subito avevano ripreso la loro calda vivacità. Una miriade di monachelle si era sprigionata dalle fiamme come le lampadine dell'albero di natale. E ancora, aveva visto i suoi figli scorrazzare nel salone proprio intorno all'albero pieno di palline colorate e luci intermittenti, e intorno a dei pacchetti regalo.

Di nuovo era tornata al presente. Aveva cercato di cancellare le rimembranze del marito, ma la tragedia era stata più ardua della volontà che ci stava mettendo, così gli occhi si erano inondati di lacrime che le erano scese sulle gote come una cascata di mercurio. Si era asciugata i suoi stessi occhi con il fazzoletto che aveva afferrato dalla borsetta, ma aveva preso anche le chiavi di casa e si era decisa a entrare. Dopo aver infilato la chiave nella toppa della serratura, aveva esitato un attimo intanto che un brivido l'aveva assalita. Era stata colta dal timore e dalla paura di entrare in casa, perché sapeva che Giorgio non ci sarebbe stato ad aspettarla. Non riusciva ad aprire quella porta. Dentro di lei lo spirito di difesa si era materializzato nella volontà di cancellare la verità, spingendo il suo pensiero e desiderando che ciò che era accaduto fosse solo un brutto sogno, non la verità. Pensando a questo le sue labbra si erano schiuse, emettendo un leggero sorriso. Aveva chiuso gli occhi, immaginando che dietro quella porta Giorgio l'avrebbe abbracciata, e che l'incubo svanisse. Con queste immagini nella mente si era affrettata per far presto a gettarsi tra le braccia del suo amore. Aveva aperto la porta e acceso la luce, quando un'esplosione tremenda, al contatto elettrico, l'aveva investita, facendola saltare in aria con il portone di casa.

❈

Enrico si trovava nel mezzo di quel paradiso, circondato da alberi secolari in riva al fiume, dove si formavano piccole rapide sempre borbottanti. Era arrivato da un paio d'ore nella sua villa e, quando c'era entrato con gioia, l'aveva guardata come si guarda qualcosa che si ama. In ogni angolo erano celati i suoi ricordi: un passato felice e spensierato. Nei suoi occhi si manifestarono un paio di lacrime, ripassando nella mente quei momenti di felicità circondato dall'amore della sua famiglia. Cercò con tutte le forze di cancellare i suoi drammi che si ammonticchiavano uno sopra l'altro, pesando sempre più sulle sue angosce. I suoi deliri crescevano fino a diventare un grattacielo. Doveva riposare le membra e la mente dagli incubi che lo avevano assillato e dalla nevrotica città. Pensò che il balsamo per lenire il suo stato mentale fosse quello di cancellare quei terribili deliri che era stato costretto a subire, in modo che potessero sparire proprio con i ricordi dell'infanzia. Dopo aver ordinato al domestico di accendere il camino, gli chiese di far preparare da sua moglie una cenetta: «Roberto, per favore, fai preparare qualcosa da mangiare. Niente di particolare, non ho molta fame».

«Cosa preferisce?»

«Una bistecca con l'insalata andrà benissimo, grazie.»

«La vuole cotta al sangue come al solito? O preferisce...»

«Certamente, al sangue. Tua moglie sa come la desidero.»

Scivolò sulla poltrona che preferiva, quella che era stata compagna dei riposi e delle letture di suo padre. Poi si girò verso il pianoforte e lo guardò intensamente per un tempo indefinibile: una frazione in cui vide suo padre che lo stava suonando. Proprio allora le sue labbra si schiusero in un leggero sorriso che di colpo si spense. Quel ricordo diventò realtà, quella realtà che voleva scacciare dalla mente per pulirla dai drammi che lo avevano colpito. Non c'era più sua madre né suo padre, e ora nemmeno la sua amata sorellina. In quel momento gli sembrò che il mondo, con il suo grattacielo, gli crollasse addosso. Solo il suo respiro e lo scoppiettio del fuoco del camino rompevano il solenne silenzio, mentre fuori il borbottio delle cascatelle sembrava intonare una melodia celestiale. Si stavano quietando i rumori del giorno, fondendosi con quelli più magici della notte, e lui si stava godendo la sua tranquillità. Sospirò come se volesse scrollarsi di dosso gli odori, i sapori, le sfide, le cattiverie e i rumori della città infernale. Questo magico momento di relax venne rotto dal domestico che gli annunciò che la cena era pronta. Quindi mangiò. Tornato in salotto, si sedette sulla poltrona, bevendo un drink e fumandosi una sigaretta e, dopo aver spento la cicca nel posacenere, lui si assopì. Un incubo gli si infilò prepotentemente dentro la testa...

Un uomo deforme con la faccia deturpata in modo orrendo si stava avvicinando con passi furtivi verso una coppia di ragazzi che stavano amoreggiando. Quando fu abbastanza vicino, sferrò un'accettata in testa al maschio, che non si poteva vedere in viso perché era girato di spalle. L'urlo agghiacciante del poveretto, e il sangue che schizzava fuori dalla testa, fecero svegliare di soprassalto Enrico da quell'incubo che gli aveva impresso quella scena orribile.

Lentamente lo scoppiettio del fuoco cessò, con il risultato che nel salone calò il silenzio. Il respiro gli si fece affannoso, mentre un'ondata di freddo improvvisamente l'attraversò, provocandogli un violento spasmo. Era molto agitato e sudato, tanto che andò in camera sua per infilarsi in bagno e farsi una doccia. Infine si mise a letto, cercando di dormire. Era tardi, ma ancora non riusciva a prendere sonno, si voltava e rivoltava nelle lenzuola cercando di addormentarsi, mentre i dettagli di quanto gli era accaduto continuavano ad affollargli la mente. Decise di alzarsi per uscire, si vestì e si avviò verso il centro del paese. Arrivato, si fermò davanti a una locanda, dove parcheggiate c'erano una decina di Harley Davidson. Dentro di sé pensò: "Ecco, ci sono loro, i Roker. Dopo anni sono ancora qui. Già, ma in un paesetto collinare come questo... che altro potrebbero fare?".

Conosceva bene quel locale, lì era nato il suo primo amore. Pensò proprio a lei, alla ragazza che aveva amato e che forse amava ancora. Si fermò un istante con la mano poggiata sulla maniglia della porta d'entrata. I suoi occhi per un attimo si persero nel pensiero e nei ricordi. La sua mente piombò indietro nel tempo.

Mano nella mano in riva al lago. Era una meravigliosa sera d'estate, l'aria era tiepida, una luna immensa splendeva nel cielo gravido di stelle, donando ai due amanti un controluce fantastico. Il letto del lago sembrava un manto d'argento ossidato. Qua e là, nell'acqua lievemente mossa dal leggero vento caldo, i riflessi della luna si accendevano come lucciole che brillavano nella notte, e i due sembravano figure dipinte in un quadro. Traendola a sé, le stampò un bacio sulle labbra. La ragazza si staccò dalla presa di Enrico e, con movimenti sensuali, cominciò a spogliarsi. Una volta completamente nuda, si tuffò nell'acqua di piombo spruzzata d'argento. Lui non perse tempo, si spogliò a sua volta e la raggiunse in acqua. Si baciarono a lungo, intanto che i loro sensi si stavano impadronendo sempre più dei due corpi avvinghiati l'uno all'altra, in un vortice di passione e di libidine. Lei rise piano in un gorgoglio di passione che non riusciva più a controllare. Anche lui era travolto dalla voglia di quel corpo sensuale e dalla passione che lo stava incendiando. La trascinò così fuori dall'acqua per farla sdraiare sulla sabbia e baciarla dappertutto. La giovane prese l'iniziativa, si voltò sopra di lui e cominciò a baciargli e leccargli il petto, per poi scendere fino al sesso. Prima glielo leccò, poi se lo ficcò fino in gola, per arrivare sulla punta e ancora in gola, in un susseguirsi di su e giù che lasciò Enrico senza respiro per il piacere sconvolgente che stava provando. In quell'attimo sentì l'irrefrenabile voglia di penetrarla. La prese e la tirò a sé, affondando il turgido membro dentro di lei che cominciò a dimenarsi presa da una libidine spasmodica. Le sue urla soffocate di piacere si fusero con i gemiti di lui, che liberò il suo liquido in un concerto di passione.

Quando il suo déjà vu svanì, aprì la porta ed entrò nel locale. Vi ritrovò subito i vecchi amici, tra cui c'era anche lei. Con un balzo Sofia gli si gettò al collo, manifestando la gioia nel vederlo, e si abbracciarono affettuosamente.

«Enrico, sei proprio tu! Non ci crederai, ma pochi minuti fa stavamo proprio parlando di te, e ora sei apparso. È molto strano non ti pare?»

«Beh, la vita è piena di coincidenze, a volte negative e a

volte, come in questo caso, positive. Sono felice che hai pensato a me, anch'io ti stavo pensando. Sembra una telepatia.»

«Chiamala come vuoi, ma sono felicissima di vederti. Ti trovo bene. Devo confessare che mi sei mancato... Ma dimmi, come stai?»

In quegli anni che avevano vissuto insieme il loro amore li aveva avvicinati, senza però mai scadere in un'eccessiva confidenza. Avevano fatto l'amore tante e tante volte, ma senza promettersi nulla. Lei era innamorata perdutamente del suo uomo, ma quando era sola, si sentiva triste perché pensava che la frequentasse solo per divertirsi. Non era affatto così, anche lui l'amava, tuttavia non riusciva a dimostrarle fino che punto, probabilmente per semplice timidezza. Quando se ne andò a Roma per il lavoro, Sofia soffrì molto, comunque se ne fece una ragione, anche se il suo Enry era sempre nei suoi pensieri. Qualche volta le balenò in testa di andarlo a cercare, ma rimandò sempre l'idea per il timore che la respingesse. Probabilmente non l'avrebbe respinta, anzi, ne sarebbe stato felicissimo. Ora che l'aveva lì difronte, così bella, fragile e sensuale, lui non sapeva come comportarsi, però sentiva che una febbre gli stava crescendo dentro. Era come se la vedesse per la prima volta, come se fosse stato invaso da un colpo di fulmine tale da sentirsi bruciare dentro. E gli venne voglia di abbracciarla, di toccarla, di amarla, ma con cautela si limitò a risponderle: «Sto abbastanza bene e, ora che ti ho rivista, sto benissimo. Anch'io ti trovo in forma, sei sempre bellissima, forse ancora di più».

Gli amici cominciarono a chiamarlo, lui li salutò con un gesto, poi si rivolse di nuovo a Sofia: «Lascia che li saluti e parliamo un pochino, devo dirti un sacco di cose».

Dopo aver accarezzato con tenerezza la ragazza, si avvicinò ai tavoli dove erano seduti gli altri.

«Ehi, ragazzi, che piacere rivedervi. Alberto, Luigi, Sergio e tu, Gerry, mangi sempre come un maiale. Ti trovo un po' ingrassato, se si può dire.»

Gerry lo interruppe. «A secco! Guarda che la mia vita è piena di sacrifici, se mi togli anche il buon mangiare e la mia dose di dolci, beh, a che serve vivere? Comunque, mi metterò a dieta e diventerò più snello di te, anche più bello. Ah, ah, ah.»

«Sì, certo, credici...»

Enrico si girò anche verso il bancone del bar per salutare il vecchio proprietario.

«Ehi, Salvatore, come ti butta? Ti trovo ringiovanito, stai benissimo.»

«Eh, già! Noi paesani siamo come il whisky: invecchiando, miglioriamo. Ciao, mi fa piacere rivederti, e ti trovo bene anch'io. Ti porto il solito Jack?»

«Negativo! Non bevo più super alcolici, preferisco una birra. Se ce l'hai, una Tuborg. Grazie.»

«Certo che ce l'ho, qui da noi non manca niente. Poi guarda che anche la birra è alcolica, che ti credi?»

«Sì, lo so, ma è molto più leggera del whisky.»

Dopo si rivolse ad Antonio: «Anche tu sei qui? Ma non ti eri sposato?».

«Sì, certo, mi ero sposato, ma mia moglie non sopportava la mia Harley, credo che ne fosse gelosa... e aveva ragione. Così ora sono single. L'amore si è rotto, ma la mia moto è sempre sana ed è la più veloce. Dopo che sei andato via tu, naturalmente. Ce l'hai ancora?»

Enrico, con un tantino di nostalgia rispose: «No! Non ce l'ho più. Sai, il lavoro, la città...».

Antonio, con l'espressione di chi gli avesse confessato un omicidio, lo interruppe. «Non ci posso credere! Tu sei un assassino, hai venduto la tua Sofy? Sei un bastardo, le Harley si amano per sempre, e tu l'hai venduta. Sei senza moralità. Beh, in un certo senso devo dirti che sono quasi contento, così ora la mia è la più veloce e la più bella. Ah, ah, ah.»

Sergio lo guardò con aria perplessa per capire cos'aveva di diverso dal tempo che si frequentavano. Quando lo comprese, prese la parola. «Ehi, Enry, sei molto cambiato. Sembri un signorino.»

Girandosi verso gli altri amici, li invitò a osservarlo.

«Guardatelo là! Ti sei tagliato i tuoi capelli lunghi, vesti come un impiegato del catasto... Ma cosa ti è successo?»

«Beh, sai, la città è una stilista eccezionale, come ci piombi dentro cambia subito il tuo look. Ti inserisce in quel vortice di nevrosi e di etica da cui non puoi sfuggire. Inoltre, il mio lavoro non mi permette di essere ancora un roker, perlomeno esteriormente, anche se lo sono ancora dentro. Ho fatto il giuramento, no?»

Tutti si misero a ridere allegramente e lo presentarono alle persone che non lo conoscevano. L'ambiente tornò in allegria con il nuovo ospite. Salvatore, gli portò la birra.

«Ecco la tua Tuborg. E voi, ragazzi, prendete qualcos'altro?»

In coro risposero: «Una birra».

«Beh, potevate dirlo subito, così le portavo tutte insieme. Siete sempre i soliti. Guardate il signorino Medici che bella figura che è: pulito, sbarbato, vestito decentemente. Invece voi? Andatevi a tagliare i capelli, buttate 'sti jeans lerci e vestitevi con decenza. Ormai siete cresciuti, è ora che mettiate la testa a partito. Io ve lo dico, poi fate come vi pare.»

Antonio intervenne. «A nonnetto, mo' non cominciamo con le prediche, me le ha già fatte stamattina mio padre.»

Poi ogni cosa ricominciò in allegria. Dopo circa una mezz'ora di rimembranze goliardiche che gli amici avevano vissuto e che si stavano raccontando, a Enrico venne in mente una delle loro avventure e volle rammentargliela.

«Vi ricordate quella volta in cui tutti insieme entrammo in quel paesino che casino facemmo? Sembravamo usciti dal film "Il Selvaggio". La parte di Marlon Brando la facesti tu, Antonio, ti eri messo dietro la ragazza del bar e non la mollasti più.»

Il solito Antonio ribatté: «E ti credo, era una bona con due tette e un culo da paura».

«Sì, è vero, ma alla fine ti mandò in bianco.»

«Non mi mandò in bianco! È che dovemmo andar via così presto che non ebbi il tempo di sfoderare tutto il mio biblico fascino.»

«Sì, sì... Preditela con il tempo, è che quella non ti filava affatto.»

Poi, Enrico continuò il suo racconto: «E vi ricordate l'incidente di Sergio? Prese in pieno quella buca, saltando in aria come se fosse stato catapultato».

I ragazzi si misero a ridere, ricordando. Sergio, che quell'avventura l'aveva vissuta in prima persona, esordì: «Voi ci ridete sopra, ma la peggio l'ebbi io che mi sdrumai un braccio. Un dolore dell'anima, e la cosa peggiore fu che la mia moto subì un grosso danno».

Antonio, ridendo, continuò a sua volta il racconto.

«Il danno peggiore alla tua moto? Sì, questo è vero. Mi ricordo che il manubrio si accartocciò e non potesti più guidarla, ma il peggio lo subimmo noi, che ci mettemmo a cercare un camioncino che portasse la tua moto da un meccanico. Come volevasi dimostrare a trenta chilometri di distanza. Ci costò un botto.»

Gerry disse la sua: «Vi ricordate quando entrammo in quell'officina? Scoppiammo tutti a ridere perché lì dentro c'erano solo motorini, biciclette, taglia erba e seghe a motore. Non c'era neanche l'ombra di una moto in riparazione».

La comitiva continuò a ricordare quell'avventura che rovinò loro la gita al mare. Furono costretti a restare in quel posto sperduto, cercando di far riparare la moto di Sergio. Quando entrarono nell'officina, rimasero delusi nel vedere che il meccanico era alle prese con un decespugliatore che non voleva saperne di mettersi in moto. L'uomo, dentro la sua tuta lercia di grasso, li accolse. Sergio gli fece vedere la moto, chiedendo cosa poteva fare, anche se non aveva assolutamente fiducia in quel "ripara motorini". La sua era una Harley Davidson del '75, non un qualsiasi motorino. Poi a Gerry, guardandosi intorno, cadde l'occhio dietro una porta socchiusa, dove sul cavalletto giaceva una Big Feet nuova di zecca. Ne rimase sbalordito, chiamando gli altri che accorsero a guardare. Sergio, esterrefatto, si rivolse al meccanico: «Ehi, ma tu hai una Harley?».

«Certo, perché, credevate di averla solo voi?»

«No, questo no, ma non immaginavamo che... Allora per te sarà semplice riparare la mia? Un gioco da ragazzi.»

E così fu; il meccanico riparò la moto, poi si cambiò e si unì a loro nelle scorribande, passando una bella giornata.

Tornato al presente, Enrico disse: «Certo, erano altri tempi in cui eravamo spensierati e scatenati, ne combinavamo di tutti i colori. Purtroppo, però, il tempo passa e si porta via la giovinezza; ciò che ne rimane sono solo dei bei ricordi e niente più. Però non dobbiamo scoraggiarci. Siamo ancora qui, no? E ci resteremo, spero, ancora per molto tempo. Beh, ora chiedo scusa, ma devo parlare con Sofia, ho molte cose da dirle...».

Gerry, con un tantino di ironia, lo prese in giro. «Ho capito, vuoi sapere se ti è rimasta fedele, eh? Ma sì, non fa altro che parlare di te. Credo che per lei, come uomo, ci sia solo tu al mondo, gli altri non contano.»

«Non ho mai pensato il contrario. Bene, torno presto a parlare ancora con voi, a dopo. Vieni, Sofia, sediamoci là!» esclamò, indicando un tavolo appartato. «Parleremo un po'...»

Si alzò e la prese per mano, e insieme si sedettero e cominciarono a parlare tra loro. Enrico, probabilmente, aveva bisogno di sfogarsi e raccontare le sue vicissitudini, ma pensò che non fosse il caso di raccontare tutto a Sofia. Sarebbe stato inutile mettere anche lei in apprensione. Così si limitò a confidarle perché era scomparso, senza più farsi sentire.

«Sofy, mi dispiace essere sparito senza quasi salutarti. Dopo l'incidente di mia madre, ero sconvolto. Mi capisci, no? E il lavoro non mi ha più permesso molte libertà. Da quando sono stato nominato direttore commerciale, non ho più avuto un attimo di tempo. Ma ho sempre pensato a te, e credo di amarti ancora. Anzi, ne sono sicuro.»

Lei lo accarezzò sulla guancia, con gli occhi umidi, e gli rispose con voce spezzata dall'emozione: «Anch'io sono sempre innamorata di te. Come ti ho già detto, mi sei mancato da morire, ma adesso che sei qui non voglio perderti un'altra volta».

«No, te lo prometto, resteremo insieme per sempre. Ho molto bisogno di te, sopratutto in questo momento... Sai che è morta Eva, mia sorella?»

Sofia, a quella notizia rimase sconcertata. Conosceva benissimo Eva, era stata sua alunna quand'era diventata la maestra elementare della scuola del paese. Eva era una bambina dolcissima, si faceva voler bene da tutti, specialmente da Sofia che era la fidanzata di suo fratello. Ripensando a lei, assunse un'espressione costernata.

«Oh, santo cielo, cosa mi dici?! Poverina, era solo una bambina, com'è successo? Quando?»

«Un mese fa. Per me è stata una perdita terribile. Non riesco ancora a farmene una ragione.»

«Cosa le è capitato?»

«Sai, è stato un incidente molto strano. Gli inquirenti stanno ancora indagando; sembra sia stata sbranata da una bestia, ma... non si capisce come sia accaduto. Ti prego, ora non ne voglio parlare.» In quel momento gli si riempirono gli occhi di lacrime. Sofia gli si avvicinò abbracciandolo teneramente, poi lo baciò.

Sergio si accorse che i due si stavano baciando e, rivolgendosi ad Antonio, disse: «Antò, il tuo amore s'è rotto, ma qui sembra che se ne stia riparando un altro. Guarda là».

Tutti si alzarono, raggiungendo Enrico e Sofia al loro tavolo, e ricominciò lo sfottò indirizzato ai due in allegria. Dopo una decina di minuti di risate e ricordi, Enrico, chiedendo scusa, si avviò in toilette. Si era fatto tardi; fuori qualcosa si stava muovendo, qualcuno stava guardando. E con passi lenti e il respiro affannato, si stava muovendo verso la locanda. Si vedeva solo la sua ombra inquietante avvicinarsi in silenzio verso il pub.

All'interno, un ragazzo e una ragazza si allontanarono alla chetichella per non farsi scorgere dagli altri. Uscirono fuori, lasciando gli amici a godersi allegramente la serata, senza che si accorgessero della loro fuga. I due giovani trovarono un posto appartato per amoreggiare. Visibilmente eccitato, Gigi tentò di portare Maria dentro la stalla, ma lei resistette, così lui la spinse contro una parete e cominciò a baciarla. Lei lo corrispose con ardore, lui era sempre più eccitato.

«Dai, Mery, entriamo lì dentro, ho voglia di fare l'amore. Non resisto più...»

La ragazza non era d'accordo e tentò di calmarlo dal suo eccitamento: «Ti prego, tranquillizzati! Non posso, ho le mie cose. Dai, restiamo ancora un attimo e torniamo dagli altri».

Gigi si calmò e, abbracciando la sua donna, rispose: «Scusami, amore, non immaginavo. Ti amo moltissimo».

Poi la baciò ardentemente. L'essere li stava guardando, dopo si avvicinò a loro che non si accorsero di nulla. La cosa era vicinissima. Il ragazzo, messo in allarme dal rumore di un rametto che un piede dell'essere aveva fatto scricchiolare, si voltò di scatto. Ebbe solo il tempo di sbarrare gli occhi che all'improvviso ricevette un'accettata che gli divise la testa in due. Dallo spacco uscì una luce fosforescente che, concentrandosi, formò due laser, i quali colpirono gli occhi della ragazza già piena di terrore per aver assistito alla scena del mostro che sferrava l'accettata al suo ragazzo. Dai suoi stessi occhi uscì fumo e sangue, un sangue corrosivo. Lei cominciò a contorcersi per il dolore che stava provando, ma il suo urlo disumano si spezzò d'un colpo, quando cadde a terra senza vita. Man mano che il sangue denso sgorgava, corrodeva la carne, generando nuovo sangue che corrodeva ancora, fino a liquefare la poveretta. Di lei non rimase niente, nemmeno una goccia di sangue.

L'autore dell'accettata, lo stesso dell'incubo di Enrico,

stava ridendo sguaiatamente. Sembrava il diavolo: un misto tra un uomo peloso e un lupo. I suoi ghigni demoniaci erano terrorizzanti. A un certo punto allargò le braccia pelose con le unghie ad artiglio rivolte al cielo, urlando come una belva. Dai suoi arti, dagli occhi e dalla bocca partirono un turbine di scariche luminose che presero forme infernali per poi volteggiare in aria, illuminando il paesaggio a giorno. Sembrava un'aurora boreale, ma i suoi aloni avevano forme animalesche. In seguito il mostro si ritrasse, trasformandosi in un gatto nero che arruffato fuggì via, emettendo miagolii infernali.

Mentre Enrico, in toilette, si stava asciugando le mani davanti allo specchio, di colpo la sua faccia assunse l'aspetto del mostro che stava sferrando l'accettata, poi nel ragazzo che veniva colpito, e in ultimo nella ragazza che si stava liquefacendo. Tutto questo in rapida successione. Un lampo accecante e, in un attimo, tutto svanì. Enrico ne rimase terrorizzato e molto agitato, cercando di cancellare dalla mente quanto gli era accaduto. Si sciacquò la faccia, si sistemò e tornò dagli amici, con il volto terrorizzato, gli occhi sbarrati e tremiti di paura. Sofia si accorse dell'agitazione e, prendendogli la mano con tenerezza, gli domandò se andava tutto bene.

«Niente, sono solo agitato. In questo periodo mi stanno succedendo cose che non so spiegare neanch'io... Non farci caso, passerà.»

Alberto si accorse della mancanza dei due ragazzi e si rivolse agli altri.

«Ehi, ragazzi, Gigi e Maria non ci sono, mi sa che sono sgusciati via. Sicuramente sono andati a pomiciare da qualche parte.»

Sergio, con un'espressione furbastra, lanciò l'idea di andarli a cercare per prenderli in giro e magari mettergli paura.

«Che ne pensate se gli andiamo a rompere le uova nel paniere? Gli piombiamo addosso, gli verrà un colpo. Dai, Andiamo!»

Tutti acconsentirono e uscirono a cercarli. Nonostante fossero passati degli anni da quando erano ragazzi goliardici, in loro albergava ancora quella voglia di farsi degli scherzi fanciulleschi. In quel senso non erano cresciuti per niente. Erano ancora un clan di pazzi scatenati, sempre pronti a gongolarsi in avventure e scorrazzate con le loro moto, inventando sempre una scusa per divertirsi. E ora la scusa l'avevano trovata, cercando di burlarsi dei due ragazzi che si erano appartati in camporella. Girarono non poco per trovarli. Quando scorsero Gigi, era a terra, in una pozza di sangue, con la testa spaccata in due e con l'accetta ancora piantata. Gli altri vennero colti dalla disperazione. Una delle ragazze svenne e a un'altra venne il voltastomaco e vomitò. Il resto del gruppo, visibilmente agitato, non sapeva cosa fare. Enrico era il più calmo, nonostante avesse già vissuto quell'orrore nella sua mente, che gli aveva fatto materializzare davanti agli occhi la stessa scena raccapricciante sia nel suo incubo che nel bagno della locanda. Si concentrò, cercando di cancellare il suo delirio e riprendere le facoltà, e il tutto per pilotare la situazione che si era presentata in tutta la sua drammaticità. Scrollando la testa e schiarendosi la voce, disse: «Ragazzi, cerchiamo di mantenere la calma, non facciamoci prendere dal panico...».

Ma Antonio tremava di paura. «Come si fa a mantenere la calma, eh? Hai visto com'è ridotto questo poveretto? Ora cosa dobbiamo fare? E dove sarà finita Maria?»

Enrico intervenne, cercando di tranquillizzarlo: «Stai calmo, stiamo tutti calmi. Non sappiamo come sia successo, quindi dobbiamo chiamare le autorità senza toccate niente».

Chiamarono la polizia che intervenne immediatamente, cominciando a indagare. Non trovando Maria, scattò la caccia all'assassina. Cercarono a lungo senza trovare un bel niente. Infine, un sergente di polizia che era un esperto investigatore trovò delle impronte che andavano verso il lago. Si sa che il lago non restituisce quasi mai le sue vittime, così si chiusero le indagini, classificando la sparizione della ragazza come un suicidio dovuto al rimorso per aver ucciso il suo ragazzo.

Capitolo 9

Piero e Carolina si stavano dirigendo in Vaticano. Lei aveva preso appuntamento con suo zio, il cardinale Alvaro Ludovisi, esperto in esorcismi. La situazione di Enrico si stava aggravando sempre più. I suoi incubi terrificanti erano sempre più ricorrenti, nonostante Piero gli avesse consigliato di passare qualche giorno nella loro casa di campagna, cercando così di rilassarsi. La terapia non stava funzionando affatto. Al telefono Enrico aveva spiegato a suo fratello come fosse sempre più posseduto da visioni che lo trascinavano in una dimensione infernale. Non ne poteva più di vivere sognando scene in cui mostruose creature prendevano forma nella sua mente, mentre immagini che sembravano vere gli tormentavano l'anima. Lui stesso era il protagonista e lo spettatore, e si sentiva impotente difronte a ciò che continuava ad accadergli. Chiese aiuto a Piero con le lacrime agli occhi: «Ti prego, aiutami, sono disperato. Non posso continuare in questa maniera, mi sta succedendo qualcosa. Forse sono impazzito... Non lasciarmi in questo stato, ti prego...».

Piero era accorso in villa, dov'era rimasto un paio di giorni con lui. L'aveva rassicurato che tutto sarebbe finito al più presto e che i suoi incubi, per incanto, sarebbero svaniti per sempre. In quei giorni i due fratelli avevano passato ore spensierate, a tal punto che gli incubi di Enrico non erano più ricomparsi. Per lui erano stati momenti di felicità e spensieratezza ma, com'era ripartito Piero, tutto aveva ricominciato a degenerare con le sue visioni oniriche.

Piero e Carolina avevano deciso di andare a piedi, tanto erano a due passi da casa, in via Cola di Rienzo. Svoltato l'angolo si trovarono in piazza Risorgimento, che era gremita di ombrelloni e banchi di vendita. Era in corso uno di quei mercatini di roba usata che molti, tanto per dargli un tono, chiamavano mercatino dell'antiquariato. Ma di antiquariato ce n'era veramente poco: tutto il resto erano cianfrusaglie senza conto. Le poche cose di un certo valore erano ricordi di qualcuno a cui, probabilmente, erano stati rubati. Oppure gli eredi, dopo la dipartita dei loro vecchi, li avevano venduti per pochi soldi, tanto per togliersi di torno quelle anticaglie, senza pensare che per i loro cari era la rimembranza di un evento piacevole, comunque un ricordo della loro vita. Ma i giovani non credevano nei ricordi che i loro cari avevano collezionato, per loro erano solo impicci che accumulavano polvere e spazio. Quindi, al posto del passato, di qualche quadro d'autore, di una statua o di libri preferivano i poster dei loro divi o gadget di plastica, piazzando sulle pareti i manifesti di Michael Jackson, Elvis Presley o addirittura di quei cantanti maledetti. Magari, il poster di quella rock star che nelle sue canzoni parla di droga e violenza sarebbe la cosa peggiore, perché quella musica non è altro che un inno all'alcol e alla droga, e il poster è il manifesto pubblicitario della tossicità che gli mette addosso la carica, spingendoli a tutto ciò che è eccessivo e informale. Ma i giovani sono attratti da questi eccessi, gli trasmettono adrenalina allo stato puro, che il più delle volte è devastante.

Carolina e Piero si introdussero nei meandri dei banchi pieni di gente in cerca di qualcosa da acquistare, e rimasero sbalorditi da come si potesse radunare tanta roba in un posto solo. Passarono davanti a un banco che vendeva libri. Gli occhi di Carolina si posarono su dei volumi che a lei sembrarono interessanti, per cui si fermò e disse a Piero: «Ehi, guarda qui, ci sono dei libri. Sembrano antichi, diamo un'occhiata...».

«Certo, perché no?! Magari troviamo un mio libro, forse anche una prima edizione. Vale molto, sai?»

«Dai, scemo, i tuoi romanzi li ho tutti, e autografati dal mio autore preferito.» Mentre diceva questo il suo sguardo venne attratto da un volume. «Guarda! È molto antico e introvabile. Pensa te, è "Il libro infernale" in un'edizione antichissima. Varrà una cifra, voglio sentire quanto vuole. Per curiosità.»

Si avviò verso il proprietario del banco con il libro in mano, chiedendo: «Senta, signore, quanto vuole per questo libro?».

L'uomo prese il volume. Lo guardò bene con una faccia perplessa, in quanto non si rendeva conto che quel tomo rilegato e con una copertina in cuoio leggermente lisa dal tempo e forse dall'usura era antico e raro. Poi si rivolse alla ragazza. «Beh! Io ne chiedo cinquanta di euro. A lei lo lascio per trenta... Lo vuole?»

Carolina, senza pensarci, tentò di tirare fuori dalla borsetta il denaro, ma Piero la fermò, pagando lui stesso i trenta euro.

«Tenga, ce lo può incartare?»

«Non ho la carta, però posso darle una busta di plastica, se fa lo stesso.»

«No, non importa, arrivederci.»

I due si allontanarono, intanto che Carolina continuava a essere euforica per il prezioso manoscritto che avevano acquistato per pochi spiccioli.

«Ehi, amore, ti rendi conto di che affare abbiamo fatto? Questo volume varrà un sacco di soldi...»

Piero la interruppe, cercando di sminuire il suo entusiasmo.

«Ma dai! Non crederai che quel volume sia autentico sul serio? Non credo che quell'uomo sia tanto sprovveduto da venderti per così poco un libro autentico e raro, ti pare?»

«E invece ti dico che è autentico, io me ne intendo. Mio padre è un collezionista accanito di libri antichi, e questo libro lo è, ed è autentico.»

«Allora, se così fosse, abbiamo truffato quell'uomo.»

«Non dire sciocchezze! Non l'abbiamo truffato. Quella cifra ce l'ha chiesta lui, mi pare, no? Noi abbiamo solo fatto un grosso affare, tutto qui.»

Poi si diressero verso l'entrata della città del Vaticano.

Percorsero gli ampi corridoi affrescati del Vaticano. Piero non aveva mai visto le meraviglie che impreziosivano gli ambienti della basilica, per questo motivo ne rimase affascinato, gustandosi con piacere le opere d'arte che man mano incontrava e ammirava. Lui e Carolina arrivarono nell'appartamento del cardinale Ludovisi. Vennero accolti dal segretario, un pretino tutto pepe che li fece accomodare in un salone ben arredato con mobili d'epoca e le pareti tinteggiate di rosso, dove spiccavano quadri ecclesiastici racchiusi in cornici barocche placcate d'oro. I soffitti a volta affrescati da vari artisti del calibro di Michelangelo, Botticelli e tanti altri erano d'avvero stupefacenti. Due finestroni facevano entrare la luce del sole. Tra le due finestre, poggiata su un tappeto che prendeva quasi tutta la stanza, una scrivania di mogano con dietro una poltrona di cuoio rosso, e sul davanti due sedie stile rinascimento anch'esse imbottite dello stesso cuoio. Nelle pareti di fianco c'erano due librerie colme di testi antichi. Al centro del salone, un salotto capitonné sempre dello stesso cuoio rosso, dove il segretario li invitò a sedersi, dicendo: «Accomodatevi, avviso Sua Eminenza che siete arrivati. Nel frattempo vi faccio portare un tè, o preferite qualcos'altro?».

Carolina gli rispose: «Un tè andrà benissimo, grazie».

«Sì, anche per me va bene, grazie» ripeté Piero.

Il pretino si dileguò dietro una delle porte. Dopo pochi minuti entrò una suora un tantino grassoccia che, con un viso tondo racchiuso nel velo, sembrava una luna piena. Si presentò con un vassoio in mano con sopra il tè, lo poggiò sul tavolo basso e, senza proferire verbo, fece solo un leggero inchino e si girò a testa bassa, andando via a mani giunte.

Attesero circa cinque minuti, poi fece il suo ingresso il cardinale, un uomo di circa settant'anni, alto e con i capelli bianchi. Con il suo vestito di porpora e il crocifisso d'argento appeso al collo, si diresse sorridendo e a braccia aperte verso i due, che nel frattempo si erano alzati in piedi. Piero gli baciò l'anello cardinalizio, e Carolina stava per fare la stessa cosa, ma il prelato fermò il suo inchino, prendendola per le spalle. Dopo la tirò su, baciandola sulle guance.

«Su, su, con me non c'è bisogno di questo protocollo, sei la mia nipotina. Ti vedo sempre più raramente, ma con piacere. A dire la verità, mi manchi molto.»

Carolina lo abbracciò dicendo: «Oh zio, anche tu mi manchi moltissimo, e anche a mamma e papà manchi. Lui parla sempre della tua santità».

«Tutti voi mi mancate ma, a proposito, come sta il mio fratellino? È un po' che non lo vedo, ma è colpa mia. Sai, qui tra il Conclave per la nomina del nuovo Pontefice e una cosa e l'altra di tempo per i miei cari ne trovo poco, però prima o poi mi farò perdonare. Voglio passare una bella giornata con tutta la mia famiglia. Ma dimmi, come stai? Come state tutti?» E indicando il divano: «Prego, accomodatevi».

Carolina, dopo che lo zio si sedette, lo imitò anche lei insieme a Piero, per poi replicare: «Stiamo tutti bene. Ti pensiamo sempre e preghiamo ogni sera per te e Papa Francesco, che Dio vi illumini e vi mantenga in salute».

Il cardinale era lusingato. «Bene, ne abbiamo proprio bisogno. Ma ora presentami il tuo amico.»

Lei, un tantino imbarazzata, precisò il suo ruolo.

«Sì, hai ragione. Lui è Piero Medici, l'uomo che al più presto diventerà mio marito. Lo amo moltissimo, e voglio che sia tu a celebrare il matrimonio. Non lo accetterei da nessun altro.»

«Sarà un mio dovere e un piacere sposare la mia nipotina.»

Carolina aveva appena appoggiato sul tavolo il libro che appena acquistato, di fianco alla sua borsetta. Il cardinale allungò l'occhio, senza volerlo, sul titolo del libro. Lo prese in mano leggendo meglio il titolo e l'edizione, tastò la copertina e sfogliò alcune pagine, restandone sbalordito. Quindi si rivolse a Carolina: «Dove hai preso questo libro? Lo sai che è introvabile? Di questa edizione ne ho una copia anch'io, ma non credo ce ne siano molte in giro. La Chiesa, a suo tempo, sequestrò tutte le edizioni e ne fece un falò. Se ne salvarono pochi esemplari che furono razziati dai collezionisti. La copia che ho io l'ho trovata nelle biblioteca segreta del Vaticano. L'ho preso per leggerlo e ancora lo tengo tra i miei libri». Si alzò, andò verso una delle sue librerie e tirò fuori il libro, mostrandolo ai due.

«Ecco, guardate, è identico al tuo che è conservato meno bene. Mi sembra impossibile che ce l'abbia tu, non capisco come... La prima edizione risale al 1450, stampato nella tipografia di Gutenberg, subito dopo la famosa "Bibbia". Eh sì, il sacro e il profano. Questi volumi in nostro possesso sono una seconda edizione del XVII secolo, valgono molto danaro.»

Poi ripose la sua copia nello scaffale della libreria, riprese in mano quella che Carolina aveva acquistato e la consultò con maggior cura, mentre pose un'altra domanda alla nipote: «Come mai lo porti in giro così?».

«Non è che lo porto in giro, è solo che l'ho acquistato una mezz'ora fa, al mercatino dell'usato.»

«Cosa? Al mercatino dell'usato? Molto strano, l'avrai pagato una fortuna.»

«Certo che no! L'ho pagato solo trenta euro, un vero affare.»

In quel momento il libro tra le mani del prelato cominciò a vibrare, tanto che il cardinale assunse un'espressione sbalordita e nello stesso tempo preoccupata. Poggiò immediatamente il tomo sul tavolino, guardando Carolina severamente come se avesse bestemmiato. Con un'aria seria e solenne, le rispose: «Sì, i trenta denari di Giuda... È il diavolo che te l'ha fatto trovare! Devi disfartene immediatamente. Leggere solo un rigo di questo libro dannerà la tua anima, che vagherà per sempre nel mondo dei morti. Per evitare questo, lo dovrò benedire con acqua santa».

Allora si rivolse al suo assistente, ordinandogli di portargli i paramenti e l'occorrente per la benedizione. Il pretino scattò come una molla, infilando la porta quasi correndo. Dopo pochi minuti si ripresentò con quanto il cardinale gli aveva chiesto, poi cominciò a vestirlo con i paramenti per l'occasione. L'altro gli prese dalle mani il contenitore dell'acqua santa, dunque cominciò il suo rito, recitando preghiere in latino a voce così bassa che se ne potevano percepire solo alcune sillabe. Dopo sparse l'acqua santa sul libro. Come venne colpito dalle gocce il tomo cominciò a levitare, prese anche a roteare su se stesso, aumentando velocità, e si trasformò in una palla, prima di luce rossastra. Quando prese proprio fuoco, assumendo forme demoniache, si trasformò in un uccellaccio rapace nero come la pece, che si fiondò verso la finestra trapassando i vetri senza romperli. In ultimo svanì nel nulla dietro il cupolone.

Piero e Carolina rimasero atterriti da quanto avevano visto. Carolina cominciò a tremare di terrore, pensando a ciò che le sarebbe capitato se avesse letto quel libro maledetto, e lo zio cercò di calmarla, benedicendola e tracciandole con il pollice destro una croce sulla fronte. Stessa cosa fece con Piero. A quel punto cercò di rassicurarli: «State tranquilli, tutto è finito, il demonio ci ha lasciati. Il suo tentativo di possedervi non ha funzionato, Dio vince sempre».

Piero rimase basito, con nel volto disegnate paura e perplessità. Ciò che aveva visto gli sembrò impossibile, era come un effetto cinematografico, e non riusciva a credere che ciò che aveva fatto il cardinale fosse vero. Tremando come una foglia, gli domandò: «Signor Cardinale, com'è possibile? Ciò che ha fatto sembra... Insomma, non so darmi una spiegazione scientifica di come l'acqua santa abbia potuto reagire in quel modo su un libro. Quale reazione chimica può produrre un effetto simile? Quale magia?».

Il cardinale, alla parola magia, ebbe una reazione, parlando con voce alterata: «Senta, signor Medici, non dica certe idiozie, la prego. Così offende me stesso e la Chiesa. Guardi che io non sono un mago, sono solo un uomo del clero, e non produco magie o alchimie. Ho benedetto il libro, e la reazione che l'acqua santa ha provocato ha soltanto avuto un effetto deleterio sul diavolo stesso. In quel libro c'era il demonio. È Dio che l'ha scacciato, non io. Ho solo prodotto le cause che hanno determinato l'effetto, tutto qui».

Piero si sentì desolato, certamente non voleva offendere né la Chiesa né tanto meno il cardinale. Ma ciò che aveva visto l'aveva lasciato in uno stato confusionale da non poter fare a meno di parlare in quel modo poco ortodosso per un prelato della statura del cardinale Alvaro Ludovisi. Dentro di sé si sentiva come un imbecille sprovveduto, così cercò con tutta la sua costernazione di porre rimedio alla sua gaffe.

«Mi scusi, le chiedo perdono... Non volevo offenderla né essere blasfemo verso la Chiesa. Mi creda, sono cristiano anch'io. Mi perdoni, la sua spiegazione ha chiarito i miei dubbi.»

L'uomo di Chiesa comprese la situazione di Piero e lo rassicurò con un sorriso.

«Non si preoccupi, la mia reazione è stata un pochino... come dire, esagerata, ma ora ho capito la sua perplessità su quanto abbiamo prodotto per cacciare il demonio. Non ci pensiamo più. Ora state tranquilli e cominciamo a parlare delle cose che Carolina mi ha raccontato al telefono.» Detto questo, diventò più serio, cominciando a spiegare cosa aveva scoperto con le indagini eseguite negli archivi Vaticani.

Nei sotterranei segreti della basilica il cardinale e il suo assistente si aggiravano nell'immensa sala piena di scaffalature, dove giacevano testi riguardanti mille anni di storia della Chiesa. La sala era pressurizzata, con una temperatura costante da non permettere che i testi si potessero deteriorare. Dovevano fare in fretta, in quanto una permanenza troppo prolungata poteva incidere sulla loro salute. L'aria era pregna di azoto, quindi la respirazione era alquanto alterata e faticosa. Con minuziosa cura si misero a cercare nello scaffale che riguardava i processi dell'inquisizione, i quali occupavano un intero scaffale lungo una trentina di metri e alto sei. Proprio quando la sirena che annunciava il limite consentito per la permanenza nella sala si mise a squillare, l'assistente trovò il testo che stavano cercando. Lo tirò fuori dallo scaffale, lo poggiò su un leggio e, con cautela, portando dei guanti bianchi, si mise a sfogliarlo.

«Eminenza, Eminenza. Eccolo, l'ho trovato. Parla di una denuncia... Sì, un certo Geraldo Medici denunciò una coppia di sposi che vennero arrestati e condannati. La data è del 1614, credo che ci siamo.»

«Bravo! Prendi appunti, ma cerchiamo di uscire di qui prima che l'aria ci manchi del tutto. Se perdiamo i sensi, per noi è un bel guaio. Dai, svelto, andiamocene.»

Il cardinale Ludovisi si alzò in piedi, mettendosi a camminare come per scrollarsi di dosso la tensione, poi si rivolse ai suoi ospiti: «Dopo quanto mi avete raccontato, ho indagato e ho scoperto, non senza difficoltà, una cosa che riguarda lei, signor Medici. O almeno il suo nome».

Si sedette di nuovo difronte a Piero e Carolina e, con voce decisa, cominciò la sua relazione: «Dunque, si tratta di questo. Nel 1614 un certo Geraldo Medici denunciò alla Santa Inquisizione una coppia di sposi, accusando il marito di eresia e la moglie di stregoneria. Non si sa bene perché lo fece, comunque la denuncia venne accolta e verbalizzata. L'uomo era sicuramente innocente; lei, invece, in un certo senso si occupava davvero di riti contro il credo della Chiesa di allora, o almeno stava iniziando, spinta dalla madre che era, secondo l'inchiesta, una strega accertata. Ciò che praticava la ragazza, che aveva vent'anni, non era poi così grave, probabilmente toglieva il malocchio o sciocchezze del genere. In ogni caso al processo i due vennero ritenuti colpevoli e arsi al rogo. Lo so, fa rabbrividire, ma a quei tempi la cosiddetta Santa Inquisizione era in quel modo che purificava l'anima dei colpevoli di concussione con il diavolo».

Subito dopo, accorgendosi che Piero aveva assunto un'espressione scettica quando nominò il diavolo, si sentì in dovere di puntualizzare la veridicità dell'esistenza del demonio. Riprese così il suo discorso.

«Vedo dallo sguardo il suo scetticismo. Quello che ha visto poco fa è la dimostrazione che il demonio esiste e va combattuto. Signor Medici, le posso assicurare che il demonio esiste veramente, ne parla anche Giovanni nell'Apocalisse al capitolo venti, che recita così: "Poi vidi scendere dal cielo un angelo con la chiave dell'abisso e una grande catena in mano. Egli afferrò il dragone, il serpente antico, cioè il diavolo, Satana, lo legò per mille anni e lo gettò nell'abisso che chiuse e sigillò sopra di lui perché non seducesse le nazioni finché fossero compiuti mille anni. Dopo i quali dovrà essere sciolto per un po di tempo." È evidente che nell'anno 1000 il diavolo si liberò e combinò quello che accadde in quel millennio, tra le varie guerre per il potere temporale e spirituale, comprese le crociate, le pestilenze e tutto il resto. Per fortuna, i veri santi come San

Francesco ricacciarono il serpente nel luogo dove si meritava di restare, cioè all'inferno. In questo millennio sono passati altri mille anni, e ora si aggira tra di noi per sconfiggere l'umanità. Ma non ci riuscirà: Dio manderà il suo angelo a ricacciarlo nell'abisso.»

Carolina rimase allibita dalla spiegazione che aveva dato lo zio, anche se era un'esperta in questioni riguardanti l'Inquisizione e la Demonologia. Si era studiata tutti i processi di Giovanna d'Arco, Giordano Bruno, Galileo Galilei e tutti gli altri ma, ogni volta che ne sentiva parlare, le assaliva un brivido nella schiena. Per lei anche il demonio era un argomento inquietante, tanto che espose il suo punto di vista: «Certo, tutte queste cose le conosco benissimo. Mi sono documentata e ho studiato a fondo questi fenomeni, e penso che il diavolo non ci abbia mai lasciati. È sempre stato tra di noi».

«Sì, hai ragione, è sempre stato tra di noi. Non lui personalmente, ma i suoi demoni che, come un esercito, ha scatenato per dannare le anime. Lui è sempre stato presente, ma non con il potere che ha in questo millennio... Ora la sua potenza è al massimo perché è uscito lui stesso dall'inferno.»

«Ho capito, ma quello che voglio dire è che non comprendo cosa c'entra con tutto questo il fratello di Piero.»

Il cardinale continuò la sua spiegazione. «Beh, dalle cronache e i verbali che ho scoperto con l'aiuto del mio buon segretario sembra che la strega, chiamiamola così, mentre bruciava al rogo, abbia maledetto Geraldo Medici e tutti i suoi discendenti.»

In quel mentre si girò verso Piero, lo guardò con intensità e con voce solenne continuò: «Lei, signor Medici, con tutta la sua famiglia, siete i discendenti di Geraldo. Questo può sembrare ridicolo, ma io conosco bene il demonio, e lui non abbandona mai i suoi adepti, quindi ci andrei con i piedi di piombo. Le disavventure che, da quanto mi avete raccontato, colpiscono la sua famiglia sono pilotate dal serpente stesso, quindi è necessario cacciarlo dal corpo di suo fratello prima che lo distrugga per poi passare a lei. Dobbiamo esorcizzare l'indemoniato, altrimenti sarà la fine di tutti noi. È uscito dall'inferno e questo, come le ho già detto, accade ogni mille anni, e quest'anno sono passati, perciò si presenta adesso con tutto il suo potere. Quindi lui è uscito dall'inferno per distruggere le nazioni e tutte le cose, Gog e Mogog, mille e non più mille. Insomma, l'Armageddon. Questo scrisse Giovanni nella sua opera. È dunque necessario ricacciarlo al più presto possibile dove si merita di restare, cioè all'inferno, e dobbiamo fare in fretta. Organizzerò io l'evento e vi dirò cosa dovete fare, tuttavia ho bisogno di qualche giorno: mi serva la dispensa del Santo Padre per poter agire. Dovrò pregare moltissimo perché la cosa funzioni, e state certi che funzionerà».

Piero restò imbambolato dalla spiegazione che il cardinale aveva dato con estrema convinzione e perciò chiese spiegazioni più dettagliate. Sapeva benissimo cosa voleva dire "possessione demoniaca", ma il suo scetticismo riguardo le credenze popolari non gli permetteva di dare fede all'esistenza dei demoni.

«Scusi, Eminenza, esistono d'avvero i posseduti? A me sembra che queste storie non siano altro che stereotipi che appartengono alla letteratura o alla cinematografia. Ho sentito parlare di Macumba, di Woodoo, e cose di questo genere, ma credo che siano superstizioni, pratiche di popoli indigeni... Abbiamo visto "L'esorcista" al cinema, e non credo che...»

Il cardinale guardò intensamente i suoi ospiti con una smorfia di disappunto, giungendo le mani, quindi si rivolse a Piero: «Vede, signor Medici, ciò che praticano in Africa o in Brasile sono riti popolari che non c'entrano nulla con il demonio. Il concetto di possessione malefica e la pratica dell'esorcismo sono molto antichi e diffusi. Il Nuovo Testamento annovera tra i miracoli di Gesù Cristo la liberazione di alcuni posseduti come nel caso dell'indemoniato di Gerasa, questo è scritto nel Vangelo di Luca e in quello di Marco. Per esorcismo si intende un insieme di pratiche e riti volti a scacciare una presunta presenza demoniaca o malefica da una persona. Queste pratiche sono molto antiche e fanno parte del credo di noi ecclesiastici. I posseduti, comunque, non sono totalmente responsabili delle loro azioni. Per questo motivo e per la tradizione, la possessione del demonio ha fatto parte del credo del Cristianesimo fin dal suo inizio. L'esorcismo, come pratica di liberazione dal demonio, è stata ed è ancora una pratica riconosciuta e promossa dalla Chiesa. Certo, è necessario fare indagini prima di intervenire e stabilire con certezza se la possessione è concreta. Questo spetta a me scoprirlo e lo scoprirò, concentrandomi e pregando».

Piero, scuotendo la testa in segno di diffidenza, non riusciva a comprendere come un prete, che in fondo era un uomo, potesse praticare un rito che a lui sembrava vetusto e non coerente con la razionalità. Ne aveva sentito parlare, aveva letto romanzi e visto film che riguardavano l'esorcismo, ma su questo argomento era molto scettico. Aveva assistito al rito praticato dal cardinale, ma tra far sparire un libro e scacciare il diavolo da un corpo nel quale si era intrufolato, ce ne passava. Per lui il diavolo era astratto, quindi senza corpo, ed era astratto il suo credo sull'esistenza sia del demonio che dell'inferno. Non era ateo, ma per lui solo Dio era lo spirito che regolava le religioni del mondo, comunque si chiamasse: Budda, Allah, Maometto e tutti gli altri dei. Per il suo credo tutto ciò si chiamava Dio. Il suo scetticismo sull'esorcismo lo spinse a chiedere al cardinale la presunta veridicità del fenomeno.

«Quindi Lei sostiene che ancora oggi venga praticato l'esorcismo?»

«Certamente! La pratica dell'esorcismo è diminuita in tempi recenti in molti gruppi religiosi, anche a motivo di una più attenta diagnostica dei problemi di carattere psichico e psicologico. Tale diminuzione può anche essere ascritta a un cambiamento nella cultura occidentale, dovuta a correnti filosofiche e di pensiero quali il razionalismo, il materialismo o il naturalismo, che hanno ridotto l'attenzione verso il soprannaturale!»

«Naturalmente la scienza avvalora la tesi della legenda, non ammettendo che un demone possa manipolare un essere umano a suo piacimento, mentre la Chiesa ritiene il contrario. È giusto?»

«Certo. Secondo la scienza l'illusione che l'esorcismo funzioni è da attribuirsi all'effetto placebo, alla suggestione, ma per noi non è così. Noi esorcisti riteniamo che solo intervenendo spiritualmente si possa liberare il posseduto.»

«Questo significa che un esorcista può scacciare i demoni che si impossessano di un individuo?»

«Beh, io l'ho fatto diverse volte con uno stupefacente successo, anche se la scienza è molto cauta, se non scettica, su queste pratiche spirituali ed esoteriche. Trattandosi di questioni di carattere spirituale, la scienza non ne può che misurare gli epifenomeni. Pertanto, durante le presunte possessioni demoniache, gli studiosi, scienziati o medici che siano, hanno solitamente ricondotto questi casi a disturbi psichici.»

«Vuole dire che per la scienza il posseduto è un malato psichico?»

«La possessione demoniaca non è una malattia riconosciuta dalla medicina o dalla psichiatria in quanto tale. A coloro che si credono preda di una possessione demoniaca sono stati spesso diagnosticati disturbi mentali quali isteria, mania, psicosi, schizofrenia e altre patologie mentali. Nei casi in cui è stato diagnosticato un disturbo dissociativo della personalità come un multiplo, in cui nel settanta per cento dei casi i soggetti affermano di identificarsi in un demone, questo per noi esorcisti è un fatto, non un'ipotesi.»

«In definitiva, Lei è convinto che un qualche demone si sia impossessato di mio fratello.»

«Questo è certo! Ma non un demone, il diavolo stesso. E non solo di suo fratello, ma di tutta la sua famiglia. Soltanto liberando lui, libereremo anche i suoi cari, e dobbiamo fare in fretta. Ora, l'inizio del secondo millennio dopo Cristo trova l'umanità in uno stato di ebollizione tale che tutte le forze negative sono agitate. Lo vediamo oggi con il suo volto. Il diavolo intendo dire, senza maschera e in piena attività, sopratutto all'interno di chi lui vuole possedere con la sfrenatezza e l'arroganza che sono la sua caratteristica. Non risparmia neppure le Chiese, dove Satana regna nei più alti posti determinando l'andamento delle cose, e riuscirà a introdursi fino alla sommità del potere. Comunque, ci ha sempre provato. Lo ha fatto trasformandosi, per fare un esempio, in Hitler o in Stalin, o in chiunque abbia commesso atrocità a danni dell'umanità, e non sono pochi. La demagogia è un mezzo per padroneggiare gli altri, specialmente i più deboli, come la tracotanza, fondata sulla disonestà che renderà tutti gli uomini, anche quelli che credono di avere in mano il potere, vili davanti al supremo vaglio dell'esistenza. Tutte le passioni hanno la loro utilità provvidenziale, altrimenti Dio avrebbe fatto qualcosa di inutile e di nocivo. È l'abuso che contiene il male, e l'uomo abusa a causa del suo libero arbitrio. Più tardi, illuminato dal suo stesso interesse, sceglierà liberamente tra il bene e il male. Alcuni, e sono molti, sceglieranno il male e saranno dannati. Nella loro vita conta un numero con molti zeri, chi ha più zeri dietro un numero ha il potere. Anche se comandano il mondo, determinando la ricchezza o la povertà, beh, questi contano poco difronte alla forza distruttiva del demonio. Egli cercherà, con tutta la sua potenza, di distruggere tutto ciò che è divino e lo farà in questo millennio, perché è stato liberato dall'inferno e si aggira tra di noi, portando distruzione e devastando le nostre anime. Non c'è modo di fermarlo, solo Dio ci può liberare dal maligno. E noi cercheremo, attraverso Dio, di liberare l'anima di suo fratello.»

Finito di parlare, il cardinale guardò l'orologio e si accorse che si era fatto tardi: aveva un colloquio con altri cardinali per discutere di una cosa molto delicata che il Pontefice aveva sollevato sulla questione dello IOR. Gli era giunto un fascicolo inquietante sulla disonestà di alcuni dirigenti della banca, quindi i cardinali erano stati sollecitati dal Papa a indagare fino in fondo se la questione avesse qualche verità. Per questo motivo comunicò la sua fretta ai suoi ospiti.

«Santo cielo, sto facendo tardi! Mi dispiace, ma dobbiamo rimandare il nostro incontro. Mi sarebbe piaciuto restare ancora con voi, con te, Carolina, ma come vi ho detto, vi devo lasciare. Comunque, studierò a fondo la situazione e vi farò sapere come dobbiamo procedere. Nel frattempo pregate il Signore, questo vi aiuterà.»

Capitolo 10

Nella mitologia greca si racconta che la dea Atena trasformò in ragno la bellissima Aracne per punirla di averla sfidata nella sua arte di tessitrice. Aracne è una figura mitologica controversa e misteriosa. Ovidio narra la sua storia.

"Le Metamorfosi", libro VI di Ovidio

La dea del Tritone aveva seguito con attenzione il racconto delle Muse, elogiando il canto e giustificandone l'ira. Ma poi, tra sé: "Lodare va bene, ma anch'io voglio essere lodata, non lascerò che si disprezzi la mia divinità impunemente!". E s'impegnò a perdere Aracne di Meonia, che (l'aveva udito) non voleva riconoscerle il primato nell'arte di tessere la lana. Non per ceto o stirpe lei era famosa, ma per maestria d'arte. Suo padre, Idmone Colofonio, tingeva imbevendola con porpora di Focea, la lana; morta era invece la madre, una popolana come il marito. Ma Aracne, malgrado fosse nata da famiglia umile e nell'umile Ipepe abitasse con la sua maestria s'era fatta un gran nome nella città della Lidia...

È anche citata da Virgilio nelle "Georgiche" e da Dante nell'"Inferno" (Canto XVII) e nel "Purgatorio" (CantoXII).

"Divina Commedia" ("Purgatorio", canto XII) di Dante
*O folle Aragne, sì vedea io te
già mezza ragna, trista in su li stracci*

de l'opera che mal per te si fé.

Inoltre da Boccaccio, nel "De Mulieribus Claris", e da Gianbattista Marino.

"Donna che cuce" di Gianbattista Marino
È strale, è stral, non ago
 quel ch'opra in suo lavoro
 nova Aracne d'Amor, colei ch'adoro;
 onde, mentre il bel lino orna e trapunge,
di mille punte il cor mi passa e punge.
Misero! E quel sì vago.
Sanguigno fil che tira.
Tronca, annoda, assottiglia, attorce e gira.
La bella man gradita
e il fil de la mia vita.

Secondo la mitologia greca, Aracne era una bellissima ragazza che viveva a Colofone, nella Lidia. La fanciulla, figlia del tintore Idmone, era abilissima nel tessere, tanto che girava voce avesse imparato l'arte direttamente da Atena, mentre Aracne affermava che fosse la dea ad aver imparato da lei. Ne era tanto sicura che l'aveva sfidata in una gara di tessitura. Di lì a poco un'anziana signora si era presentata ad Aracne, consigliandole di ritirare la sfida per non causare l'ira della dea. Ma la ragazza non aveva voluto sentire ragioni. Voleva assolutamente dimostrare la sua abilità nell'arte della tessitura, così aveva replicato con sgarbo, rivolgendosi in malo modo alla vecchietta, e dicendole che lei non aveva paura di sfidare la dea perché era molto più brava. La vecchia era uscita dalle proprie spoglie rivelandosi come Atena stessa che, fuori di sé per come la ragazza aveva reagito nell'affermare di essere più in gamba di lei, aveva accettato la sfida, e la gara aveva avuto inizio. Aracne aveva scelto come tema della sua tessitura gli amori degli dei. Il suo lavoro era risultato perfetto e ironico verso le astuzie usate dagli dei per raggiungere i propri fini, cioè amoreggiare non solo tra loro, ma anche tra i mortali, generando i semidei di cui la mitologia greco-romana narra a bizzeffe. Perfino Enea, ad esempio, era considerato un semidio in quanto figlio di Anchise, un mortale, e di Venere, una dea.

Dopo aver visto il capolavoro di Aracne e considerandolo migliore del suo, Atena si era adirata, distruggendo la tela e colpendo Aracne con la sua spola. La fanciulla, disperata, si era impiccata, ma la dea l'aveva resuscitata per poi trasformarla in un ragno, costringendola a filare e a tessere dalla bocca per l'eternità. Era stata punita per l'arroganza dimostrata nell'aver osato sfidarla. Da qui si capisce il motivo per il quale alcune persone dicono di non uccidere i ragni, perché "ragno porta guadagno", questo recita un vecchio adagio antico. Inoltre, visto che Aracne aveva subito in vita un'ingiustizia, e la sua bravura era stata sminuita da Atena, paradossalmente proprio divinità della giustizia.

Miranda Medici, sorella di Piero, di Caterina, della povera Eva e di Enrico, era una giornalista esperta di archeologia che da sempre sognava un reportage archeologico con relativo documentario sulla civiltà etrusca.
Finalmente l'occasione le si era presentata come una manna dal cielo. Una famosa rivista internazionale, la "National Geographic", aveva deciso di realizzare una serie di documentari, con relativi reportage, nell'antica terra della Toscana. Miranda era stata scelta per la sua conoscenza dei

luoghi; in più aveva scritto dei libri sull'argomento che non trattavano solo di ruderi e scavi archeologici, ma anche della civiltà antica, della sua espansione culturale e demografica e della fauna che li abitava. In questo era una celebrità.

Con una troupe televisiva si avventurò nei meandri dei ruderi in Etruria ma, mentre quasi tutti restarono al campo base in attesa che trovasse un reperto che valesse la pena filmare, lei si avviò per dei sopralluoghi con il suo assistente Fabio, visibilmente gay. Un'escursione a piedi li portò davanti a uno stretto cunicolo dove si introdussero nella grotta da visitare e dove, in men che non si dica, si precipitarono nello stretto percorso ricoperto da arbusti. A dire la verità, la donna ignorò volutamente le ragioni di Fabio che, a malavoglia, la seguiva in quell'avventura e la esortava a non procedere oltre in quel pertugio che poteva essere pericoloso, così alla fine anche lui fu costretto a infilarsi di più all'interno. Quel tunnel era buio e terrificante, perlomeno secondo il suo pensiero.

Alla luce che i due portavano sul casco di protezione il cunicolo apparve subito tetro e giallastro, intanto che un serpente cieco e albino si insinuò improvvisamente tra le gambe di Fabio che saltò con un urlo di terrore.

«Oh, mamma mia! Che ti dicevo? Quel serpentaccio mi voleva aggredire. Che paura...»

«Dai, scemo, era solo un serpente albino. Non è pericoloso, stai tranquillo. Andiamo avanti.»

Ma, probabilmente, era ancora più spaventato il rettile che fuggì via, infilandosi in una spaccatura del terreno, forse la sua tana. Fabio, dopo quello spavento, si mise a sedere su un masso e, tremando dallo spavento, si rivolse alla donna con voce spezzata dal fiatone: «Senti, Miranda, io... io per ora mi fermo qui. Se tu hai coraggio, vai avanti da sola.

Chiamami se trovi qualcosa di interessante, ok?».

«D'accordo, fifone, che vuoi che succeda? Comunque, io procedo, semmai faccio come dici tu e ti chiamo.» Miranda, con cautela, giunse alla fine del tunnel stretto, là dove si apriva una stanza ampia con il soffitto tessuto da stalattiti. Nonostante l'oscurità, l'ambiente era avvolto da una strana penombra a causa di un curioso effetto luminoso, causato da alcuni raggi di sole che riuscivano a penetrare al suo interno attraverso piccole fenditure che si aprivano dal soffitto dell'ambiente. Miranda, con la radiotrasmittente, informò il suo assistente della scoperta, pregandolo di avvisare la troupe di intervenire con le attrezzature e di raggiungerla. La stanza doveva essere l'atrio d'entrata di un tempio antico. Ora bisognava scoprire come riuscire a far spalancare la spessa porta tondeggiante che sbarrava l'ingresso del tempio stesso. Ripassando nella sua memoria tutti i trabocchetti che in antichità si usavano per far sì che le entrate, quasi sempre segrete, si spalancassero, lei cominciò a mettere in pratica la sua perizia, non trascurando nemmeno la conoscenza archeologica. Tastò quindi la porta, senza tralasciare di proferire con solennità diverse parole magiche in un etrusco latinizzato, ma tutti i tentativi andarono a vuoto. La porta rimase bloccata a guardia di chissà quale tesoro.

Fabio, a fatica, raggiunse la donna, che non riusciva a trovare il meccanismo segreto per aprire quella roccia, ma che affannosamente continuava a tentare. Lui, in cuor suo, era piuttosto spaventato da ciò che poteva trovarsi dietro a quel muro, perciò cercò di esortare l'archeologa a desistere, supplicandola.

«Miranda, fai attenzione. Sai bene che di solito in questi casi, se si profana il tempio, un meccanismo potrebbe innescare un trabocchetto e magari tutto crollerebbe, imprigionandoci in questo buco senza via d'uscita. Perlomeno nei film succede in questo modo e io non... Ahi!» Mentre diceva queste parole, indietreggiando, inciampò in un grosso sasso. Perse subito l'equilibrio, andando a sbattere con la schiena al centro della porta.

Lei, attratta da quell'urlo, si voltò con apprensione. «Che è successo?» Poi, accorgendosi che Fabio era caduto addosso alla porta, si mise a ridere. «Ah, ah, ah, guarda che roba. Hai talmente paura che non ti reggi in piedi.»

In seguito allungò una mano verso di lui e disse: «Dai, stuntman, ti aiuto ad alzarti. Prendi la mia mano».

Lui allungò la mano e, aiutato da Miranda, si rialzò mormorando: «Oh, mamma mia, che volo che ho fatto! Mi sarò spettinata tutta. Ho dato una botta che mi fa male la schiena e il culetto, e guarda in che stato sono. Questo è un brutto presagio; anche se quella roccia si aprisse, io non verrei lì dentro con te. Vacci da sola, eroina».

«Dai, scemetto, ti proteggo io. Su, cerchiamo il modo di aprire 'sta porta ed entriamo verso la gloria.»

«Gloria un corno! Qui ci lasciamo la pelle, te lo dico io.» Fabio, che cadendo con il corpo era andato a sbattere con la schiena proprio sulla porta, tolse la polvere che vi si era depositata sopra, mettendo in luce una parte della scultura che la ricopriva. Miranda a quel punto si diede da fare, spolverando più ampiamente.

«Guarda! Che ti dicevo? È proprio il tempio di una divinità.»

Scoprì anche che c'era scolpita l'immagine di un ragno: "Latrodectus Mactans", la Vedova Nera.

«Santo cielo! È il tempio di Aracne. Guarda, c'è il suo stemma. Credo che pigiando qui, ecco, forse...» Senza finire la frase, poggiò la mano sulla testa del ragno, premendo le dita sugli organi visivi dell'animale. Spinse ancora più forte e, improvvisamente, la porta ruotando su se stessa incominciò ad aprirsi, emettendo degli sfrigolii fortissimi.

Urlando e saltando di gioia, lei riprese: «Hai visto? Si sta aprendo! Ci siamo riusciti, ma che fine hanno fatto... Hai chiamato il cameraman per comunicargli le coordinate e dirgli di sbrigarsi?».

«No, cara, sei tu che hai aperto quella porta. Se fosse stato per me, poteva restare chiusa per sempre. Non so che fine abbiano fatto, li ho chiamati. Ora riprovo.» Fabio chiamò la troupe con il cellulare: «Allora, ragazzi, vi sbrigate? Qui abbiamo scoperto l'ira di Dio, datevi una mossa...».

Miranda si riscosse euforicamente come se avesse vinto il premio Pulitzer. Era riuscita con la sua conoscenza, con la tenacia e un pizzico di fortuna che agli archeologi non manca mai, a scoprire il segreto per aprire la porta che immetteva nel tempio stesso. Ne era orgogliosa. Ora poteva entrare e scoprire chissà quali tesori antichi potessero essere celati nel tempio, e già assaporava il successo che ne sarebbe scaturito. Poteva scrivere un articolo e filmare un documento nientemeno che sul tempio di Aracne, in terra etrusca. Le sembrò molto strano, perché il mito di Aracne era diffuso in Grecia, ma dopo pensò che proprio questo fatto avrebbe dato alla sua scoperta un clamore più significativo e saltò dalla gioia.

«Abbiamo fatto una scoperta sensazionale.» Poi, con un'aria seria come se avesse timore di ricevere una delusione, si rivolse a Fabio: «Almeno credo. Lo scopriremo presto».

L'uomo, che nel frattempo aveva avvisato di nuovo il resto della troupe, rispose: «Ah, beh! Se lo dici tu, ci credo.

Comunque io me la faccio addosso dalla paura».

«Dai, femminuccia. Sei con me, non hai nulla da temere.»

«Sì, sì, ma vediamo cosa c'è lì dentro...»

I due riuscirono a gettare un'occhiata all'interno del tempio. Alla luce delle torce apparve una scritta in etrusco antico, riportante il nome di Aracne. Miranda non credeva ai suoi occhi: davanti a lei c'era il sepolcro di uno dei miti più famosi e controversi dell'antica mitologia greca.

«Guarda! Te lo dicevo che è proprio il tempio di Aracne, però ho un dubbio.» Dentro di sé continuava a chiedersi come mai il tempio si trovasse proprio in Etruria invece che in Grecia. Non riuscì a darsi una risposta, ma fecero irruzione nel tempio.

All'improvviso un frastuono fece tremare la terra. Fabio, tremante dalla paura, cominciò a imprecare: «Dio mio, lo sapevo. Ora siamo nella merda. Dai, Miranda, usciamo fuori prima che ci crolli addosso tutta la montagna».

«Non dire sciocchezze, è solo un assestam... Ah!»

In quel momento un piccolo masso, staccatosi da una stalattite, la colpì in testa lasciandola svenuta. Mentre una miriade di ragni sbucati dal pavimento assalì Fabio che, urlando di dolore e di terrore, venne ricoperto inesorabilmente dagli aracnoidi. Infilandosi dentro la sua bocca e il naso, iniziarono il loro banchetto. Gli altri componenti della troupe che nel frattempo erano entrati nella grotta, sentendo le urla di Fabio, si misero a correre. Quando giunsero sul posto e li trovarono, rimasero inorriditi. Il cadavere di Fabio giaceva riverso a terra. La sua carne era martoriata dai morsi di migliaia di ragni che ancora continuavano a divorargli il cervello. Miranda, invece, era svenuta a terra, con del sangue che le usciva dalla testa, ma per il resto era indenne, solo svenuta. Uno degli uomini accese una torcia al cui calore i ragni, fuggendo via da ogni ferita, compresi gli occhi, scapparono via. Intanto un altro componente della troupe si occupò della donna, cercando di capire se fosse ancora viva. Dopo essersene accertato, con il cellulare chiamo le autorità. Ciò che era rimasto del cadavere di Fabio venne caricato su un'ambulanza che partì verso lo studio del coroner per gli accertamenti. In quanto a Miranda, ricevette il primo soccorso sul posto, per poi salire anche lei sull'ambulanza diretta all'ospedale. Il medico che la visitò le praticò due o tre punti di sutura, ma rimase basito, scoprendo che lei aveva un segno anomalo sul collo, come il morso di un qualche insetto. Il medico le prese dei campioni, la disinfettò per bene e la dimise, con una prognosi di una settimana.

Capitolo 11

Enrico stava beatamente dormendo nella sua stanza da letto. Nel sogno, dentro la sua mente, sentì squillare il telefono e rispose. Con piacere ascoltò la voce di Sofia che lo invitava a uscire per passare insieme la serata, mentre lui, con entusiasmo, rispondeva che sarebbe passato a prenderla a casa. Prendeva così in successione la macchina e si avviava. Sofia abitava dalla parte opposta del paese, dopo il passaggio a livello. Enrico lo trovò aperto e attraversò i binari. Il paesaggio man mano stava cambiando, diventando sempre più lugubre e lunare. Il tempo che, dall'altra parte era sereno, stava mutando, diventando sempre più nuvoloso. Come in vista di un prossimo temporale, il cielo era diventato nero al pari della notte, solo i fulmini illuminavano la valle. Le cime degli alberi erano agitate dal forte vento che spirava tra la rugiada dei rami e che ululava come lupi. Il bagliore di un fulmine illuminò la cima delle colline circostanti; il cielo a est era plumbeo, mentre a ovest era rosso color del sangue.

Il suo sonno era sempre più agitato, si voltava e rivoltava dentro le lenzuola. Era sperduto in mezzo a un ammasso di felci, e si toccò i capelli per togliere un rametto che vi era rimasto impigliato. In seguito cominciò a guardarsi intorno, aguzzando la vista alla ricerca di una via d'uscita da quella giungla di siepi fitte. Un'improvvisa folata di vento lo fece tremare di freddo e di paura. Un altro fulmine, sempre più vicino, squarciò il cielo. Passò qualche istante e il boato del tuono riempì il bosco. Lui sobbalzò, intanto che un brivido gli attraversò la schiena. Quando finalmente si calmò, la paura diminuì, ma in quel momento si accorse che proprio davanti a lui serpeggiava un piccolo sentiero circondato da cespugli e rovi. L'imboccò senza esitare e, dopo qualche metro, si trovò dinnanzi il muro che cingeva una casa molto strana. Sembrava un castello gotico, con grovigli di rampicanti che ricoprivano parte della sontuosa costruzione tingendola di verde e di ruggine. Imperterriti e incollati sulle mura, alcuni di loro si arrampicavano anche sul grande cancello in ferro battuto che chiudeva il viale di ghiaia dove, ai lati, si spingevano uno dopo l'altro dei filari di cipressi che conducevano alla magione. L'istinto gli ordinò di tornare nella boscaglia e fuggire, ma la curiosità ebbe il sopravvento. Alzando lo sguardo, vide una decina di civette appollaiate sulle mura del castello con gli occhi luccicanti come fari. Con timore spinse il cancello che si aprì. Il cigolio che emise fece volare via gli uccelli notturni. Sentì come un brivido di paura. Poi, con coraggio, entrò nel lungo viale. Bussò all'enorme portone con intagliate scene infernali, in cui dei mostri si avventavano su alcune donne. In un primo momento gli parve di vedere la scena in movimento, e rimase con la bocca spalancata e il fiato sospeso nel petto. E, solo quando si accorse che era tutto immobile, in fondo erano solo sculture, scrollò la testa.

D'un tratto il portone si aprì da solo, lentamente e cigolando, come se non fosse stato aperto da mille anni. Entrò all'interno e si trovò in un ambiente immenso, arredato con mobili di un'epoca ormai vetusta. Al centro del salone giaceva un enorme tappeto sul quale erano ricamate scene inquietanti: diavoli e vampiri che succhiavano il sangue a giovani e provocanti donne nude. Su quel tappeto sostava un tavolo imponente, lungo circa otto metri, così almeno pensò Enrico. Intorno c'erano grandi candelabri d'argento con sopra dei ceri rossi, capaci di illuminare l'ambiente con la loro calda e tremolante luce, creando un gioco di luci e ombre. Dentro delle nicchie maestose, invece, apparivano delle statue di marmo che raffiguravano dei demoni orrendi. Stessa cosa succedeva nei quadri enormi appesi alle pareti di pietra a vista, in cui le raffigurazioni mostravano scene orgiastiche di donne bellissime che si accoppiavano con mostri animaleschi. Infine, in un fianco della gigantesca sala, si ergeva una grande e sontuosa scalinata che saliva in alto come una spirale, e dalla quale scendeva un uomo alto più di due metri. Indossava un tait e un mantello nero con la fodera rossa, e portava lunghi capelli nerissimi e lucenti che gli ricadevano sulle spalle. Il suo viso era pallido come un sudario, circondato da folte sopracciglia rivolte all'insù, dove spiccavano due occhi talmente chiari che sembravano di cristallo. Erano agghiaccianti. L'uomo scese gli scalini quasi come se non toccasse terra, seguito da donne seminude che gli gironzolavano intorno, accarezzandolo e baciandolo di quando in quando.

Arrivato davanti a Enrico, l'uomo gli sfoderò un sorriso smagliante, quasi rassicurante. D'un tratto le donne presero Enrico e lo fecero sdraiare su un divano di raso nero, incominciando a spogliarlo e a baciarlo dappertutto. Involontariamente si eccitò, anche se aveva una paura dell'anima. Una delle donne gli prese il pene in bocca, succhiandolo, sostituita ben presto da un'altra che spostò la sua amica per saltare sopra il turgido membro e infilarselo dentro, iniziando un movimento ondulatorio e sussultorio. Enrico cominciò a gemere di piacere, mentre la donna sopra di lui aumentò il ritmo del suo amplesso, e le altre lo leccavano e lo mordicchiavano da tutte le parti. Il godimento che stava provando arrivò fino a farlo urlare nel momento in cui raggiunse l'orgasmo. Il vampiro gli saltò addosso con i canini che si allungavano a dismisura, poi affondò le sue zanne nella sua vena giugulare. Enrico cominciò a gridare, cercando di difendersi e agitandosi con le braccia per staccarsi di dosso quel succhia sangue e quelle donne che l'avevano fatto godere di un piacere mai provato prima. Quando, all'improvviso, lui cominciò a sprofondare dentro le lenzuola che sembravano diventate di piombo fuso, fino a scomparire avvolto dal nero che lo aveva inghiottito.

Enrico, sdraiato sul letto della sua stanza, si dimenò come un ossesso. Sgranò gli occhi senza però svegliarsi dal suo incubo, con il volto madido di sudore, e nel frattempo si agitò come impazzito. Spasmodicamente assunse contorsioni che sconvolgevano il suo aspetto. La sua faccia si trasformava come fosse di plastilina, in una sequenza velocissima, e si modificava in creature non esistenti in natura, ossia mostri che sembravano usciti da una mitologia demoniaca. Mentre il suo delirio riprese la sua vivacità. Era completamente sudato e si trovò con il volante della sua auto in mano, zigzagando in mezzo alla strada. Riuscì a malapena a evitare di uscire fuori strada e piombare nel fossato, grazie a una manovra azzardata con cui evitò l'incidente, quindi frenò l'auto. Tutto intorno era deserto. Si fermò, accese una sigaretta cercando di cancellare quell'incubo e si toccò la gola, ma per fortuna non c'era segno di morsi. In compenso, si sentì bagnato dalla sua eiaculazione e, toccandosi i pantaloni, restò sconcertato dal fatto che fosse tutto imbrattato di sperma. Aveva fatto l'amore con quelle donne e aveva provato piacere, ma non riusciva ancora a capire se fosse un sogno o la realtà. Tuttavia giunse alla conclusione che fosse troppo vero per essere stato un sogno, ma troppo incredibile per essere la realtà.

Visto che era indenne e nella sua auto, si tranquillizzò e cercò di orientarsi. Scese dall'auto, guardandosi intorno. Il colore violaceo del crepuscolo emanava una luce spettrale che, filtrando tra i rami degli alberi, spandeva tutt'intorno un alone irreale. La nebbia leggera che si abbassava sembrava argento fuso. Quel posto non gli sembrava affatto la strada che conduceva alla casa di Sofia. Per un attimo pensò di aver sbagliato strada, ma era impossibile. Quella era l'unica strada che dalla villa portava al paese. E ancora non si rendeva conto se ciò che stava vivendo fosse immaginazione o realtà, perché si confondevano tra di loro. Scrollò la testa, cercando di capire in quale dimensione si trovasse. Poi risalì in macchina e ripartì, dirigendosi verso l'abitazione che cercava. Finalmente vide un gruppo di villette e riconobbe quella di Sofia. Era, però, tutto molto strano. Ogni cosa era cambiata, sembravano passati mille anni, tanto che le case erano come baracche diroccate, la vegetazione aveva preso il sopravvento su ogni cosa ricoprendola di sterpaglie incolte, e tutto intorno fiorivano solo rovi e gramigna. Parcheggiò, si avvicinò ed entrò nel cancelletto che immetteva nel piccolo giardino pieno di vegetazione incolta. Dopo salì i quatto scalini che conducevano all'entrata, spinse la porta e, dopo averla oltrepassata, si appoggiò alla parete del corridoio con gli occhi vitrei e fissi. Il petto era così ansimante per la paura che gli si era scagliata addosso talmente intensamente che poteva ancora sentirne il sapore.

Il suo sonno si era trasformato in incubo. Enrico era di nuovo seduto sul suo letto, con il libro che gli era caduto a terra, sempre molto agitato. Si dimenava come preso dall'epilessia. Era completamente sudato, e il suo volto tirato assumeva ghigni contorti come se la faccia fosse di gomma. Alla fine, senza svegliarsi, ricadde supino sulle lenzuola. Dentro la casa che doveva essere di Sofia lui scrutò in giro con lo sguardo, ma non riuscì a vedere segni di vita. Ripassò nella mente le immagini raccapriccianti e cercò di cancellarle; dunque, con lo sguardo, riprese a fare una panoramica dell'ambiente che sembrava abbandonato da secoli e avvolto da una nebbia rossastra. Era talmente lugubre da mettere paura, C'erano polvere e ragnatele. Allora chiamò ad alta voce per vedere se ci fosse anima viva: «Ehi, Sofia... C'è qualcuno? Rispondete! Ma com'è possibile tutto questo? Non capisco».

Non ricevette nessuna risposta. Era buio pesto, solo i fulmini illuminavano a tratti con la loro luce azzurrognola e spettrale. Venne invaso da un insolito tremore e sentì un gelo incomprensibile che lo intorpidiva. All'improvviso una porta si aprì cigolando, e apparve un vecchio decrepito e tremolante, talmente pallido e rugoso che sembrava morto. Dietro di lui un alone luminoso si spandeva, dandogli un aspetto divino. Con voce roca, cavernicola, lo invitò a fuggire: «Fuggi! Scappa via finché sei in tempo. Una lotta terribile si combatte contro Satana, perché l'Eterno Padre lo lascia libero. La battaglia decisiva si combatterà tra i due angeli Michele e Lucifero. Noi avremo la vittoria decisiva, ma tu devi credere in me e combattere con me. Fuggi dal terrore, fuggi dall'Apocalisse. Prega, prega e fuggi via. Svegliati, fuggi dall'inferno».

Ed era proprio questa l'idea che stava balenando nella sua mente prima di quell'apparizione. Rimase impietrito difronte a quell'uomo vecchio con una lunga barba bianca, vestito con una tunica rossa, e con in mano un bastone alto quanto lui, sembrava Mosè. Non riusciva a staccargli gli occhi di dosso. Quando sentì dei rumori che venivano da fuori, si affacciò alla finestra, ma vide solo un'ombra che subito svanì. Si voltò verso il vecchio, ma questi era sparito.

«Ehi, signore, dov'è andato? È scomparso... Non capisco o forse sto proprio diventando pazzo...» disse, chiamandolo ripetutamente senza avere risposta.

Stanco, si avviò verso la porta da cui era apparso e l'aprì. Sul suo volto apparve un'espressione tra stupore e paura, perché dietro la porta trovò un muro di mattoni da cui colavano gocce di sangue.

«Mio Dio, che significa? Come cazzo è possibile tutto questo? Aiuto! Nooo!» esclamò, cominciando a battere i pugni sul muro solido come una roccia. Allora, forse per trovare conforto allo stupore e all'inverosimile di ciò che gli stava capitando, urlò: «Dio, perché? Aiutatemi... Nooo!».

Non gli restò che fuggire di gran carriera come gli aveva consigliato il vecchio. Appena mise il naso fuori, sentì delle voci che sembravano lamenti di dolore. Ombre lunghissime si avvicinavano verso di lui, poi comparvero i corpi che le generavano. Riconobbe il ciccione con la carne a brandelli, il ragazzo con la testa spaccata, la ragazza con la carne corrosa e, infine, la sorella. Stavano tutti procedendo verso di lui con passo lento, trascinandosi goffamente come zombie. Man mano che si avvicinavano sentì i terrificanti lamenti che emettevano. Sconvolto e pieno di terrore si mise in fuga, correndo senza sosta. Dal cimitero che si trovava a due passi uscirono dalle tombe altri zombie che gli andarono incontro. Alcuni, durante la faticosa marcia, perdevano dei pezzi di se stessi, come braccia, pelle, occhi che uscivano dalle orbite. E la cosa raccapricciante era che dalle loro ferite, dagli occhi e dalla bocca sbucava ogni tipo di insetti: scorpioni, ragni e larve schifose. L'uomo, terrorizzato, non sapeva dove rifugiarsi e continuò a fuggire. A sorpresa si trovò difronte sua sorella. Aveva il volto deturpato e si poteva vedere il mezzo corpo che le era stato dilaniato. Lei allungò verso di lui una mano pietosa deformata dalla decomposizione, intanto che le uscivano dal corpo i vermi che continuavano a corroderle la carne. Dopo gli disse: «Enrico, viene con me, aiutami. Ti prego».

Lui, intenerito dalla preghiera della sorella, stava per andarle incontro nel momento in cui si stavano avvicinando anche gli altri zombie. Proprio mentre Eva lo stava per aggredire, arrivò il gruppo dei suoi amici con le moto. Gerry, con il suo fucile a pompa, sparò un colpo verso la ragazza, colpendola al fianco e facendole volare via la parte sinistra del corpo. Lei si teneva in piedi solo con la spina dorsale e dondolava come se fosse stata attaccata a una molla. Gli altri motociclisti, invece, cominciarono a sparare sugli altri mostri, riempiendoli di colpi. Al contrario Enrico non fece nulla, se non avvicinarsi di nuovo a Eva, impietosito. Allorché Antonio frenò la sua Harley, ponendosi di fianco tra i due, e iniziò a metterlo in guardia quasi urlando: «Non toccarla! Ti puoi infettare e diventeresti come loro. Vieni, salta su, fuggiamo da questo posto».

Enrico, dandogli retta, saltò sulla moto di Antonio, così lo slancio degli zombie che stavano saltando loro addosso andò a vuoto. Quegli esseri caddero a terra, andando in pezzi come fossero di vetro. Gli harleysti, tutti in gruppo, si allontanarono verso un cascinale. Entrarono dentro una specie di stalla che Antonio aveva adibito a serra per coltivare marijuana. Quindi quest'ultimo, accendendo tutte le luci solari, disse: «Da qualche parte ho letto che la luce del sole li distrugge e, se non altro, queste lampade solari li terranno lontani. Comunque, dobbiamo prendere una decisione per distruggerli per sempre, non può continuare così...».

Enrico, visibilmente agitato, guardò il suo orologio.
«Sono le cinque e un quarto, l'alba sta per sorgere e, se come dici il sole li distruggerà, dobbiamo tenerli a bada per una decina di minuti. Sempre se è vero che il sole...»

Alberto lo interruppe. «Ti assicuro che è proprio così, ci sono già passato.»

«In che senso ci sei già passato?»

«Beh, qualche giorno fa stavo passando con la mia moto proprio da queste parti per controllare la mia piantagione e, circa alla stessa ora, sono stato attaccato. Fortunatamente, proprio quando stavano per prendermi, il sole che sorgeva li ha fatti fuggire via. Così mi sono salvato. Non l'ho detto a nessuno per non essere preso per visionario, ma avete visto tutti che...»

In quel momento, da dietro la stalla e nella parte dove le lampade non illuminavano, i morti viventi, rompendo i vetri di una portafinestra, irruppero nell'ambiente. Urlando come ossessi, si diressero verso i ragazzi che si voltarono terrorizzati. Gerry, con l'immancabile fucile a pompa, cominciò a sparare, ma le sue fucilate sembravano non fermare i mostri, gli procuravano solo dei buchi sul corpo dai quali si poteva vedere attraverso. Mentre continuavano la loro avanzata, Enrico saltò su un tavolo e indirizzò loro contro una delle lampade. Gli zombie, riparandosi con le mani per sfuggire alla luce che li stava investendo, urlarono e si ritrassero, tornando indietro. Intanto il sole era ormai sorto. Con i suoi raggi colpì gli zombie che si contorsero e, pian piano, si polverizzarono. Il vento disperse nell'aria ciò che era rimasto di loro. A quel punto Enrico fuggì, preso dalla paura, continuando a guardarsi alle spalle verso la strada. Il petto gli batteva forte per l'agitazione mista al terrore. Dal lupanare, sull'altro lato della strada, apparve un gruppo di persone che non riuscì a identificare. Anche se i loro volti erano completamente martoriati dalla decomposizione, alla fine li riconobbe o credette di riconoscere in essi i suoi amici. Li guardò per un istante ma, preso dal terrore, si mise a correre senza voltarsi indietro. Durante la fuga non si accorse che il paesaggio stava cambiando. Difatti il cielo iniziava a tornare sereno, mentre le nuvole stavano per essere spazzate via come spinte da un turbine. Enrico si lanciò nell'alba che illuminava i vicoli del paese. Uscì finalmente da quel dedalo di voci gracchianti e soffocate, quando si ritrovò sulla strada principale del paese. Lì, con grande sorpresa, notò che tutto stava cambiando. Per un attimo venne distolto da un cane che uggiolava, poi vide uno stormo di falchi che sfilava nel cielo. In quel momento sperò di non sentir cantare una civetta, ululare un lupo o grugnire dietro di lui quella folla di zombie puzzolenti e smembrati. In strada riprese la vita, le case tornarono intatte, ogni cosa accadde a velocità normale. Le persone che popolavano i marciapiedi non si accorsero di lui, che invece correva come in un rallenty cinematografico. In seguito tutto tornò alla normalità.

Nella sua corsa andò a cozzare contro Sofia che rimase sbigottita dal suo comportamento nevrotico. Difatti, Enrico la urtò violentemente, facendola ruzzolare a terra. Lei si rialzò preoccupata, lo strinse a sé con apprensione ed esordì: «Amore, che ti succede? Sembri in preda a un raptus, sei agitato, sudato... Cosa ti è successo? È come se tu avessi visto il diavolo».

Lui, vedendo Sofia, si calmò un tantino. Poi, fissandola negli occhi che sembravano terrorizzati, decise di risponderle, anche se con affanno. «Quasi, amore, proprio così. Ho visto un vampiro, i morti viventi, le donne che... Non so, non capisco. È come se... Ho... Dio mio, quel castello... Io... non so.»

Sofia, stupita del suo stato confusionale, lo scosse con energia, riportandolo alla realtà. Salirono in casa, ma l'uomo era sconvolto, stava addirittura tremando a causa di quanto gli stava accadendo. Più che parlare, balbettava cose che per lei non significavano niente. Il suo era un racconto inverosimile che sembrava pronunciato da uno svasato. Cercando di calmarlo, lo accarezzò con lo stesso trasporto con cui una madre accarezza suo figlio dopo un incubo. Gli versò un drink che lui bevve, per poi calmarsi tra le braccia affettuose di Sofia. Lei iniziò a baciarlo, e quei baci cancellarono di colpo il suo delirio che si trasformò in voglia di tenerezza, di amore e di passione. Sofia gli preparò un bagno caldo, dopo cui fecero l'amore. Enrico, ormai ripresosi dalla sua défaillance, la salutò, salendo in macchina e partendo.

Rimasta sola, in bagno, lei sentì un leggero fastidio alla pancia, ma non ci fece caso più di tanto. Uscì dalla vasca e, dopo, si infilò un accappatoio di morbida spugna viola, avviandosi verso lo specchio per pettinarsi e asciugarsi i capelli. Questa volta un altro improvviso ma atroce dolore alla pancia la fece piegare su se stessa, a cui seguì un conato fortissimo. Vomitò violentemente un liquido denso e rossastro, e cadde a terra urlando di dolore, dimenandosi e contorcendosi come presa dalle doglie. La sua pancia si stava gonfiando a vista d'occhio e, oltre alle urla di dolore che emetteva, si sentiva il rumore delle ossa e della carne che si dilaniavano. La pancia assunse un gonfiore abnorme. Poi, tra le raccapriccianti urla della donna, la vagina si dilaniò, spaccandola in due, mentre partoriva un maschio. Il neonato, nascendo, gemette con voce sommossa, lasciando la madre priva di vita e squartata in due. Era completamente imbrattato di sangue denso misto alla placenta. Quando si portò le mani alla faccia, pulendosi dal suo imbratto, rivelò la sua identità: non era altri che Enrico. Lui subito si trasformò in un demone orrendo, dunque fuggì via.

In quel momento Enrico si svegliò di soprassalto, sconvolto e terrorizzato. Corse in cucina dove, tremando con voce spezzata, si rivolse al suo domestico: «Roberto! Dimmi, quando sono rientrato? A che ora intendo».

L'altro, vedendo il suo padrone in quello stato, si avvicinò a lui e lo aiutò a sedersi. «Signore, lei non è uscito affatto. Beh, almeno credo. Ma cosa le è successo? Non si sente bene?»

Enrico cercò di rispondergli, tuttavia non riusciva a emettere suoni dalla bocca che tremava, battendo i denti rumorosamente. Il cameriere si preoccupò per lui, così chiamò la moglie, mentre riempiva un bicchiere d'acqua e lo costringeva a berla. Quando arrivò la donna, le disse di chiamare un medico. A quel punto lui si riprese. Andò verso il lavandino, si sciacquò il viso e si rivolse ai suoi domestici: «No, nessun medico. Sto bene, ho solo avuto un incubo, state tranquilli. Davvero, non abbiate timore. Ora torno in camera mia e mi vesto, preparatemi la colazione, grazie».

Capitolo 12

Il ménage di Piero e Carolina andava avanti senza troppi affanni. Anzi, si amavano sempre più perdutamente, al punto che lei si era trasferita in casa del suo uomo. Stavano facendo la prova di trasmissione prima di mandare in onda il loro matrimonio, una decisione che avevano preso in comune accordo, dopo una notte d'amore intenso. Era un sabato sera quando i due uscirono dal ristorante e si avviarono verso casa di Piero, dove fecero l'amore a lungo, amandosi con tenerezza. Mentre stavano fumando un sigaretta, Carolina gli si rivolse, dicendo: «Amore, io voglio stare qui con te per sempre».

Piero, guardandola negli occhioni azzurri, le rispose con voce suadente e leggermene emozionata. «Tesoro, tu sei la cosa più bella che abbia mai avuto in vita mia. Che cos'hai da fare per i prossimi cinquanta o sessant'anni?»

«Cos'ho da fare? Perché me lo chiedi?»

«Dai, sciocchina, che hai capito benissimo.»

«Certo che ho capito, ma voglio sentirlo da te in modo classico. Per una donna innamorata del suo uomo sentirselo dire in modo canonico è meraviglioso.»

Piero le carezzò dolcemente il viso. Con un dito leggero cominciò dalla fronte per scendere giù fino alle labbra morbide e sensuali che carezzò dolcemente, facendole provare una sensazione di tenerezza e di protezione. Poi le stampò un bacio appassionato, prendendole il volto tra le mani, e le disse solennemente: «Carolina, vuoi sposarmi?».

«Sì, amore mio, voglio sposarti. Voglio invecchiare insieme a te e amarti per tutta la vita.»

«Questo è ciò che ho desiderato da sempre, dal primo momento che ti ho vista in tribunale. Ti ricordi?»

In un'aula del tribunale di Roma Piero era l'avvocato difensore del suo amico Giancarlo Dell'Orso, in una causa civile contro il giornale di Bertoni. L'imprenditore edile Dell'Orso aveva citato il giornale per diffamazione, in quanto Bertoni aveva fatto scrivere un articolo denigratorio sull'attività del magnate. Lo stesso Bertoni, infatti, pagando l'informazione, era riuscito a venire a conoscenza di alcune indagini che le guardie di finanza stavano conducendo e che non potevano essere divulgate, in quanto l'inchiesta era segretata dall'istruttoria. L'accusa era stata formulata dalle stesse guardie di finanza le quali, attraverso un'indagine, erano risalite a scoprire una rete di illeciti in cui alcuni politici, in concussione con la mafia, avevano organizzato una rete a delinquere contro il ministero dei lavori pubblici. Pilotando addirittura con una turbativa d'asta l'appalto per un'opera importante. Le fiamme gialle avevano fatto irruzione nelle ditte che avevano presentato i progetti. Anche Dell'Orso aveva partecipato all'appalto, così erano piombati persino nel suo ufficio. Gli agenti avevano sequestrato tutti gli incartamenti e i computer della ditta, e Dell'Orso era stato accusato di aver evaso le tasse e di aver elargito mazzette a un politico per accaparrarsi la sua compiacenza nell'ottenere il grosso appalto pubblico, cioè la costruzione di una nuova autostrada che avrebbe collegato Milano a Trieste. Il costo dell'impianto era stato di novanta miliardi di euro, il che faceva gola, oltre alla mafia, anche ad altre ditte accreditate. Il politico, in concussione con altri e dividendosi le cospicue mazzette, aveva messo in corso una complicata rete a delinquere. Le inchieste avevano portato a indagare proprio su di lui che aveva trattato la cifra, anche se il suo interlocutore era un boss mafioso molto potente e sanguinario. Il senatore era stato arrestato e rinchiuso nel carcere di Regina Coeli. Quando scattarono gli avvisi di garanzia, era stato preso con le mani nel sacco, avendo trovato in casa sua parte del ricavato della tangente.

Il giudice istruttore lo aveva interrogato: «Allora, Senatore, ci vuole spiegare la provenienza dei due milioni di euro che abbiamo trovato in un'intercapedine della sua villa?».

«Guardi che non ne so nulla di quei soldi.»

«Questa sua reticenza aggrava il suo stato. Tutti gli altri indagati con cui lei era in combutta hanno confessato e li abbiamo tirati fuori dal carcere, e ora sono tranquilli agli arresti domiciliari. Lei che fa? Vuole restare in questa topaia per coprire il suo complice? Mi sembra una pazzia. In questo modo finisce che a pagare sarà solo lei, e questa è una follia, le pare? Si decida, dia retta a me.»

Costretto a confessare il nome del suo complice, per non denunciare il boss, in quanto se lo avesse nominato la vendetta della mafia sarebbe stata devastante e la sua vita decisamente in pericolo, aveva fatto il nome di Dell'Orso come il fautore della cospicua tangente. Questo era falso, ma lui era stato costretto a fornire ai giudici un nome qualsiasi tanto per tornare in libertà, magari agli arresti domiciliari. Era restato così per un attimo a pensare cosa fosse meglio fare. Doveva cercare un'alternativa che fosse plausibile e, siccome anche Dell'Orso aveva partecipato alla gara d'appalto e la sua proposta era risultata la migliore, avendo dato delle buone garanzie e il miglior prezzo per la realizzazione, aveva scelto di fare proprio il suo nome. Anche perché con lui aveva avuto in passato un alterco e, in più, l'altro aveva insabbiato la sua proposta d'appalto per girarla al boss mafioso.

Sì, era sicuro, e aveva cercato di togliersi dagli impicci: «Va bene, le dirò il nome, ma voglio delle garanzie».

«Cosa intende per garanzie?»

«Beh, voglio uscire da qui...»

Il giudice l'aveva interrotto, aggredendolo. «Senta, Senatore, le concederò gli arresti domiciliari. Questa è l'unica garanzia che può ricevere, ma non può chiedere altro.»

«Ok, per adesso questo mi basta. La tangente l'ho ricevuta dall'imprenditore Giancarlo Dell'Orso.»

Il magnate, stimato e conosciuto come un uomo con una moralità integra, era stato inquisito solo per una denuncia falsa, ma le indagini dovevano continuare, così anche a lui avevano consegnato un avviso di garanzia. Da quel momento l'industriale era stato sbattuto in prima pagina con delle accuse che ancora non erano state provate, infangando il suo nome e leso, non poco, la sua immagine. Le indagini erano andate avanti per più di un anno. Finalmente si era giunti alla causa. L'istruttoria non aveva fornito prove certe sulla partecipazione di Dell'Orso alla cosca; anzi, nei documenti e nei computer che le guardie di finanza gli avevano sequestrato, era tutto a posto. Non aveva nessuna concussione con il delitto accusatogli dal politico gola profonda, ma solo la falsa denuncia che era bastata al giudice istruttore per arrivare alla discussione in aula, portando tutti gli indiziati. Questo a significare come la politica italiana entri in concussione con la mafia e, il più delle volte, se la cavi, ma non questa volta.

Giancarlo Dell'Orso era un amico intimo di Piero Medici, il quale conosceva bene l'integrità del suo amico che era una persona onestissima. Di sicuro non poteva aver commesso i fatti di cui era stato accusato, allora Piero aveva assunto la sua difesa, vincendo la causa e sollevando Giancarlo da ogni accusa. Mentre per gli altri imputati erano scattate condanne pesanti: la carcerazione per i più colpevoli e gli arresti domiciliari per favoreggiamento ai meno coinvolti. Il giudice aveva emesso anche una trentina di mandati di cattura che colpirono i componenti della cosca mafiosa, capitanata dal boss in questione che era latitante. Ma i carabinieri, la polizia e le guardie di finanza, coalizzandosi tra loro e diretti dal commissario Marini, avevano fatto una mega retata, arrestando tutti i titolari dei mandati. Erano riusciti, con appostamenti e ricerche minuziose, a scovare anche il nascondiglio del boss. Con forza erano piombati nel suo bunker, dov'era nato un conflitto a fuoco. Alcuni agenti erano rimasti feriti, mentre tra i malviventi c'erano stati dei morti, compreso il loro boss che era colui che aveva elargito la tangente al senatore. E di conseguenza, l'imprenditore Giancarlo Dell'Orso era stato assolto con formula piena, però era troppo incazzato con Bertoni, che lo aveva denunciato per diffamazione portandolo davanti a un giudice. In questo caso, Piero era l'avvocato dell'accusa, e in aula istruì la causa in modo ineccepibile.

«Chiamo a deporre la signorina Carolina Ludovisi, in qualità di direttrice del giornale» disse.

Lei entrò ma, quando la vide così bella, alta e affascinante, ne rimase fulminato al punto che gli fu difficile interrogarla. In quel momento si pentì di averla citata come teste. Il cancelliere fece accomodare la stupenda donna al banco dei testimoni ed esordì: «Signora Ludovisi, quello che dirà dovrà essere la sola verità, ogni menzogna o reticenza sarà punita dalla legge. Alzi la mano destra e dica lo giuro».

«Lo giuro.» Si sedette e Piero cominciò a interrogarla.

«Lei è la signorina Carolina Ludovisi?»

«Certo, sono Carolina Ludovisi.»

«È la direttrice del giornale, non è così?»

«Sì, sono la direttrice.» Mentre rispondeva alle domande che l'avvocato Medici stava formulando con la sua voce calda e soave, lo guardò negli occhi verdi e intelligenti, restandone affascinata. Dentro di sé pensò che era un peccato che quell'uomo tremendamente affascinante dovesse interrogarla e metterla in soggezione. Avrebbe tanto voluto conoscerlo in un'occasione meno impegnativa. Ma si sa, la vita sceglie senza nessuna disciplina le opportunità che ti scaraventa addosso.

Piero continuò nel suo interrogatorio: «Bene... Dunque, se lei è la direttrice, è anche responsabile degli articoli che giudica e poi manda in stampa. Non è così?».

«Certamente, è compito mio... Questo se sono operativa, naturalmente.»

«Sì, ma non ha pensato che la cosa non fosse del tutto legale? Divulgare notizie segrete di un'istruttoria in corso è un reato che le potrebbe costare una denuncia. Potrebbe essere accusata di complicità con Bertoni, di diffamazione e divulgazione di atti giudiziari segreti. Di questo era cosciente?»

Carolina si stava innervosendo, ma fece ricorso al suo biblico self control. Si calmò, pensando alle banalità che Medici le aveva scaricato addosso: illazioni senza struttura, senza nessuna costumanza. Ciò non poteva farle accettare le accuse che l'uomo le aveva formulato. Non aveva fatto parte della scena; la sua moralità non le avrebbe permesso di apportare la sua approvazione, tanto meno la sua firma su un articolo fuori legge. Quel servizio lo aveva mandato in stampa il figlio di Bertoni, firmandolo lui stesso in qualità di vicedirettore, nonostante avesse appena ventun anni. In quel periodo lei era in ferie a Cortina d'Ampezzo, quindi il posto era stato occupato dal suo vice che, incalzato dal padre in astio con Dell'Orso forse per invidia del suo successo, gli aveva ordinato di firmare il servizio e mandarlo in stampa, sostituendolo a quello che aveva firmato la direttrice prima di partire per le ferie. La donna presentò così i documenti che comprovavano la sua estraneità ai fatti, in quanto il servizio non lo aveva approvato lei, essendo in ferie e lontana dalla città. La causa finì con la condanna di Bertoni, che dovette elargire a Giancarlo Dell'Orso una cospicua somma di risarcimento. La pausa pranzo della causa fu complice del corteggiamento che Piero si affannò a mettere in atto verso la splendida Carolina.

E ora, dopo anni in cui procedevano nel loro rapporto di amore e passione, lei gli aveva chiesto di andare a vivere insieme. Piero accettò la proposta con soddisfazione, ma in più le domandò di sposarlo per poterla avere con sé a tempo pieno, mettendo in cantiere il loro matrimonio.

Capitolo 13

La schermata del computer si stava riempendo di parole. Il racconto vissuto in prima persona da Miranda si stava sviluppando con tutti i dettagli e la drammaticità che avevano caratterizzato l'evento al tempio. La donna fumava nervosamente, mentre il suo racconto andava avanti. La fantasia prendeva vita, intanto che si susseguivano una serie di immagini reali e di supposti su quello che realmente fosse accaduto all'interno di quel tempio. Miranda, come in trans, descriveva migliaia di occhi fosforescenti che circondavano lei e il suo assistente. Vedeva poi l'avvicinarsi al viso del poveretto da parte di altri ragni, migliaia per la precisione, fino a ricoprirlo completamente e infine a divorarlo.

La giornalista chiuse l'articolo visibilmente esausta. Inviò l'email al suo giornale e chiuse il computer. In bagno si stava truccando davanti allo specchio ancora coperto dal vapore dell'acqua bollente della doccia. Con una passata di asciugamano lo sbrinò ma, nel guardarsi attentamente, il viso le apparve riflesso come contorto. In particolare gli occhi, la cui visione della realtà le sembrava spaccata in parti differenti e talvolta priva di colori. Miranda attribuì quelle allucinazioni all'esaurimento e alle ore che aveva passato davanti al computer, tentando di convincere se stessa che nulla era accaduto alla sua razionalità, e che il suo cervello era a posto. Le avevano già tolto i punti di sutura della piccola ferita che aveva riportato sulla nuca, e tutto in lei sembrava a posto, quindi non diede molta importanza a quei flash che aveva subito davanti allo specchio. Finito di truccarsi e di vestirsi uscì di casa, poi si infilò in un pub per bere qualcosa. Non era una sua abitudine uscire da sola la sera, tanto meno infilarsi in un locale non proprio ortodosso. Ma qualcosa di inspiegabile la spinse a uscire di casa, una forza a cui lei non seppe resistere. Era come posseduta, ipnotizzata da una mente che premeva dentro di lei, senza darle la possibilità di reagire. Entrò in quel locale senza accorgersi che lo stava facendo. Come al solito, i maschi le ronzarono intorno senza darle tregua. Uno di questi, un certo Riccardo, le risultò più simpatico degli altri, tanto da accettarne il corteggiamento. Lui le si sedette di fianco, cominciando il suo acchiappo: «Ciao, mi chiamo Riccardo Bianchi, posso offrirti da bere?».

Lei si girò a guardarlo con aria sfottente. «Come vedi sto già bevendo il mio drink.»

«Certo, ma volevo dire non in questo posto...»

«Perché, ne conosci uno migliore?»

«Beh, sì, sono un animale notturno, e giro per locali se non altro per lenire la noia che il giorno ci scaraventa addosso. Ma visto che sei qui e vista l'ora... beh, deduco che anche tu sei una falena.»

«Non proprio, ma questa sera, non so perché, avevo voglia di uscire. Ed eccomi qua.»

«Bene, sono un uomo fortunato.» Infine invitò Miranda a bere un drink nel suo appartamento.

Lei accettò. Salirono in auto e si avviarono a casa di lui. Il ragazzo, un bel tipo e un conquistatore abituato a rapidi e intensi rapporti d'amore, sedusse con abilità la nuova conquista, portandola a letto. Dopo aver fatto l'amore, si addormentò beatamente. In quel momento l'aspetto di Miranda si trasformò, diventando un ragno gigantesco che aggredì

Riccardo. Quando lui si svegliò, vedendo quel mostro, rimase quasi paralizzato dal terrore, mentre Aracne lo stava assalendo. Quindi cercò di divincolarsi, urlando e scendendo dal letto per tentare di fuggire, ma la bestia gli sputò addosso la sua ragnatela e lo immobilizzò. In seguito gli saltò sopra, gli iniettò del veleno nel corpo con le sue fauci e, dopo qualche minuto, cominciò a succhiargli il sangue. In più, forandogli il cervello, mangiò l'interno del corpo. Alle fine del pasto, Aracne si trasformò di nuovo in Miranda. La tragedia era consumata. La femmina, dopo aver copulato, si era mangiata il suo maschio, come crudelmente avviene in natura nella razza dei Latrodectus. Miranda si svegliò di soprassalto come uscendo da quel terribile incubo, e inorridì alla vista del corpo di Riccardo martoriato orribilmente. Sotto shock corse in bagno, dove vomitò per la nausea che aveva, e poi si sciacquò il viso. La realtà che la circondava le apparve divisa in sei parti differenti, e gli oggetti e i suppellettili non avevano un colore reale. Un urlo lancinante di terrore le scappò quando nello specchio vide il suo viso. Era quello di un ragno spaventoso con le fauci ancora imbrattate di sangue, di pelle e di carne umana ma, toccandosi la faccia, sentì che era normale. Solo nello specchio risultava quella del ragno.

Una coppia di anziani vicini di casa del giovane uomo, i signori Proietti, svegliati da quel frastuono e dalle grida, chiamarono la polizia, decisi a farla finita con quello strazio. In fondo non era la prima volta che lo facevano. In casa di Riccardo succedeva spesso che lui producesse del baccano, magari dando una festicciola, così i signori Proietti, non potendo dormire, si rivolgevano alla forze dell'ordine. Il poliziotto, che ormai era abituato a quelle chiamate inutili, ironicamente rassicurò la vecchietta, dicendo che avrebbe mandato al più presto una pattuglia a verificare. La signora Proietti, ormai un pochino più rilassata ma sempre in apprensione, spiegò al telefono cosa aveva sentito uscire dal muro attiguo alla sua camera da letto: «Fate in fretta... Questa volta è diverso. Sì! Un urlo terribile, sa? Hanno sicuramente ucciso qualcuno...».

Il poliziotto la stava ascoltando con il sorriso sotto i baffi. «Ma certo, signora... Capisco, magari è stato un grosso ragno. Forse in televisione davano uno di quei film dell'horror... e il volume della TV era troppo alto.»

«Ma no! Le ripeto che quelle urla erano vere, non era un film!»

«Va bene, però ora deve stare tranquilla. I nostri agenti metteranno tutto a posto.»

Miranda, dopo essersi riavuta, fuggì via con il favore della notte, dileguandosi nei vicoli di Trastevere. Mentre la polizia, andando a verificare la denuncia della signora Proietti, si trovò davanti quello straziante spettacolo.

Marini stava dormendo beatamente abbracciato alla sua Carlotta, quando il telefono squillò. Lui prese la cornetta maldestramente e gli sfuggì di mano, cadendo a terra. Mentre imprecava, si tirò su per riprenderla. «Accidenti!» esclamò.

Riprendendo il telefono con una smorfia di disappunto, disse a voce alta: «Chi sarà a quest'ora?».

Carlotta, svegliandosi, si rivolse al marito con voce preoccupata. «Amore, che succede? Chi è che chiama, svegliandoci? Ah, ho capito, sarà sicuramente quel Ciccarelli.»

«Sì, credo sia proprio così, ora sentiamo...» Riagguantata la cornetta, con voce alterata rispose: «Chi è?! Ah, lo sapevo che eri tu. Che cos'è successo di grave per rompermi le scatole e svegliarmi alle 2:00 di notte? Mi ero appena addormentato, ora chi dorme più? Se non è una cosa seria, questa volta ti faccio arrestare per tentato omicidio, il mio. Mi hai quasi fatto prendere un colpo. Dimmi cosa c'è».

Nella casa di Riccardo Bianchi uomini della scientifica stavano armeggiando e prendendo rilievi sul cadavere del poveretto. Il medico legale era molto perplesso e non si dava una spiegazione su come fosse stato ucciso l'uomo, mentre Ciccarelli si apprestava a parlare di nuovo al cellulare con Marini. «Commissario, è una cosa seria, è stato ucciso un giovane. Il dottor Renzi dice che è un omicidio. Insomma, non si riesce a capire come sia stato ucciso. La scena è raccapricciante, sembra che... Non lo so... Io dico... Credo che sia necessario che lei intervenga.»

«Va bene, va bene, manda una macchina a prendermi.»

Marco l'aveva cercata dappertutto senza riuscire a mettersi in contatto con lei, infine decise di aspettarla sotto casa, chiuso nella sua auto a fumare una sigaretta dopo l'altra per cercare di lenire il suo nervosismo. L'incontro tra i due avvenne quando lei scese dal taxi. I rimproveri di Marco alla sua ragazza erano dettati più dalla preoccupazione che dalla gelosia e dalla rabbia di averla cercata invano per tutto il giorno e la serata. Miranda era ancora frastornata, ma riuscì comunque a trovare una scusa plausibile per la sua assenza, spiegando che era stata invasa dal desiderio di restare un po' sola per riflettere, anche perché aveva ricevuto la telefonata di Piero che le aveva raccontato come lo stato mentale di Enrico stesse subendo dei crolli. Lei pensò: "Figuriamoci i miei".

Questa era la scusa, ma anche la verità, perché davvero provava preoccupazione per suo fratello, ma era ancora più in apprensione per ciò che le era capitato. Non si dava pace. Perché aveva accettato l'invito di quel ragazzo e c'era addirittura finita a letto? Non si rendeva conto di cosa l'avesse spinta. Quello che aveva fatto era contrario alla sua moralità; non avrebbe mai accettato l'invito di uno sconosciuto, tanto meno per fare l'amore con lui. Si sentiva posseduta da una forza sconosciuta che l'aveva spinta a fare ciò che aveva fatto e, trovandosi accanto a quell'uomo martoriato, non riusciva a capire chi fosse stato, e perché lei non si fosse accorta di nulla. Pensò di essersi addormentata ma, comunque, per ridurlo in quello stato, si sarebbero dovute sentire le urla della vittima o il baccano che l'eventuale assassino avrebbe procurato nel commettere il suo omicidio. Queste osservazioni ribollivano nella sua mente, martoriandole il cervello. Aveva anche pensato che ci fosse una relazione su quanto era accaduto nel tempio e l'omicidio del ragazzo. Ma la sua razionalità le fece scartare questa ipotesi che ritenne assurda, troppo fantasiosa e inverosimile.

La voglia di fare l'amore e di uccidere era improvvisa e violenta, e rendeva Miranda schiava della sua doppia personalità. Il dualismo con Aracne era sempre più virulento. Cercava i suoi amanti tra la gente comune, gente di tutti i giorni, in incontri fortuiti e occasionali. Tutti maschi che, dopo aver fatto l'amore, venivano uccisi senza movente. Miranda alternava la sua furia omicida a momenti di vera felicità con Marco, la persona che sentiva di amare ma che non poteva amare completamente. Se l'avesse fatto, Aracne l'avrebbe divorato senza pietà. Così lei cercava con tutta la forza di reprimere ogni occasione che si presentava, tentando di non arrivare al punto di collisione, e di urtare contro la voglia di essere posseduta dall'uomo che amava. Sapeva benissimo come sarebbe andata a finire, per cui evitava ogni approccio. Era costretta, e usava tutta la forza di volontà per resistere alla passione che la divorava e alla pressione inconscia che Aracne le premeva dentro, provocandola. E lei resisteva per evitare il peggio. Anche Marco non la provocava sessualmente più di tanto. Accettava solo con passività, e in un certo senso con piacere, i continui rifiuti di sesso da parte di Miranda. Lui voleva sposarla, era la donna della sua vita, e voleva mantenere il rapporto piuttosto platonico fino il giorno della luna di miele.

In un primo momento nessuno fece particolarmente caso all'omicidio di Riccardo Bianchi. In una metropoli come Roma le morti violente causate da maniaci erano all'ordine del giorno. Però, quando il patologo scoprì che l'uomo esteriormente aveva solo una ferita alla gola e una al centro del cervello, ma che all'interno gli mancavano tutti gli organi, le cose cambiarono aspetto. Si cominciò a indagare più a fondo e le ricerche si fecero più minuziose, continuando a svolgersi affannosamente. Bianchi fu soltanto il primo di una serie di omicidi inspiegabili. La polizia brancolava nel buio, e si stava facendo largo tra la gente la psicosi del mostro crudele e imprendibile. Il caso piombò addosso al commissario Vittorio Marini che, insieme all'assistente Guglielmo Ciccarelli, non sapeva come venire a capo di quella patata bollente che lo stava mettendo in una situazione per niente serena. La sua faccia sembrava un pneumatico che strideva sull'asfalto. I dati che aveva in mano avevano in comune soltanto la firma di un mostro, ossia tagli e morsi profondi, più simili a quelli provocati dalle fauci acuminate di una bestia che attribuibili a un'arma da taglio brandita da un essere umano. Marini era già costretto a indagare sull'assassinio della povera Eva, che non aveva in comune lo stesso modus operandi, in quanto lei sembrava essere stata sbranata da una bestia diversa da quella che uccideva gli uomini, i cui corpi erano tutti esangui. Le vittime maschili erano completamente prive di gran parte degli organi interni, del cervello e degli occhi, come se fossero stati succhiati, ma esteriormente non riportavano traumi visibili a parte un foro sulla giugulare e uno sul cervello, oltre a qualche graffio profondo. E tutti quei maschi avevano avuto rapporti sessuali poco prima di essere divorati. Erano tutti giovani e di bell'aspetto. Non c'erano prove né indizi, e nessun testimone. C'era da mandare al manicomio anche il tenente Colombo in persona.

Marini, come al solito, si rivolse al medico patologo che stava facendo le analisi. «Allora, dottor Renzi, che ne pensi? Cosa credi...»

Umberto lo interruppe con un'aria sconsolata: «Beh, senti Vittorio, ti dico che questa volta siamo proprio nella merda fino al collo».

«Cosa vuoi dire?»

«Voglio dire che non ci capisco un cazzo...»

«Già, come al solito...»

«Non dire sciocchezze! Guarda che la cosa è più complicata di come sembra. Dalle analisi risulta che quei corpi sono stati succhiati all'interno. Bevuti come una lattina di birra, e questo lo fanno i ragni. All'esterno avevano qualche morso. Un foro sulla giugulare da dove la bestia ha praticamente bevuto tutto il sangue e uno sulla testa da dove ha succhiato gli organi interni, compresi cervello e occhi, ma per il resto sono quasi intatti. Questo è il modus operandi di un ragno per consumare il suo pranzo.»

Marini rimase basito dall'affermazione che gli fornì il patologo e, strofinandosi la fronte, disse la sua. «Che cazzo stai dicendo, eh? Sei impazzito! Come può un ragnetto causare quella mattanza?»

«Eppure è così. Vuoi vederlo di persona?»

Marini, agitando la testa, fece una smorfia di disgusto. Aveva già visto il cadavere di Eva, e aveva dato un'occhiata, di sfuggita, anche a quello di Riccardo, che gli era sembrato il corpo di un vecchio rugoso e con la pelle afflosciata e aggrinzita piuttosto che quello di un giovane. Era arrivato sul luogo del delitto in piena notte e ne era rimasto basito. Ciccarelli lo aveva svegliato di soprassalto, e lui si era vestito di fretta e furia, quindi era salito sulla macchina che il suo assistente gli aveva mandato. Quando poi era entrato nell'appartamento della vittima, era in condizioni non proprio esemplari. Aveva gli occhi rossi e la cravatta di traverso, ed era spettinato, con ai piedi una scarpa nera e una marrone, tanto che il dottor Renzi si era messo a ridere. All'invito che Umberto gli aveva proposto lui, che non aveva nessuna voglia di ripetere l'esperienza che aveva già vissuto, guardando quel cadavere sgonfio come un palloncino bucato, mormorò: «No, per carità! Evitami questa tortura, ti credo sulla parola. Continua».

«Ti dico che l'assassino è un ragno gigante e di sesso femminile... Una vedova nera, visto che le vittime sono state divorate dopo un rapporto sessuale. Ho analizzato l'acido che ha dissolto l'interno dei corpi. Beh, appartiene proprio a un ragno. Fanno così anche con gli insetti, con le mosche soprattutto.»

«Sì, ma quei corpi non sono mosche, sono esseri umani.»

«Per questo ti dico che deve assolutamente essere un ragno gigante. Sembra fantascienza, ma non lo è. È proprio come ti ho detto...»

«D'accordo, l'assassino è un ragno gigante ed è una femmina. Il tutto è quanto mai semplice, no? Che ci vuole ad arrestare una "ragnona", a Roma? Se ne incontrano tutti i giorni!»

«Senti, Vittorio, tu ci scherzi, ma non è il caso. Insomma, qui l'unica possibilità reale che hai di catturare l'assassino è rappresentata da una sua mossa falsa, un errore che lo faccia uscire allo scoperto, che lo faccia tradire. Sempre che non si tratti veramente di un ragno gigante, e ti assicuro che non posso sbagliare.»

Questo Marini lo aveva già intuito, anche se era molto scettico sulla teoria del ragno abnorme. Credeva più che altro nella presenza di qualche demone, se non altro per esperienza personale. Sbattendo sul tavolo del medico un fascicolo che aveva preso involontariamente, con aria ingrugnata rivolse a Umberto un ordine perentorio. «Senti, cacciatore di ragni, vedi di fare bene le tue analisi e forniscimi una relazione seria.»

Dopo lo guardò dalla testa ai piedi, aggiungendo: «Ma pensa te, un ragno gigante che si aggira in città uccidendo e divorando bei ragazzi. Tu sei scemo. Cerca di trovare indizi utili, se non vuoi che ti trasferisca a dirigere il traffico. Magari ti regalo anche un fischietto d'oro».

«Risparmia quei soldi per un paio di scarpe dello stesso colore.»

Marini lo guardò di traverso ma poi gli sorrise, fece un cenno a Ciccarelli, si voltò e se ne andò, sbattendo la porta.

Capitolo 14

Marco Silvestri, il fidanzato di Miranda, era seduto nella sala avvocati del tribunale di Roma. Stava consultando gli atti del processo di cui si stava occupando in qualità di pubblico ministero. Diede un'occhiata all'orologio: era quasi ora di tornare in aula. In genere si trattava di cause di routine che venivano sbrigate in quell'aula del tribunale, quasi sempre mezza vuota. Però, questa particolare discussione, grazie ai media, aveva sollevato un clamore tale da attirare verso di sé quell'interesse generale che non poteva essere ignorato sia dai curiosi che dai giornalisti. Tutti, in massa, era intervenuti per assistere a quel dibattito, con l'imputato alle sbarre per essere giudicato e poi condannato a causa del raccapricciante delitto che aveva commesso. La difesa poteva demolire del tutto la tesi dell'accusa che Marco, con molta cura, aveva istruito con le prove che il commissario Marini gli aveva fornito. Ciò poteva portare la faccenda alle trattative di una nuova istruttoria. La seduta si stava prolungando da più di due mesi; si sarebbe dovuta decidere durante la prima udienza, ma il difensore dell'imputato era un principe del foro e, a forza di cavilli, stava prolungando la sentenza per portare la causa verso l'assoluzione dell'imputato. Oppure, quantomeno rinviare la discussione fino ad arrivare alla scadenza dei termini di carcerazione preventiva, anche se le prove contro di lui erano al di là di ogni ragionevole dubbio.

La causa riguardava lo stupro e l'assassinio di una

ragazza di diciannove anni di cui si era occupato Marini con il suo staff. Essendo riuscito a incastrare l'assassino con prove inconfutabili della sua colpevolezza, l'aula era affollata di giornalisti che annotavano tutto sui taccuini, visto che il giudice aveva negato la presenza delle telecamere e dei cellulari in aula. Il fattaccio aveva scatenato la fobia del mostro, e i giornali e i talk show di tutte le testate televisive avevano esagerato nel divulgare questa storia, che infine era terminata con il ritrovamento della ragazza, diversi mesi dopo l'omicidio, in un acquitrino nei dintorni della campagna romana. Da quel momento era scattata la tiritera della ricerca delle prove per catturare l'assassino. Era anche ripresa con più frequenza l'informazione sui media. Ma era sempre in questo modo che un delitto del genere faceva molta audience.

La ragazza, otto mesi prima, era uscita dalla casa dei genitori dopo aver trascorso fuori il week end, per poi tornarsene al college in Svizzera. Aveva chiamato un taxi per raggiungere la stazione Termini dove avrebbe preso il treno. Sotto il portone di casa stava aspettando che la vettura arrivasse, quando le si era accostato un ragazzo che abitava nello stesso suo portone e che conosceva benissimo. Lui si era offerto di accompagnarla, e lei aveva accettato l'invito, salendo sulla sua auto e telefonando alla stazione dei taxi per disdire la chiamata. Barbara era una brunetta bellissima, alta e magra ma ben formosa e sensuale, con gli occhi verdi e la bocca carnosa. Quella sera aveva indossato una minigonna, e una maglietta stretta che metteva in bella mostra i suoi seni turgidi. Dal momento che lei era salita in macchina, in Sergio era scattata la voglia di possederla, così aveva iniziato il suo corteggiamento.

«È un anno che non ti vedo e sei sempre più bella.

Quest'anno hai la maturità, dopo che fai? Torni a Roma per l'università?»

«Credo di sì, non resisto più in quel posto noioso...»

«A che ora parte il treno?»

«Alle 20:45, sempre che non porti ritardo.»

«Beh, sono le 17:00, mancano tre ore e mezza... Come mai sei uscita tanto presto?»

«Non so, volevo fare un giro prima di affrontare il viaggio.»

«Senti, Barbara, che ne pensi se facciamo un giro? Magari ci fumiamo uno spinello, poi ti accompagno alla stazione. Ti va?»

«Perché no?! È una vita che non mi faccio una canna.»

Sergio, soddisfatto di aver convinto Barbara a restare con lui, aveva già assaporato mentalmente il piacere di provare a farsela. Le era sempre piaciuta, e in passato avevano avuto un flirt, anche se tra loro non c'era stato che qualche bacio e niente di più. Però, quella sera, si era messo in testa di farla sua, quindi si era avviato in un posto solitario dopo aver fermato l'auto nei pressi di una palude, dove aveva rollato uno spinello. Quando avevano cominciato a fumare, lui l'aveva osservata, trovandola sempre più provocante al punto che non aveva resistito alla voglia di saltarle addosso. In un primo momento, finché si era trattato di baci e qualche tastata, Barbara l'aveva corrisposto, ma lui voleva andare oltre e aveva iniziato a metterle le mani sotto la gonna, e lei si era ribellata. «No, ti prego... Che fai? Non voglio, dai, andiamo via.»

Sergio non aveva nessuna intenzione di smettere, anzi, era diventato sempre più intraprendente ed eccitato. Barbara, al contrario, con uno scatto aveva cercato di divincolarsi dalla sua presa, intanto che lui aveva provato a convincerla di nuovo a fare l'amore: «Su, non fare la stronza, mi piaci un casino. Dai, spogliati, ti voglio da morire. Sei stupenda e ti desidero. Stai ferma, possibile che sei così fredda? Dai, Barbara, facciamolo».

«No, ti prego Sergio, non voglio. Ho le mie cose, poi non mi va. Dai, andiamo via. Ti prego, stai fermo...»

Sergio non aveva pensato assolutamente di rinunciare a scoparsi quella figa stupenda. Ormai era troppo eccitato e preso da una libidine sfrenata, tanto che era diventato sempre più violento, mentre lei aveva continuato a urlare, cercando di divincolarsi dalla pressione che il ragazzo le stava mettendo.

«Ti ho detto che non voglio, lasciami... No!»

Le aveva strappato la maglietta e dopo anche le mutandine. Allora lei si era ribellata con più energia, mentre Sergio, preso dalla foga, le aveva sferrato un pugno in piena faccia, spaccandole un labbro. La ragazza aveva aperto lo sportello, tentando di fuggire e urlando per la paura e per il dolore che quel pugno le aveva procurato.

«Aiuto! Aiutatemi... Cosa vuoi? Mi hai ferita, mi hai spaccato la bocca. Aiuto, mi fa male. No! Ti prego, non fare così...»

Sergio, imperterrito e sempre più violento, l'aveva rincorsa, aggredendola e spingendola a terra. Dopodiché l'aveva riempita di pugni e calci, poi le era saltato addosso e l'aveva violentata. Intanto che l'aveva posseduta, lei aveva ripreso i sensi, cercando per l'ennesima volta di divincolarsi. Lui, invece, preso dalla pazzia, aveva continuato a colpirla con violenza. Ormai la rabbia l'aveva completamente assorbito, non era riuscito a fermarsi, e aveva continuato a colpirla finché non l'aveva uccisa di botte. Quando era tornato in sé e si era accorto di ciò che aveva fatto, era stato invaso dal terrore e, portandosi le mani in faccia in segno di disperazione, aveva pianto in modo disperato. «Oh, mio Dio, cos'ho fatto? Nooo! Ora che faccio? Tornerò di nuovo in galera. Devo fare qualcosa... sì, ma che?»

D'un tratto si era calmato per studiare una strategia che gli permettesse di uscire fuori dal disastro che aveva combinato.

"No! Se faccio le cose per bene, non mi scopriranno mai" pensò.

Aveva cominciato a ragionare sul fatto che l'unica cosa che poteva fare era occultare il cadavere. L'aveva così trascinato fino alla marana e l'aveva gettato nell'acqua. Dopo, aveva preso i bagagli della ragazza con i suoi documenti, era salito in macchina e, a tutta velocità, si era allontanato da quel luogo. Si era fermato in un posto solitario che gli era sembrato adatto soltanto per dar fuoco alla valigia e al resto. Con l'accendino aveva acceso il giornale che aveva in macchina e aveva preso a incendiare tutto, così di lei era rimasto il corpo affondato nella marana, convinto che mai nessuno lo avrebbe ritrovato. Era, infine, risalito in macchina per dirigersi al bar, forse per crearsi un alibi tramite gli amici che avrebbe trovato là.

In aula Sergio, dietro le sbarre e con la testa china, si nascose il volto con i polsi ammanettati. Intorno a lui c'erano una dozzina di agenti, alcuni in divisa, altri in borghese. C'era anche Marini, che aveva seguito l'inchiesta fino a catturarlo, quindi era in aula per testimoniare. Il difensore di Sergio, l'avvocato Alessandro Giuliani, lo stava interrogando. Ma Marini non aveva nessuna intenzione di cadere nella trappola che il difensore voleva tendergli.

«Allora, Commissario, a che ora ha visto per la prima volta l'imputato?»

L'uomo ci pensò un attimo, guardando dritto negli occhi del difensore, poi si strofinò la fronte e rispose: «Credo che fossero circa le 18:00». Ma, dopo, fece una smorfia con la bocca, come se avesse ricordato con certezza l'ora. «Anzi, ne sono sicuro. L'ho interrogato a lungo, ma lui si è avvalso della facoltà di non rispondere...»

L'avvocato lo interruppe e continuò a incalzarlo con aria severa e accusatoria. «Così, con i suoi uomini, avete tentato di estorcergli la confessione, malmenandolo con violenza. Non è vero?»

Marini sollevò le sopracciglia, lo sguardo era fisso sui fascicoli che l'avvocato teneva in mano. Mentre quest'ultimo camminava nervosamente su e giù, Marini lo seguiva senza distogliere lo sguardo, poi alzò gli occhi al cielo in segno di disappunto per la domanda che gli aveva posto. Più che una domanda a lui sembrava un'accusa, che non poteva accettare per nessuna ragione al mondo. Si considerava, senza alcun dubbio, una persona corretta, e non avrebbe mai approvato che qualcuno del suo distretto estorcesse una confessione con la violenza. Vedendo la faccia arcigna da viscido del difensore, pensò dentro di sé: "Come si permette questo brutto e tracagnotto avvocato del cazzo di accusarmi in quel modo? Se potessi, gli spaccherei la faccia».

Ma non poteva farlo, dopotutto era un pubblico ufficiale e aveva una reputazione da difendere. Era sempre stato corretto con i suoi indiziati, e obbligava i suoi subalterni a comportarsi nello stesso modo, non permettendo violenze nel suo dipartimento che comandava con estrema correttezza, anche quando, come nel caso di Sergio, si aveva davanti un assassino e stupratore. Certo, potendo, lo avrebbe punito con le sue mani, ma non poteva farlo. Per questo c'era la legge, e lui stesso era la legge che rispettava incondizionatamente. Con uno sguardo severo si rivolse al difensore a brutto muso: «Avvocato, non le permetto di insinuare illazioni sulla disciplina sia mia che del mio dipartimento. Noi siamo dei poliziotti, non siamo degli inquisitori. Nessuno ha toccato l'imputato, lo abbiamo solo chiuso in una cella in attesa che il giudice istruttore venisse a interrogarlo. Tutto qui».

«Mentre lo stavate trasportando, o meglio trascinando nella cella, lei ha guardato il suo volto. Non si è accorto che era gravemente ferito?»

«Certo che no! Lo hanno accompagnato due dei miei agenti, non certo io. L'ho solo visto quando, verso le 21:00, ho finito il mio turno e, in un ultimo tentativo di farlo confessare, gli ho parlato attraverso lo spioncino della cella, ma senza successo.»

«Già! E non si è accorto che aveva il viso tumefatto e pieno di escoriazioni, oltre a un occhio pesto e chiuso?»

La pressione di Marini stava crescendo, l'impeto montava in lui come vapore compresso. Nella domanda che l'avvocato gli aveva posto trovò un'evidente traccia di mettergli pressione per cercare di farlo contraddire. Non sopportava proprio più quell'avvocato viscido e senza moralità. Stava difendendo un assassino che aveva commesso un'atrocità su una povera ragazza di diciannove anni, e non si vergognava nemmeno di cercare di salvarlo dalla pena che si meritava. Le prove contro di lui erano inconfutabili. Certo, era l'avvocato della difesa, ma il compito di un difensore era di assistere il suo cliente da eventuali scorrettezze che in aula potevano rivolgersi verso l'imputato, non di sollevarlo fino a far credere che fosse una vittima solo per alimentare la sua fama di avvocato vincente. Pertanto Marini gli rispose con voce alta e irata: «Senta, avvocato Giuliani, è notoria la sua tattica di discolpare i suoi assistiti anche quando le prove sono schiaccianti. Le ricordo che, oltre alla confessione che non gli è stata estorta, c'è la prova del DNA che è stata trovata sulla poveretta. È inconfutabile al 99,99 %; inoltre, le ricordo con quale brutalità si è accanito sulla giovane, violentandola e subito dopo uccidendola brutalmente a botte».

«Commissario, lei non ha risposto alla mia domanda. Le ripeto se non si è accorto che il giovane era ferito.»

«Certo che no! Perché era sano come un pesce. Solo il matino dopo sono venuto a conoscenza che il piantone di turno ha dichiarato che l'imputato avesse cominciato a urlare e a dare testate sul muro. Ma, immediatamente, il mio uomo ha chiamato aiuto, e l'imputato è stato subito trasferito in un ospedale.»

«Naturalmente, dove ha dichiarato di essere stato torturato per estorcergli la confessione.»

«Lei continua a formulare accuse che, tra l'altro, non può provare, cercando di difendere il suo assistito solo con delle congetture. Un assassino che è colpevole al di là di ogni ragionevole dubbio. Lei sarà pure un principe del foro, ma è anche un uomo immorale. Le ricordo che sono laureato a pieni voti in giurisprudenza anch'io, sono sotto giuramento, e dichiaro che nessuno nel mio distretto ha sfiorato con un dito il signor Sergio Poletti. Come sicuramente avrà letto nei fascicoli dell'istruttoria, e che sta ignorando volontariamente, Poletti è recidivo in fatto di autolesionismo: l'ha già praticato nelle altre carcerazioni. Se ha letto il suo fascicolo e credo di sì, anche se non ne tiene conto, ma ne terrà conto la giuria, stia tranquillo, dovrebbe sapere che è un noto pregiudicato che, più di una volta, per sfuggire all'interrogatorio si è lesionato, addirittura tagliandosi le vene. Quindi non stia lì a fare di lui una vittima, perché non lo è. È solo un assassino che ha infierito con ferocia contro una povera ragazza. Sono sicuro che, se lei fosse il padre di quella poverina, non si comporterebbe con il suo odioso cinismo. Mi mette addosso un'inquietudine rivoltante e mi trasmette come un senso di nausea. Mah, lasciamo stare, da questo momento mi rifiuto di rispondere alle sue illazioni.»

Dopo aver finito, Marini lo guardò direttamente negli occhi con disprezzo. Quell'uomo gli metteva addosso un disgusto tale che preferì non continuare, tanto sarebbe stato inutile. Ma si accorse che Giuliani, invece, aveva assunto un'espressione demolita, come fosse distrutto e sconfitto, come se non fosse più in grado di pronunciare altre parole. Il principe del foro, sempre vincente, sentiva che questa volta aveva perso. Era rimasto paralizzato da come Marini aveva tenuto testa alla pressione nella quale aveva cercato di trascinarlo, ma lui non era certo una preda facile da catturare, conosceva bene la giurisprudenza e sapeva benissimo come un avvocato della difesa usasse armi affilate per portare la discussione a suo favore. Eppure, certamente non aveva fatto i conti con l'acume e la furbizia del solerte commissario. Così l'avvocato Giuliani, principe del foro, non aveva più parole né domande da fare. Era impietrito perché non si aspettava che l'altro tirasse fuori dalle maniche l'asso della recidiva in fatto di autolesionismo. Capì in questo modo che la causa era persa. A testa bassa e sconfitto, oltre che nei fatti anche nel morale, si rassegnò alla sicura sconfitta processuale e si rivolse alla giuria con voce sommessa: «Non ho altre domande».

Il giudice, allora, tentò di allentare la tensione che sentiva e che stava aumentando, girando lentamente il corpo. Al che si girò verso Marco Silvestri: «Il teste è suo, signor Pubblico

Ministero».

Marco si alzò in piedi, si sistemò la toga sulle spalle e diede un'occhiata furtiva a Giuliani, per poi chiudere il fascicolo che aveva davanti. Infine, con voce piena di soddisfazione, pronunciò: «Non ho alte domande, Vostro Onore». Dopo aver concluso, si rimise a sedere. Aveva chiaramente segnato un punto a suo favore garantendosi, attraverso la forbita testimonianza di Marini, la vittoria.

Il giudice si rivolse poi a Marini: «Può andare, signor Commissario».

Il commissario, dopo aver ringraziato la corte, si dileguò, sedendosi su una sedia. L'imputato alzò lo sguardo, negli occhi aveva un'espressione vacua. Marini lo guardò fisso negli occhi, pensò che dovesse essere imbottito di psicofarmaci da come il suo sguardo era attonito e proiettato nel nulla. Il frastuono nell'aula aumentava attimo dopo attimo, e i giornalisti erano in pieno fermento, annotando sui loro taccuini l'andamento della discussione. Marco si era girato sulla sedia e stava parlando con i familiari della vittima. La madre piangeva a dirotto, mentre il padre tentava debolmente di confortarla e di calmarla, tenendole la testa poggiata sulla spalla e mormorandole qualcosa mentre le accarezzava i capelli. Il fratello della vittima, invece, spalancò la bocca e balzò in piedi, urlando parole offensive verso l'assassino di sua sorella. Marco lo prese per la giacca e il ragazzo, seguendo il consiglio, si rimise a sedere. Il giudice, battendo il martelletto, si alzò in piedi e parlò con voce autoritaria: «Signori, fate silenzio, altrimenti faccio sgombrare l'aula».

Cominciò prima il pubblico ministero, che formulò un'arringa straziante che commosse tutti i presenti dell'aula, compresi i giudici. Poi toccò al difensore di formulare la sua arringa ma, per non fare altre figuracce, la sua fu breve e concisa: chiese solo le attenuanti generiche e il minimo della pena. Non se la sentiva davvero più di formulare l'assoluzione, specialmente dopo il fallimento dell'estorsione della confessione. Inoltre, erano palesi le prove contro l'imputato. Il cancelliere si alzò in piedi e, con voce solenne, annunciò: «Signori, in piedi, la Corte si ritira per deliberare».

I giudici, sei civili e sei dogati, tra cui c'era anche una donna, si alzarono guadagnando l'uscita dall'aula. C'era un pandemonio; tutti parlavano nello stesso istante, all'unisono, sembrava un concerto suonato con una sola nota fissa. Gli occhi dell'imputato saettavano qua e là come impazziti.

"Cosa starà pensando?" si chiese nella sua mente Marini. Sarebbe stato condannato o assolto? "Dio, speriamo di no. Se uscisse, potrebbe stuprare e uccidere ancora. Possibile che in questo istante la sua mente tormentata stia progettando ancora un omicidio?"

Tutto è possibile. Di solito chi uccide, uccide ancora, diventa un vizio, come una droga. Un assassino, se non ammazza, va in crisi di astinenza. Specialmente Sergio Poletti, che era uso a delinquere, e del carcere aveva la tessera. In ogni carcerazione ne riceveva una in omaggio, da quante volte era stato arrestato per svariati reati come rapine, furti, ricettazione, truffa, favoreggiamento alla prostituzione e altro. Praticamente, aveva commesso tutti i reati che erano menzionati nel codice penale, compresi i comma, le aggravanti e le reiterazioni. E ora aveva aggiunto al suo palmarès anche lo stupro e l'omicidio. Ma era sempre riuscito a recuperare la libertà per scadenza dei termini di carcerazione preventiva o perché non c'erano prove sufficienti o per qualche indulto che il governo attuava per svuotare le carceri stracolme di detenuti.

L'indulto o la grazia erano un espediente per liberare le prigioni dalla congestione, mettendo però in circolazione delinquenti incalliti. Così i reati rischiavano di triplicarsi e tutto ricominciava da capo. Questo andava a favore dei delinquenti, ma era una disgrazia per chi cadeva nelle loro grinfie. Bastava costruire nuove prigioni oppure adattare le caserme rimaste vuote in quanto la naia non era più obbligatoria, e tutto si sarebbe risolto senza ricorrere all'indulto per far posto agli stessi carcerati che, massimo dopo due mesi di libertà, rientravano nelle loro celle, riempendo di nuovo le carceri e affogando i tribunali di nuove cause da discutere. Questa, però, era una pensata troppo difficile per i nostri politici.

I parenti della vittima si rivolsero a Marco con voce spezzata dall'apprensione, chiedendo il suo parere su come i giudici avessero deliberato. «Avvocato, sarà condannato, vero?» gli domandarono.

L'uomo era sicuro dell'esito, però non poteva conoscere l'entità della pena, anche se aveva chiesto il massimo, cioè l'ergastolo. Aveva presentato delle prove inconfutabili di colpevolezza a carico dell'assassino; in più, c'era l'aggravante dello stupro e della crudeltà. Ma l'esito della sentenza e l'entità della pena dipendevano dai giudici e dalla loro coscienza. Mentre stava per rispondere, il cancelliere annunciò che la corte stava rientrando, anche se erano passati solo pochi minuti. Evidentemente avevano già le idee chiare.

«Silenzio e in piedi.»

La giuria entrò in aula dalla piccola porta dietro il banco e salì i gradini. Il primo fu il giudice capo Lorenzetti, avvolto nel turbine di stoffa nera della sua toga, seguito dagli altri che ripresero il loro posto. Lorenzetti poggiò sulla cattedra il fascicolo con la sentenza, battendo rumorosamente il martelletto, poi si chinò sulla balaustra e cominciò a pronunciare la sentenza. «Viste le prove inconfutabili a carico dell'imputato, sia messo agli atti che questa Corte ha ritenuto che le accuse sono, senza alcun ragionevole dubbio, probatorie, e che nessuna prova a favore è stata prodotta dalla difesa. E, visto che l'imputato è recidivo, questa Corte non concede le attenuanti generiche. La Corte da me presidiata sentenzia la condanna per l'imputato Poletti Sergio all'ergastolo, a tre anni di isolamento e a pagare le spese processuali. Così ha deciso la Corte. L'udienza è tolta.»

I giornalisti correvano fuori dell'aula spingendosi a forza, cercando di raggiungere le loro sedi per scrivere il pezzo. Marco era inchiodato alla poltrona con gli occhi fissi sui parenti della vittima, che accolsero con soddisfazione la sentenza. La madre si teneva un fazzoletto premuto sugli occhi, dopo si soffiò il naso e si rivolse a Marco: «Grazie, Avvocato, ha fatto un buon lavoro. Anche se questa sentenza non mi ridarà la mia bambina, sono sicura che sarà un mnito per tutti gli assassini. Prima o poi la legge terrena o quella celeste punisce tutti i malfattori. E ringrazi anche il commissario Marini che ha seguito le indagini ed è riuscito a scovare quel maledetto». Quindi la donna scoppiò in un pianto disperato.

Capitolo 15

Enrico, seduto sul letto della sua camera, stava leggendo "Moby Dick" di Herman Melville. Si mise a iniziare questo libro perché, da qualche parte, era rimasto colpito da quest'affermazione: "Chi non ha letto 'Moby Dick', la 'Bibbia' e la 'Divina Commedia', è come se non avesse mai letto niente in vita sua".

Questa era una sciocchezza che, però, lui prese per buona, dato che si trattava di tre capolavori della letteratura. Visto che la "Divina Commedia" e la "Bibbia" le aveva già lette, decise di concentrarsi anche su "Moby Dick". Ma, probabilmente, l'avventura del capitano Achab per catturare e vendicarsi della balena bianca che gli aveva staccato una gamba doveva essere piuttosto noiosa, perché si addormentò, lasciando cadere il libro. Improvvisamente, però, sentì l'inconfondibile odore del fumo accompagnato da un suono strano, come uno sfrigolio o un pezzo di carne che friggeva su una padella. Scese dal letto, stordito e insicuro, e si fermò per un attimo al centro della stanza, cercando di orientarsi.

"C'è qualcosa che brucia da qualche parte" pensò.

Poi capì. Sopraffatto dal panico, si precipitò alla porta del salone e la spalancò. Un'ondata di calore insopportabile lo investì, come un'eruzione vulcanica che lo ributtò indietro. Il salone era in fiamme, compresi il pianoforte e la poltrona di suo padre. Il fumo gli bruciava i polmoni. Con energia convulsa cercò di richiudere la porta, ma la forza del calore era come quella di cento uomini, anzi, di cento demoni, perché quelle fiamme avevano l'aspetto di tanti diavoli che si avventavano contro di lui. Lottò di nuovo per richiuderla, ma le fiamme sguainarono le loro armi infuocate, afferrando tutto in un rogo distruttore. Respirare era un tormento ma, quando cercò di fuggire verso la finestra, il fuoco lo stava già avvolgendo. Ben presto cominciò a bruciare vivo, non aveva più scampo. In quel momento il cameriere bussò alla porta della sua stanza, risvegliandolo da quel brutto incubo e annunciandogli l'arrivo di un'ospite femminile.

«Signor Medici, la signorina Sofia la sta aspettando in salone, chiede di vederla.»

Lui, tirandosi su madido di sudore e tremando al ricordo del suo delirio, stentò a credere che fosse solo un sogno. Sentiva ancora il calore del fuoco e il sapore acre del fumo. Con voce cavernicola rispose: «Sì, bene, dille di aspettarmi in salone. Mi vesto e arrivo».

Mentre Enrico si preparava, il domestico si occupò di Sofia. «Il signor Medici la prega di attenderlo. Si accomodi pure, le porto qualcosa da bere? Magari un caffè?»

«No, grazie, sto bene. Aspetterò Enrico.»

Nella sua stanza l'uomo si stava preparando per riceverla ma, a un tratto, una luce accecante lo invase. Nella sua mente apparvero in sequenza velocissima immagini raccapriccianti. Prima una bestia immonda che si trasformò in una figura fosforescente, la quale velocemente gli piombò addosso. Lui stesso diventò luminescente, assumendo per un attimo le sembianza della bestia, poi tutto scomparve, tranne Enrico che aveva un aspetto demoniaco. Si contorceva come un invasato, emettendo grugniti come quelli di un mostruoso essere feroce. Con gli occhi rossi e l'aspetto inferocito uscì dalla stanza. Come un indemoniato si diresse in cucina e si avventò contro il suo domestico e la moglie, colpendoli con un grosso coltello da cucina. Sferrò coltellate a ripetizione, non riusciva a fermarsi, e gli schizzi di sangue imbrattarono la cucina come fosse un mattatoio. Sofia, sentendo le urla dei poveretti e il baccano di Enrico che stava inveendo contro le sue vittime, si fiondò in cucina. Accorgendosi di quello che lui aveva fatto e stava ancora facendo, in un primo momento rimase sbigottita e terrorizzata, dopo si mise a urlare: «Oh, mio Dio! Nooo... Enrico...».

La donna fuggì via dall'orrore di quei due corpi maciullati, dirigendosi verso il salone. Lui la inseguì con gli occhi infuocati di sangue e la bava alla bocca, emettendo dei versi bestiali. Una volta che l'ebbe raggiunta, le saltò addosso e la finì, sferrando anche a lei una miriade di coltellate. Quando Enrico tornò in sé e si accorse di ciò che aveva fatto, preso da un profondo rimorso, si uccise, sgozzandosi. Cadde a terra e, dal suo corpo ormai senza vita, con la gola tagliata dove fluttuava una fontana di sangue, si staccò un alone fluorescente che svanì nell'aria. In quel momento il suo aspetto divenne sereno, i suoi occhi aperti denunciavano una tranquillità che negli ultimi tempi non aveva avuto. Ora che era libero il suo volto senza vita sembrava sorridere alla vita che non aveva più. Tutto era finito, e il diavolo aveva vinto, mettendo la firma al suo disegno, ma non aveva ancora terminato la sua missione. Ancora il suo quadro era incompiuto, ancora era sulla terra, ancora non era stato rispedito all'inferno.

Se a Carolina Ludovisi fosse capitato di nascere in una famiglia di minor prestigio, quasi certamente sarebbe stata più serena. Spesso succede che una famiglia importante si trascini dietro delle responsabilità che vanno oltre la serenità e la libertà di agire, e ci si senta addosso tutto il peso di appartenere a una nomenclatura non facile da sostenere. I Ludovisi, in ogni caso, sapevano sempre quello che gli altri si aspettavano da loro. Erano una famiglia benestante che apparteneva a una élite molto in vista. Il padre era uno stimato banchiere con la fissazione che avere tanti soldi avrebbe aiutato a essere felici e a non farsi mancare niente, nemmeno il superfluo. Ma pensava anche che, quando se ne avevano troppi, bisognava in qualche modo disfarsene per non cadere nel trabocchetto dell'avidità, così si prodigava a fare beneficenza di ciò che riteneva un sovrappiù. Aveva cresciuto la sua famiglia cercando di trasmetterle quell'onestà che lui riteneva indispensabile per mantenere intatta la sua etica morale. Potevano sembrare degli snob, ma non era così. Il loro comportamento era dovuto alla fama che li circondava. A paragone del suo illustre clan, compreso lo zio cardinale, Carolina sembrava una qualunque, anche se era molto raffinata, e l'etica morale era il campo d'applicazione pratico della sua filosofia per eccellenza, in cui il suo oggetto era l'uomo in quanto essere sociale. La suddetta etica, in particolare, si occupava di determinare ciò che era giusto o sbagliato, distinguendo il bene dal male in base a una determinata teoria dei valori o assiologia. Intendeva l'etica anche come ricerca di uno o più criteri che consentivano al suo essere di gestire adeguatamente la propria libertà e di determinarne i limiti opportuni.

Carolina si era laureata alla Bocconi di Milano in sociologia e storia dell'arte. Dopo un breve apprendistato presso una delle banche di famiglia, si era concluso che lei non fosse affatto tagliata per il mondo della finanza, secondo la dichiarazione dello stesso Ludovisi senior. Carolina era pienamente d'accordo con questa affermazione. Essendo infatti dotata di una mente creativa, acuta e brillante, era più portata a scrivere che a contare banconote. Si era resa conto anche che il suo talento consisteva nel fascino che emanava, e nel suo aspetto da diva e da intellettuale in egual misura. Quindi il posto da direttrice nel giornale di Bertoni, amico e collega di suo padre, era l'unico impiego che facesse al caso suo. Allora suo padre la infilò con prepotenza nel mondo del giornalismo.

Il tavolo della redazione era completamente invaso da pezzi che doveva valutare per poi scegliere i più significativi da mandare in stampa. Faticò non poco a mettere insieme gli articoli migliori, tra cui c'era anche quello che le aveva inviato Miranda. Il suo lo ritenne ottimo e lo inviò alla stampa insieme ad altri che ritenne validi. Era oberata di lavoro, tanto più che si stava occupando del grande party che l'indomani sera si sarebbe tenuto nel salone grande del giornale per festeggiare i trent'anni della testata giornalistica. Bertoni aveva preteso, senza riserve, che se ne occupasse proprio lei.

"Già! Tanto non ho niente da fare, vero?" pensò tra sé.

Di lì a poche ore circa duecento persone, che erano la cream della cream del giornalismo, della cultura e dello spettacolo, avrebbero varcato la soglia del palazzo che ospitava la sede centrale dell'impero Bertoni. Come direttrice, Carolina aveva il compito di curare ogni particolare della spettacolare retrospettiva del party. Doveva compilare l'elenco degli invitati, organizzare l'intrattenimento degli ospiti con una serie di spettacoli, quindi scegliere sia il conduttore che gli artisti per il divertimento degli illustri ospiti. Inoltre, doveva sovraintendere al menù, assicurare un ampio servizio stampa, per non parlare della sicurezza. Altro che non aveva nient'altro da fare. Intanto sulla sua scrivania, momentaneamente ignorati, giacevano altri ingenti progetti che aspettavano di essere evasi.

La donna cercava di contrapporre l'ansia che l'opprimeva con un autentico entusiasmo che la rilassava. Era orgogliosa del fatto di essere sempre arrivata in tempo per portare a termine le sue mansioni e le aspettative che si era riproposta, e intendeva a tutti i costi mantenere questo suo record personale. Mentre era in attesa di avere Bertoni in linea, raccomandò a se stessa di avere pazienza. Difatti poi il suo dialogo telefonico con l'editore si era rivelato una vera guerra di nervi; lei suggeriva e lui pretendeva, lei consigliava e lui ordinava, lei accennava ai prezzi e lui liquidava l'argomento, tirchio com'era. Carolina l'aveva spuntata, ma c'era voluto tutto lo charme possibile per tentare di instaurare un rapporto cordiale. L'avrebbe mandato al diavolo, ma si limitò con maestria a convincerlo. Dopo aver riattaccato la comunicazione con Bertoni, ricominciò a evadere le sue pratiche.

Alle ore 20:00 la grande sala della sede del giornale era gremita di tutti gli ospiti. Sul palco l'orchestra suonava pezzi classici della musica mondiale. I camerieri avevano già servito l'aperitivo ma, prima che servissero la cena, Carolina salì sul palco. L'orchestra smise all'istante di suonare e lei prese la parola: «Signore e signori, anzi, amiche e amici, visto che ci conosciamo da molto tempo... Bene, vi abbiamo invitati con molto piacere a questa magnifica serata, e vi ringraziamo di essere intervenuti per festeggiare i trent'anni di vita di questo giornale. Tutto questo lo dobbiamo al nostro grande amico Arnoldo Bertoni, che ha dato a noi giornalisti la possibilità di raccontare i fatti, anche se il più delle volte drammatici, che avvengono nel mondo, e noi l'abbiamo fatto con tutta l'onestà che ci distingue, senza trascurare i particolari di cui, con i nostri reporter, siamo riusciti a venire a conoscenza. Il nostro editore è una persona molto influente nel nostro paese, e molti lo amano, io in special modo. Oltre a essere un carissimo amico di mio padre, e naturalmente mio, è colui che mi paga profumatamente lo stipendio. A parte gli scherzi, non voglio perdere altro tempo. Invito il caro Arnoldo a salire sul palco e pronunciare per tutti noi un discorso».

Si girò in direzione di Bertoni, allungando elegantemente la mano verso di lui per invitarlo a salire sul palco. «Vieni, Arnoldo, onoraci della tua eloquenza. Il microfono è tutto tuo, e anche gli ospiti.»

Tra gli scroscianti applausi Bertoni salì sul palco e iniziò la sua filippica. Nel frattempo il telefonino di Carolina squillò. Lei rispose, e nei suoi grandi occhioni azzurri piombò immediatamente la disperazione, mentre si allontanava dalla sala per cercare un posto dove non ci fosse quel frastuono.

«Cosa? Dai, Piero, non scherzare, non è il momento...»

L'uomo, con la voce spezzata dalla disperazione, le comunicò il nuovo dramma familiare che era piombato loro addosso: «Carolina, ti prego, ho bisogno di te in questo momento così drammatico. Non è uno scherzo, purtroppo... Enrico ha ucciso i domestici della villa e la sua ragazza, e poi si è suicidato. Dio mio...».

Alle parole che Piero aveva pronunciato mettendoci tutta la drammaticità che l'aveva colpito, Carolina si sentì crollare addosso il mondo intero, perciò abbassò la testa. La rialzò per tirarsi indietro con la mano i capelli che le erano caduti davanti, ma poi appoggiò la mano sulla fronte in segno di costernazione. Doveva rispondere a Piero, ma non aveva la forza di farlo. Scrollò la testa e si fece coraggio. Sapeva che il suo fidanzato, nel drammatico momento che stava vivendo, necessitava di lei e del suo conforto, non poteva lasciarlo solo nel suo dolore. Era talmente preoccupata per lui che si prodigò per tentare di farlo calmare dalla sua devastazione.

«Piero, calmati...» gli disse. «Ti sono vicina. Come può essere accaduto? Cristo Santo, cosa l'ha spinto a una così drammatica decisione?»

«Non lo so! So soltanto che sono disperato. Ti prego, vieni da me, ho veramente bisogno di averti vicino. Sta arrivando Miranda, dobbiamo andare a riconoscere Enrico. Non so se ce la farò senza di te.»

«Certo, arrivo il più in fretta che posso. Tu prendi un calmante, intanto che io mi metto in moto» gli suggerì.

Dopo aver detto queste parole, Carolina impartì degli ordini alla sua segretaria. Però, subito dopo, come una furia, prese la giacca e la borsetta e si precipitò alla reception. Mentre si infilava la giacca, ordinò all'addetto di farle portare la macchina. Saltò sulla sua Mercedes, e corse pericolosamente, per le vie della città verso la casa di Piero. Arrivata davanti alla porta, trafficò non poco nella sua borsetta di Gucci per cercare le chiavi. Ci riuscì alla fine, quando vuotò tutto il contenuto sullo zerbino. Allora aprì la porta dell'attico ed entrò. Si trovò davanti Piero e Miranda che, abbracciati, stavano piangendo disperatamente. Non poté fare altro se non unirsi al loro dolore.

Questo evento fu considerato dalle autorità, dai media e dall'opinione pubblica, un fatto di cronaca nera che racchiudeva in sé un terribile dramma familiare. Ne parlarono tutti i giornali, e le testate televisive trasmisero palinsesti interi sull'argomento, con dibattiti e talk show dove i criminologi si confrontarono ognuno formulando ipotesi diverse. Nessuno, però, riuscì a dare una spiegazione logica o a capire se il deleterio comportamento dell'omicida-suicida fosse stato causato da un raptus o se, come qualcuno azzardò, ci fosse di mezzo lo zampino del demonio. Enrico era stato posseduto, questa era la verità incredibile.

Piero, Miranda e Carolina, visibilmente sconcertati, parteciparono al solito riconoscimento della salma. Erano lì, impietriti davanti al corpo senza vita del loro fratello o quasi cognato che fosse, con il volto tirato dalla commozione e dalla disperazione. Enrico appariva sereno, con le labbra che sembravano sorridere, come se la fine dei suoi incubi gli avesse regalato una nuova vita. D'un tratto, però, il cadavere si sollevò in una levitazione dal tavolo di marmo su cui giaceva e, per un attimo, assunse le sembianze della bestia che si staccò da lui, facendolo ricadere supino. Da lui era uscito l'inferno, ora poteva entrare in paradiso, il demonio lo aveva finalmente lasciato. Intanto l'essere si trasformò, diventando di spirito e volteggiando per tutta la stanza con forme infernali. Come nebbie luminescenti quelle stesse forme si concentrarono schizzando su Piero, che venne invaso come dall'epilessia, cominciando a dimenarsi come un ossesso, e tirando fuori dalla bocca una bava verdastra. Subito venne soccorso dagli agenti che lo immobilizzarono, prima che l'ambulanza lo portasse in una clinica dove gli infermieri, che quasi non riuscivano a trattenerlo, lo legarono a un letto di contenzione. Saltava come se fosse stato investito da scariche elettriche, mentre la sua testa si dibatteva, sbattendo violentemente da una parte all'altra. Emetteva anche grugniti bestiali, pronunciando delle parole incomprensibili con voce gutturale e in latino: «Ego sum

Alpha et Omega, principium et finis, qui est, qui erat et qui venturus est Omnipotens. Ego sum primus et novissimus, vivus. Ecce sum vivens in saecula saeculorum, et habeo claves mortis et inferni... Ohhh... mortis».

(Io sono l'Alfa e l'Omega, il principio e la fine, colui che è, colui che era e colui che Onnipotente sta per venire. Io sono il primo e l'ultimo, vivo. Ed ecco, sono vivente nei secoli dei secoli, e possiedo le chiavi della morte e dell'inferno. Ohhh... della morte.)

In seguito incominciò a vomitare un liquido denso e giallastro, continuando a emettere versi rauchi e strazianti. Carolina prese ad agitarsi fino a mettersi a piangere. La figura dell'uomo che amava si stava comportando in maniera assurda, sembrava impazzito, ma la donna aveva capito benissimo che in lui era entrato il diavolo, e si sentiva impotente. Non sapendo come aiutarlo, era disperata. La sua razionalità stava subendo un crollo devastante. Con le lacrime agli occhi e la voce spezzata dalla disperazione si rivolse al medico, che stava tentando di iniettare un calmante nella vena di Piero tramite un'iniezione. Il medico, coadiuvato dagli infermieri, faticò non poco, perché non si riusciva a tenere fermo il paziente.

«Dottore, che cosa gli sta succedendo?» gli chiese ansiosa. «È come posseduto, non capisco... Mi aiuti, la prego, lo faccia calmare.»

«Signorina, non vede che sto tentando di iniettargli un calmante? Ecco, finalmente, ce l'abbiamo fatta. Ora si calmerà, stia tranquilla.»

«Sì, ma cosa gli è capitato?»

«Credo che abbia avuto un attacco di schizofrenia. Non sa se soffriva di questa patologia?»

«Assolutamente no! È un uomo razionale e calmo, ma è

accaduto qualcosa di strano... Però, so cosa fare.» L'idea le arrivò in automatico, così prese il cellulare e avvisò in tutta fretta suo zio.

Il cardinale intervenne con il suo assistente, dopo essersi munito dei suoi paramenti. Arrivato sul posto, mandò tutti fuori e incominciò il suo esorcismo. Si mise in piedi davanti al letto di Piero, spruzzandogli dell'acqua santa che, al contatto con il suo corpo, si mise a friggere, facendo uscire del fumo nero e puzzolente. Piero cominciò a urlare, emettendo dei suoni spaventosi che sembravano tanti echi messi insieme. In seguito si contorse, cambiando il suo aspetto in varie forme demoniache. Il cardinale si concentrò e recitò per tre volte il Padre Nostro, a cui seguirono il segno della croce e l'esorcismo vero e proprio, con le frasi di rito recitate in latino con voce solenne.

«Che Dio si faccia avanti, e i suoi nemici saranno dispersi: e fuggano davanti a Lui coloro che lo odiano. Come svanisce il fumo, svaniscano pure essi; come la cera fonde nel fuoco, così periscano i peccatori davanti a Dio.»

Mentre il dannato si contorceva, emettendo ancora frasi incomprensibili, l'uomo di Chiesa prese in mano il crocifisso che aveva appeso al collo e lo indirizzò verso di lui. Piero urlò come preso dal terrore nel vedere il Cristo, dimenandosi come un pazzo. Il suo letto tremò come in presenza di un terremoto, quindi iniziò a sbattere violentemente sul pavimento come un martello pneumatico. Fu allora che l'esorcista continuò il suo rito.

«Per l'autorità di Dio onnipotente, Padre, Figlio e Spirito Santo, di tutti i Santi canoni, e dell'Immacolata Vergine Maria, madre e patrona del nostro Salvatore e di tutte le virtù celesti: Angeli, Arcangeli, Troni, Dominazioni, Podestà, Cherubini e Serafini. E di tutti i Santi patriarchi, profeti e di tutti gli Apostoli ed Evangelisti e dei Santi innocenti che, al cospetto del Santo Agnello, sono ritenuti degni di cantare il nuovo cantico dei Santi martiri e dei Santi confessori, con il Santo eletto da Dio, che tu possa essere maledetto! Noi ti scomunichiamo, ti dichiariamo anatema e ti bandiamo dalla soglia della Santa Chiesa di Dio Onnipotente. Ti abbandoniamo e ti consegniamo ai tormenti con Dathan e Abiram, e con coloro che si dedicano alla bestemmia verso il Signore Iddio. Allontanati da noi, non vogliamo seguire le tue strade. E come il fuoco viene spento dall'acqua, così la tua luce venga spenta per sempre dalla preghiera. Lascia questo corpo che non ti appartiene, perché appartiene a Dio. Vattene per sempre, serpente maledetto e bandito dalla luce. Vattene all'inferno, non sei degno della luce. Tu sei Lucifero e vivrai al buio. Lascia questo mondo, noi ti bandiamo, serpente maledetto. Amen.»

L'esorcista si fece per tre volte il segno della croce, mentre Piero seguitava a contorcersi, dimenandosi come se fosse stato colpito dall'alta tensione, e pronunciando frasi incomprensibili con una voce che sembrava amplificata e contorta da un macchinario elettronico. Più che una voce sola, erano molte voci che parlavano simultaneamente con un tono soffocato e inquietante. Il cardinale continuò il rito, prendendo in mano il crocifisso e indirizzandolo verso Piero che, sempre più indemoniato, si contorceva e urlava, bestemmiando Dio e la Croce in questo modo: «Maledetto il tuo Signore e quella croce, vecchio bastardo. Non riuscirete a spodestarmi. Io sono il Signore dell'Inferno e comanderò l'universo. Non mi fai paura, servo maledetto del tuo Dio».

Il cardinale gli piazzò davanti un'altra volta il crocefisso, parlando con voce sempre più incalzante.

«Ecco la Croce del Signore, fuggite potenze nemiche.

Vinse il leone della tribù di Giuda, il discendente di Davide. Che la tua misericordia, Signore, sia su di noi. Come noi abbiamo sperato in te. Noi ti esorcizziamo, spirito immondo, potenza satanica, invasione del nemico infernale, legione, riunione e setta diabolica. In nome e potere di nostro Signore Gesù Cristo. Dio ti espelle, Cristo ti espelle, lascia questa creatura di Dio» disse, intanto cominciava ad avere delle contrazioni dovute alla stanchezza.

L'esorcista era sudato, con il viso tirato e le labbra violacee. Quasi non si reggeva in piedi da quanto era esausto, ma non poteva fermarsi. Quindi si asciugò il sudore con un fazzoletto, prima di farsi il segno della croce con il crocifisso in mano. Improvvisamente, ciò che giaceva nella stanza iniziò a levitare, e tutto prese a girare intorno a loro in un vortice pazzesco, mentre continuava il suo rito: «Sii sradicato dalla Chiesa di Dio e dalle anime riscattate con il prezioso Sangue del divino Agnello».

Di nuovo si sentì provato da non reggersi in piedi, tanto che si sdraiò su una poltrona per riprendere fiato. Rimase in silenzio per qualche minuto, recitando sottovoce il Padre Nostro. Nel frattempo l'indemoniato continuava a dimenarsi, emettendo versi demoniaci e assumendo, a volte, il volto del demonio. I suoi occhi sembravano quelli di una tigre, di un colore rosso con un taglio verde nel centro. In quel momento tutto ciò che volava nella stanza tornò al suo posto. Il cardinale si alzò e continuò il suo faticoso esorcismo, urlando contro Piero con voce esasperata: «Io ti esorcizzo, Dio ti esorcizza, vattene dal corpo della creatura di Dio e lascia libera la sua anima. D'ora innanzi non osare più, perfido serpente, ingannare il genere umano, perseguitare la Chiesa di Dio né scuotere e crivellare, come frumento, gli eletti di Dio. Te lo comanda l'altissimo Dio al quale, nella tua grande superbia, presumi essere simile. Te lo comanda Dio Padre».

Piero era sempre più agitato, scuoteva la testa da una parte all'altra velocemente, mentre la sua faccia continuava ad assumere forme demoniache. Cambiava colore continuamente, nel frattempo che la voce del cardinale diventava più severa e quasi urlando continuava: «Te lo comanda Dio Figlio; te lo comanda Dio Spirito Santo. Te lo comanda il Cristo, Verbo eterno di Dio fatto carne».

E ancora si fece il segno della croce e riprese. «Te lo comanda il segno della Croce, il potere di tutti i misteri di nostra fede cristiana. Te lo comanda la potente madre di Dio, la Vergine Maria, che dal primo istante della sua immacolata Concezione per la sua umiltà ha schiacciato la tua testa orgogliosa. Dunque, Dragone maledetto, e tutta la legione diabolica, noi ti espelliamo per il Dio santo.»

Per potenziare l'effetto delle sue parole spruzzò acqua santa sul corpo dell'altro, che reagì urlando e saltando sul letto violentemente, mentre il prelato continuò. «Per il Dio nostro, cessa d'ingannare le umane creature e di versare su di loro il veleno della dannazione eterna; cessa di nuocere alla Chiesa e di mettere lacci alla sua libertà.»

Nel frattempo Piero si mise a sedere sul letto con le braccia legate che si stirarono come fossero d'elastico. Iniziò a fare delle boccacce spaventose e a sputare addosso all'esorcista un liquido giallastro e denso, poi passò a pronunciare frasi incomprensibili con una voce che sembrava un coro che usciva dal centro della terra. Dopo ancora girò la testa a 360°, e dal suo corpo uscì come una nebbia verdastra che emanava un puzzo di zolfo nauseabondo. Il cardinale gli poggiò il crocifisso sulla fronte, che prese a friggere, rilasciando aloni luminescenti che svolazzarono per tutta la stanza. Infine Piero ripiombò supino, mentre Ludovisi si mise d'impegno per pronunciare le sue parole liberatorie. «Vattene, Satana, inventore e maestro d'inganni, nemico della salvezza dell'uomo. Cedi il posto al Cristo, cedi il posto a Dio, alla Chiesa. Umiliati sotto la potente mano di Dio. Trema e fuggi dall'invocazione fatta da noi del santo e temibile nome di Gesù che fa tremare l'inferno, cui le virtù dei cieli, le Potenze e le Dominazioni sono sottomesse, che i Cherubini e i Serafini lodano incessantemente dicendo: "Santo, Santo, Santo è il Signore, il Dio delle Armate".»

Ma ancora non bastava, così il cardinale si fece ancora per tre volte il segno della croce mentre Piero, come prima, urlava e si dimenava come un furibondo, e il cardinale parlò: «Dalle insidie del diavolo liberaci, o Signore. Vattene per sempre, immondo Satana. Dio, liberaci dal maligno».

Dopo che ebbe pronunciato queste parole, bruciò incenso e benedì con l'acqua santa Piero, dalla cui bocca spalancata a dismisura uscirono una miriade di creature demoniache che, prendendo fuoco, si dissolsero nell'aria. Ma, dopo un attimo di silenzio, dal suo corpo si sprigionò anche una luce che, per qualche minuto, assunse le sembianze del demonio, per poi diventare un alone che aleggiò nell'aria fino a dissolversi, lasciando un eco spaventoso e un puzzo nauseabondo di zolfo. Oltre che un urlo agghiacciante che si allontanava pian piano, lasciando dietro di sé un eco liberatorio. Al che il cardinale, per l'estenuante lavoro, perse i sensi. Invece il viso di Piero, che prima si gonfiava come fosse di gomma e assumeva forme demoniache, d'un tratto diventò sereno, giocondo e rilassato. Eppure lui, quando aprì gli occhi e vide che era legato senza possibilità di liberarsi, fu preso dall'agitazione che aumentò quando, voltandosi, vide Ludovisi svenuto a terra. A quel punto si mise a urlare:

«Aiutatemi! Dove sono? Che mi è successo? Il Cardinale è... Aiuto...».

Fu allora che la porta si aprì, lasciando entrare Carolina e gli infermieri, che si tuffarono sui due uomini per portare soccorso. Anche l'assistente di Sua Eminenza, che stava riprendendo i sensi, si chinò per aiutarlo. Gli altri slegarono Piero dal letto, intanto che Carolina gli si gettò al collo, abbracciandolo e riempiendolo di baci.

«Amore, sei tornato. Siamo usciti dall'incubo. Il demone ti ha lasciato, ora sei tutto mio» gli disse, quasi piangendo dalla gioia. Allora saltò al collo di suo zio con un sorriso che racchiudeva in sé tutta la sua felicità. «Sei grande! Non avevo dubbi sulla tua santità. Hai scacciato il demone, non ho parole per ringraziarti. Tu sei un Santo.»

«No, bambina mia, non abbiamo scacciato il demone, ma Lucifero in persona. Purtroppo, non abbiamo vinto del tutto; egli è uscito solo dal corpo del signor Medici, ma è in giro e si farà ancora vivo. Solo Dio può sconfiggerlo del tutto, con il fuoco.»

Su questo rito viene spontaneo pensare alle leggi che si versano nella direzione cattolica, che spesso è criticata per le sue contraddizioni e per la costante e infinita volontà di rimanere legata a un potere politico che è mutato continuamente nei secoli, oltre a quel condizionamento che ha indotto il popolo a rinunciare alla sua matrice intellettuale, religiosa e spirituale. Bisogna ricordarsi che la pratica magica non è fede religiosa, ma un mezzo per risolvere alcuni problemi causati dalle religioni stesse. L'esorcismo può sembrare un rito ridicolo, ma non è così. Chi crede nella forza motrice della fede ha dentro di sé la certezza che l'esorcista sia in grado di scacciare i malefici da chi ne è posseduto, e questo con estrema certezza, al dà la dello scetticismo o addirittura dell'assoluta incredulità degli atei. Esoterismo e pratiche magiche oggi sono termini abusati per indicare prassi esoteriche, riti di cartomanzia, calcoli cabalistici e altre forme di superstizione, ossia credenze di natura irrazionale. Esoterismo è anche sinonimo di nascosto e occulto, in quanto scienza esoterica come l'alchimia, attraverso cui gli alchimisti alla ricerca della Pietra Filosofale avrebbero dovuto trasformare in piombo ciò che è negativo e in oro ciò che è positivo nell'uomo, per fargli riscoprire la sua natura e la sua anima. Tutti i riti che ne conseguono dovevano nascondersi, rendersi occulti, usando allegorie per non subire le reazioni della Chiesa.

L'esistenza di una corrispondenza analogica tra il microcosmo e il macrocosmo, cioè l'essere umano e l'universo, sono l'uno il riflesso dell'altro. L'idea di una natura viva, animata. La nozione di esseri angelici, di mediatori tra l'uomo e Dio, ovvero di una serie di livelli cosmici intermedi tra la materia e lo spirito puro, come per esempio il sacro e il profano, credere in Dio o nel demonio. L'esorcismo e l'esorcista stesso sono la mano che lava lo sporco con il quale il serpente imbratta lo spirito puro dell'uomo. È evidente che a tali criteri corrispondono le maggiori espressioni di quello che comunemente viene chiamato "esoterismo", quali l'alchimia, la cabala, l'ermetismo e la teosofia. Questi criteri, però, lasciano fuori dalla nozione di esoterismo la maggior parte delle correnti newage e neopagane, come anche le tradizioni massoniche e le tante correnti mistiche minoritarie, occidentali e orientali, che hanno contribuito a fondare l'esoterismo e la parapsicologia contemporanei. Per tale motivo, cioè per il fatto che tali criteri sono poco comprensibili alla maggior parte degli esseri umani, questa criteriologia o soteriologia è stata criticata da molti storici e studiosi; ciò nonostante, essa resta un punto di riferimento centrale per tutti coloro che si interessano seriamente di esoterismo e vogliono studiare quest'ultimo dal punto di vista storico-religioso. È a partire dal XX secolo che gli storici delle religioni iniziarono a prendere in esame i diversi ambiti della tradizione esoterica occidentale, fino ad allora ignorata dalla ricerca accademica. Vengono così forniti contributi scientifici di rilievo, grazie ai quali si inizia ad apprezzare l'importanza quantitativa e qualitativa del corpus esoterico occidentale. L'esoterismo comprende anche l'alchimia, lo sciamanesimo, l'ermetismo, il neoplatonismo del rinascimento, come pensò Giordano Bruno, la teosofia e lo gnosticismo. Forse ne ho omessa qualcuna, ma pazienza. Comunque, tale fioritura di studi ha reso necessaria la creazione di una disciplina scientifica nuova, che si facesse carico di studiare l'esoterismo occidentale in quanto fenomeno storico-religioso a sé stante, di cui "esoterismo" è un termine generale per indicare le dottrine di carattere segreto, i cui insegnamenti sono riservati agli iniziati. A questi ultimi è affidata la possibilità della rivelazione della verità occulta del significato nascosto. Così anche l'esorcismo viene considerato occulto dalla scienza, naturalmente, ma non dalla Chiesa, che lo pratica attraverso gli esorcisti. Detto questo, possiamo ritornare al nostro racconto.

Capitolo 16

In una grande città come Roma i casi di cronaca nera non mancavano di certo. Tra omicidi, furti, rapine ecc., la polizia non aveva un attimo di tregua. Così un altro caso che sembrava difficile da risolvere finì tra le già oberate mani del solerte commissario Marini. Nella sua stanza stava camminando su e giù, strofinandosi la fronte e cercando di dare un ordine ai suoi impegni, nessuno dei quali aveva una priorità. Erano tutti urgenti e imprescindibili, perché gli assassini erano liberi come l'aria e in condizioni di uccidere ancora, cosa che lui voleva evitare a tutti i costi. Ciccarelli lo stava a guardare senza muovere un muscolo. Quando il commissario si comportava nervosamente, lui ne aveva soggezione, e se ne stava lì buono buono per non suscitare la rabbia che il suo capo avrebbe potuto indirizzare nei suoi confronti. Ma aveva qualcosa di importante da comunicargli, quindi si armò di tutto il coraggio che possedeva e gli si rivolse: «Mi scusi, Dottò, ma devo dirle qualcosa di molto importante sulla rapina che è finita in tragedia. Se lei mi permette io inizierei...».

Marini, fissandolo negli occhi, si rimise a sedere dietro la sua scrivania. «Allora parla. Se hai qualcosa da dire, che aspetti a riferirmelo? Dai, dimmi pure quello che hai nella testa, oltre alla segatura.»

Ciccarelli, alzandosi in piedi, sbattendo i tacchi e facendo il saluto militare, cominciò timidamente a spiegare cosa aveva da comunicare. «Si tratta di questo, Commissà... Dunque, ho interrogato una vecchietta che abita nella palazzina difronte a quella dove c'è stata la strage di tutta la famiglia. Sa, questa è sicuramente una di quelle vecchine che sono sempre alla finestra per impicciarsi dei fatti degli altri. Bene, lei mi ha raccontato che quel giorno ha sentito litigare animosamente la donna con il marito. Poi delle urla, come se stessero uccidendo qualcuno, ed è normale, dato che in quella casa sono state sterminate a coltellate la madre e le sue due figliolette.»

Marini, stufo di stare a sentire quello che già sapeva, lo fermò con aria seccata. «Marescià, questo lo sapevamo già, non c'è bisogno che lo ribadisci.»

«Sì, ma quello che non sapevamo è che la vecchietta mi ha raccontato...»

«Cosa ti ha rivelato?»

«Mi ha riferito che, subito dopo le urla, ha visto uscire il marito di gran carriera con un coltello in mano, che ha occultato gettandolo, in seguito, in un tombino. Quindi, se andiamo a cercare l'arma e la troviamo, ci saranno delle impronte, no? Questo farebbe cadere l'alibi del marito, non crede?»

A queste dichiarazioni il commissario rimase fulminato. Dentro di lui si chiese se questa notizia fosse reale o un'invenzione della vecchietta. Se fosse stata vera e avessero ritrovato il coltello, ci sarebbero state anche le impronte dell'assassino, e il caso sarebbe stato risolto. Ma rimase scettico difronte alle dichiarazioni di una vecchiarella impicciona e sclerotica. Sarebbe stato troppo facile risolvere un caso che sembrava irrisolvibile; in più, sarebbe stato incredibile se a risolverlo fosse stata proprio un vecchia guardona che passava le giornate alla finestra per appagare la sua curiosità. Ma, se fosse stato vero ciò che aveva detto a

Ciccarelli, quella donna sarebbe scesa dal cielo come una manna. Marini, dopo questi pensieri, si strofinò la fronte e manifestò le sue impressioni.

«Uhm... Beh, lui ha dichiarato che era a casa con degli amici per vedere il derby Roma-Lazio alla televisione, e gli altri hanno confermato. In questo caso l'alibi è di ferro. Ha anche affermato che, solo quando è tornato a casa dopo la partita, ha visto tutto sottosopra, e la moglie e le sue bambine crivellate di coltellate e in un mare di sangue. Però, se è come dici tu, e come ha dichiarato la tua vecchietta, forse potrebbe essere corso dagli amici per crearsi un alibi. Sì, perché no?! Non è da escludere. Bene, raduna gli uomini e andiamo a setacciare i tombini della via.»

Una squadra di poliziotti stava rovistando un tombino alla volta, senza trovare niente. La vecchietta era alla finestra e li seguiva senza distrarsi nemmeno un attimo, ma pensò che gli agenti non avevano capito un bel niente, visto che si stavano infilando nei tombini sbagliati. Allora, nervosamente, decise di intervenire. Si affacciò alla finestra e urlò in direzione degli agenti: «Signori, state sbagliando. Il tombino dove l'uomo ha gettato il coltello è quello dall'altra parte della strada, quello all'angolo. È lì che dovete cercare, lo ha gettato proprio lì dentro».

Marini le si rivolse per primo. «Grazie, signora, lei è stata molto utile. Però agitarsi in questo modo le può far male...»

La vecchina si sentì offesa dal consiglio che le aveva indirizzato l'uomo. Lo ritenne simpatico, ma anche un pochino avventato. E gli rispose leggermente arrabbiata, agitando le mani: «Senta, agente, se non vuole che riferisco al suo capo il suo scorretto comportamento con una signora, la smetta di offendermi. Io sto benissimo, sto solo cercando di aiutarvi».

A Marini veniva da ridere per la simpatia della signora, ma pensò che forse lei aveva ragione, e si ritenne in dovere di rimediare. «Mi scusi, non volevo offenderla. Provvederemo a cercare dove dice lei. Non è che vuole arruolarsi nella polizia? Lei è più brava di certi poliziotti, lo sa?»

«Grazie, ma sono troppo vecchia per questo genere di cose.»

Gli agenti trovarono il coltello. Venne analizzato e, in effetti, isolarono le impronte dell'uomo che lo aveva adoperato, macellando la moglie e le sue bambine. Marini lo interrogò e lui, senza scomporsi, confessò i delitti della sua famiglia, raccontando filo per segno quanto aveva combinato.

«Quel giorno dovevo andare a casa di amici per vedere il derby alla TV, ma mia moglie, come al solito, cominciò a dire "bla, bla, bla". Insomma, non voleva che andassi. Era davanti ai fornelli e stava cucinando la solita schifezza, così non ci ho visto più: ho preso il coltello più affilato e l'ho colpita alle spalle. Lei si è girata e voleva difendersi. Io ho continuato a colpirla e le ho… Beh, lo sapete già quante coltellate le ho dato, credo una ventina. Poi ho pensato alle bambine. Poverine, se fossi uscito, sarebbero rimaste sole... Sono così piccine, non potevo lasciarle sole, chissà cosa sarebbe accaduto loro. Allora ho pensato di toglierle di mezzo, d'altronde non avevano più la madre, chi avrebbe badato a loro quando ero al lavoro? Vi pare?» chiese, aggiungendo che lo aveva fatto perché era stufo della sua famiglia che gli toglieva ogni possibilità di occuparsi d'altro.

Quindi aveva ben pensato di "divorziare" dalla moglie a suo modo, uccidendo anche le figliolette, perché non sapeva cosa farsene senza la moglie che era morta. Chissà quale deformazione mentale, a parte pura follia, aveva colpito quell'uomo, apparentemente un buon padre di famiglia tutto lavoro e apprensione per i suoi cari. Nessuno del quartiere poteva credere alla pazzia che aveva colpito Giovanni. Dopotutto era gentile e cordiale con tutti, e amava le sue bambine con estrema tenerezza, accompagnandole all'asilo prima di andare a lavorare in banca. Alla fin fine era un padre e un marito premuroso.

Queste fulminanti follie non si sa come avvengono. Gli psicologi diagnosticano casi del genere come un forte stress o un raptus, ma Giovanni non aveva stress, ed era un uomo tranquillo e sereno. È impossibile scrutare la mente umana che a volte entra in tilt senza motivo, scatenando nell'uomo pensieri anomali che spesso si manifestano in incomprensibili comportamenti che, all'improvviso, si presentano portando al suicidio a volte, e degenerando nell'omicidio in altre. Queste manifestazioni certamente sono pilotate dal diavolo stesso, che non perde occasione per manifestare la sua nefasta volontà di incidere negativamente sulle nazioni.

Capitolo 17

Miranda trascorreva la vita di tutti i giorni senza più rendersi conto che Aracne l'aveva posseduta a tal punto da diventare un tutt'uno con lei. Si sentiva talmente presa che, a volte, si credeva lei stessa un ragno. Le era capitato più volte anche di catturare una mosca, prendendola al volo per tentare di mangiarsela. Tuttavia, mentre stava per farlo, la sua forza di volontà bloccava quel suo atto animalesco, facendola tornare in sé con un disgusto stampato sul viso. Uccideva senza sentire nessun rimorso, perché per il ragno uccidere era una legge di natura. Sì, Aracne aveva decisamente preso il sopravvento sulla psiche di Miranda, ma il suo disegno non si era ancora completato. La Vedova Nera voleva che lei facesse l'amore con Marco e che restasse incinta. Il diavolo si sarebbe poi intrufolato nelle sembianze di Marco per poter generare suo figlio: un diavolo fatto uomo. Come Dio aveva generato Gesù, e il suo spirito fatto uomo avrebbe salvato l'umanità dai suoi peccati con il suo sacrificio, così il diavolo voleva incarnarsi per portare l'umanità alla perdizione, trascinando le anime nel suo inferno.

Alla luce rossastra del tramonto Miranda e Marco passeggiavano nel parco intorno alla cascina di proprietà di lui, dove avevano deciso di passare una settimana, lasciando in città tutte le loro inquietudini e le nevrosi della metropoli che rotolavano loro addosso. Cercavano di cancellare le loro difficoltà trascorrendo delle ore piacevoli in santa pace, fuori dagli impegni di lavoro. Erano visibilmente felici, si abbracciavano, si baciavano con trasporto, non pensavano più alla vita cittadina che li possedeva senza che se ne accorgessero. La vita di città e gli impegni di lavoro ti trascinano in quella dimensione che rapisce ogni cosa; la tua mente si affoga nelle operosità che fanno parte della vita, senza lasciarti un minimo di libertà per scacciare dalla mente gli oneri e gli impegni che ti trascini dietro.

Nel villino accanto alla cascina di Marco la signora Pietrini aveva la necessità di acquistare delle medicine per il figlioletto di cinque anni che soffriva di diabete. Il marito era rimasto in città, e la sua auto non voleva saperne di partire. In verità, si era rivolta al meccanico con il carro attrezzi, ma siccome ormai era tardi, sarebbe venuto il mattino dopo, mentre le medicine che doveva acquistare erano urgenti per la salute del bambino. Se fosse stato colpito da una crisi, infatti, sarebbe potuto entrare in shock anafilattico e addirittura morire, e solo con l'insulina avrebbero potuto salvarlo. Per questo motivo, con apprensione, aveva chiesto il piacere di un passaggio a Marco, il quale aveva accettato senza riserve.

Con a bordo la signora Pietrini, i due si avviarono in paese in fretta o la farmacia avrebbe chiuso i battenti. Miranda, nel frattempo, si offrì di tenere compagnia al bimbo. Si erano seduti accanto al camino che scoppiettava irradiando il suo caldo tepore. Lei stava leggendo un libro, mentre Pino giocava con il suo video gioco portatile. Dopo qualche minuto lui si addormentò, accoccolato accanto a Miranda che era estasiata di avere accanto quella piccola creatura. Dormendo il piccolo beatamente tra le sue braccia, la donna sentì come il piacere che avrebbe provato se quel bambino fosse stato figlio suo. Era presa da quel senso di maternità che prende le donne quando sono innamorate del loro uomo.

Era il suo sogno ricorrente sposarsi con Marco e avere dei figli da crescere e coccolare ma, da quel giorno nel tempio, il suo desiderio si era tramutato in un terribile incubo. Il ragno che dominava la sua mente si insinuava dentro di lei sempre con maggior frequenza, tormentando la sua serenità, trascinandola nella disperazione e minando la sua coscienza.

Quei ragazzi che il ragno aveva ucciso, insinuandosi dentro di lei, le sollecitavano un tormento insopportabile. Ne sentiva le responsabilità, anche se era stato il diavolo a uccidere, trasformandola in quel terribile animale che, con violenza e avidità, aveva trucidato dei giovani che avevano solo la colpa di aver desiderato la bellissima donna che era. Una pena troppo pesante. Sentiva che ogni giorno era sempre più difficile resistere a quella pressione virulenta che la bestia le procurava, ma non sapeva come uscire fuori da quel delirio. Era disperata. In quel momento, però, con il bambino accoccolato tra le sue braccia, Miranda sentì un immenso piacere che le fece scordare il suo dramma. Poteva quasi sentirsi serena e felice quando, all'improvviso, dentro di sé si scatenò la voglia di uccidere voluta da Aracne. A poco a poco la sua pelle si trasformò, mentre il braccio intorno a Pino diventò un tentacolo peloso. Lei tentò di resistere alla voglia irrefrenabile di divorare il bambino che dormiva beato come un cucciolo. Questa volta non aveva perso la coscienza, e la sua mente era presente, non come quando veniva completamente annullata da Aracne. Così combatté con la bestia, disperandosi e stringendo la testa tra le mani come per lenire il suo tormento. Si staccò da lui per cercare di non svegliarlo, dopo cominciò a sbattere la testa sul muro forse per ferire Aracne che stava prendendo il sopravvento. Non riusciva più a resisterle, ma combatté con tutte le forze che aveva per non cadere nella ragnatela del ragno. Quindi si caricò di tutta la forza che possedeva, cercando di vincere la volontà omicida del mostro, e fuggì barcollando.

Una volta fuori si mise a correre disperatamente nel bosco, senza una meta precisa, tanto per fuggire alla pressione del mostro che la tormentava. Il suo aspetto intanto cambiava spesso: si trasformava nel ragno e poi tornava a essere Miranda. Miranda che combatteva con se stessa per salvare il bambino dalle terribili fauci affamate della bestia. Purtroppo, però, quest'ultima voleva mangiare a tal punto che prese il sopravvento, trasformandola in Aracne stessa, e costringendola ad accanirsi su una mucca che pascolava. Prima le saltò addosso e poi le pompò dentro il suo veleno, fino a che non ebbe consumato il suo pasto. Tornando in sé la donna rimase allibita perché, al contrario delle altre volte, ricordava ogni cosa. Si trovò davanti una povera vacca senza vita, e le prese il voltastomaco, vomitando tutto il sangue che aveva bevuto contro la sua volontà. In seguito si riprese e si sedette per raccogliere le idee. Pensò che questo atto che il mostro l'aveva costretta a compiere era certamente deplorevole e terribile, ma che comunque non aveva coinvolto il bambino. La sua salvezza, tutto sommato, la rese meno preoccupata. Certo, era ancora sconcertata per il disegno del mostro, ma era sempre meglio uccidere una mucca che una povera creatura in erba. Perciò si riprese e, alzandosi, tornò indietro. Dentro la cascina Pino, sano e salvo, stava ancora dormendo tranquillo. Ne approfittò per correre in bagno, aprire l'acqua della doccia, spogliarsi e infilarsi sotto lo scroscio dell'acqua calda. Voleva lavarsi di dosso ciò che era stata costretta a compiere. Proseguì con l'asciugarsi e cambiarsi d'abito. Infine, visibilmente soddisfatta, corse verso il bimbo piangendo, abbracciandolo e stringendolo a sé. Lui si svegliò. Non capì, ovviamente, come mai la donna lo stesse abbracciando, ma ne rimase ugualmente contento, accettando con piacere le effusioni che lei gli stava procurando. Nel frattempo Marco e la signora Pietrini tornarono dal paese e, quando entrarono in casa, li trovarono addormentati davanti al fuoco sul divano, beati come due angioletti. Dell'incubo non rimase che la vacca esangue.

Una volta soli, Miranda e Marco si misero a tavola felicemente. Lei aveva preparato una bella cenetta per il suo uomo, ma non mangiò nulla e bevve solo un succo di arancia. Marco aveva appena finito di mangiare quando si accorse che Miranda, al contrario, non aveva toccato cibo.

«Amore, non hai mangiato nulla, come mai? Non ti senti bene?» le chiese.

«Certo che sì, mi sento benissimo, ma ho mangiato una merendina con il bambino e deve avermi tolto l'appetito. Ora mi farò un frullato di frutta, così mi rimetterà in sesto.»

«Ho capito: le merendine ti piombano sullo stomaco e fanno questo effetto. Sicuramente un frullato ti farà bene, io invece ho molto gradito l'ottima cena che mi hai preparato, quindi mi berrò un drink. Ci vediamo un film in televisione, ti va?» chiese Piero, alzandosi e andando in bagno.

Mentre si lavava le mani, dallo specchio uscì un luce accecante che lo investì e che lo fece rimanere luminescente per un attimo. Tutto questo accadde senza che lui se ne accorgesse. Ritornò in sala mentre Miranda era sdraiata sul divano, dopo le si accostò e cominciò a baciarla. Tra i due nacque una sfrenata voglia di fare l'amore, tanto che si diressero in camera da letto dove cominciarono a spogliarsi, per poi finire sul letto abbracciati l'uno all'altra presi dalla passione. Iniziarono a fare l'amore fino a raggiungere insieme l'orgasmo. Poi Marco si addormentò pacificamente, mentre Miranda restò sdraiata accanto a lui sul letto con gli occhi sgranati, terrorizzata dal pensiero che Aracne potesse indurla ai suoi sfoghi omicidi. Ma non aveva sentore di questo e si rilassò. Una nuova luce si stava accendendo in lei, mentre la paura si stava trasformando in felicità perché Aracne non si era fatta viva, così si addormentò felicemente abbracciata al suo amore.

Le prime ore del mattino trovarono i due amanti ancora stretti l'uno all'altra teneramente. Trascorsero ore di felicità e di spensieratezza, facendo progetti per il loro futuro, tra cui contemplarono anche l'idea di unirsi in matrimonio. La ragazza si sentiva leggera come se fosse stata liberata dal mostro che l'aveva tormentata fino ad allora, anche se non era più apparso. Più tardi, tornati in città, tutto ricominciò senza troppi affanni: Marco riprese il suo lavoro in tribunale come pubblico ministero, mentre Miranda continuò a sfornare articoli per il giornale di Bertoni dove lavorava come reporter archeologico. Ma una sera, mentre era al telefono con il fidanzato, iniziò ad avvertire dei fastidi alla pancia a cui seguirono dei mal di testa improvvisi, nausee e svenimenti. Dovette riattaccare il telefono per correre in bagno a vomitare. Il responso del medico colse la giovane impreparata, e il ginecologo le confermò il suo stato di gravidanza, rassicurandola sul fatto che il feto che albergava dentro la sua pancia cresceva rapidamente e senza problemi. Lei, però, era terrorizzata all'idea di partorire un mostro, per cui decise di sfogarsi, spiegando tutta la storia a Marco. Aveva proprio bisogno di togliersi quel macigno dalla coscienza, non ne poteva più, perché in ogni caso aveva fatto l'amore con quegli uomini, anche se era stata la volontà del ragno a spingerla a farlo e poi anche a ucciderli. E lei l'aveva assecondato. Nello stesso tempo, però, sapendo di essere stata spinta a compiere quei crimini, non sentiva completamente la responsabilità per la morte di quei giovani. In fondo era anche lei una vittima, manipolata da un demone che la costringeva a commettere i delitti e, in un certo senso, la rendeva complice. Certo, in quel momento non era cosciente, anche perché non rammentava niente, comunque era sul posto quando la bestia la lasciava libera, e si era ritrovata sul luogo dove un altro uomo era stato trucidato. Questo la tormentata dai rimorsi. Aveva anche il sentore che il feto che portava in grembo potesse essere stato generato per volontà di Aracne, e ne era terrorizzata. Voleva porre fine al suo tormento e alla sua gravidanza, scacciando Aracne dalla sua vita. Per questo aveva addirittura pensato al suicidio ma, essendo molto cristiana, aveva dovuto cestinare questa decisione. Dopotutto non voleva affatto finire all'inferno, dannando la sua anima. E in Marco poteva cercare il conforto e l'aiuto per uscire da questa diabolica situazione.

Lui, a sua volta, la stava ascoltando con un'espressione basita, proiettato nell'incredulità. Non poteva dare credito alla faccenda che la sua donna, in lacrime, gli stava raccontando. Attribuì le sue fantasie a una forma di isteria nervosa dovuta alla gravidanza; non poteva certo convincersi che un ragno pulsasse nel suo ventre e che presto sarebbe stato libero. Certo, aveva appreso dai giornali e dal suo amico Vittorio Marini che gli omicidi che si stavano perpetrando in città sembravano essere stati commessi da un ragno gigante, ma la sua razionalità aveva scartato quell'ipotesi, attribuendo la diceria a superstizioni popolari. No, per lui l'omicida doveva appartenere alla razza umana, tipo un maniaco che aveva messo in cantiere una trappola, magari usando dei resti animali per sviare le indagini. Non poteva essere vero che un ragno gigante si aggirasse per la città uccidendo dei giovani senza nessun motivo, e sopratutto non poteva credere che quel ragno fosse proprio la sua ragazza, come lei gli stava confessando. Ma la dichiarazione di Miranda gli aveva messo talmente la pulce nell'orecchio che decise di farla visitare. Dalle analisi dell'ecografia risultò che il feto era quello di un bambino decisamente normale; eppure lei, nonostante l'evidenza, continuava a temere di partorire un ragno. Dopo tante insistenze, convinse Marco a decidere di andare fino in fondo alla faccenda. L'unica cosa che gli venne in mente fu di rivolgersi al suo amico Vittorio Marini che, nel frattempo, stava scervellandosi per riuscire a venire a capo degli orrendi delitti che erano stati commessi senza lasciare traccia. Uno dopo l'altro. Eppure il patologo, insieme ai RIS, una traccia l'aveva trovata. Erano riusciti a isolare il DNA di una donna. Però, visto che non risultava nella banca dati del distretto, la stavano ancora cercando.

Marco raggiunse Marini che si trovava nella sua stanza con il suo assistente, il maresciallo Ciccarelli, con cui stava mettendo a punto la strategia da seguire per risolvere i delitti seriali. Il giovane prese a raccontare al commissario quanto gli aveva confessato Miranda, poi aggiunse: «Senti, Vittorio, ti assicuro che stava dicendo la verità, a me non può mentire. Non ne avrebbe ragione. Lei, tra l'altro, è la sorella di Enrico Medici... Sai, il manager che ha compiuto quella strage e che poi si è suicidato. Una storia alquanto strana. Anche la morte della sorella è molto bizzarra, quella che si crede sia stata sbranata da una bestia. Per non parlare del fratello Piero, colto da una crisi epilettica. La Chiesa ha pensato che fosse stato posseduto dal diavolo, e addirittura è stato esorcizzato dal cardinale Ludovisi. Io credo che ci sia una relazione demoniaca intorno a questi eventi soprannaturali, e che la famiglia sia vittima di una maledizione. Non credi?».

Marini si allentò il nodo della cravatta e si sbottonò il colletto della camicia. Quindi si sdraiò sullo schienale della poltrona, allargando le braccia e scuotendo la testa, per riferire come la pensava.

«Non è da escludere. Io ne so qualcosa: ho già vissuto un'indagine che si è rivelata pilotata da un demone. Sembra ridicolo, almeno per me lo era, ma dopo ciò che ho vissuto in prima persona... Beh, credo che... In ogni caso, se è come dici, e se il DNA della ragazza risulta compatibile con quello che hanno isolato i RIS su uno dei luoghi del delitto, mi dispiace, ma dovrò fermarla. Sono obbligato, non ho altra scelta.»

Marco, alle parole di Marini, diventò scuro in volto. Non poteva credere che Miranda fosse colpevole di tali delitti. Era una ragazza dolce e assennata, e non avrebbe mai ucciso nessuno se un'entità diabolica non avesse guidato la sua mano impossessandosi della sua volontà. Lui era sicuro dell'innocenza della donna, la conosceva bene. Non solo era una ragazza veramente positiva ma, oltre al suo lavoro, si occupava di solidarietà. Grazie al fatto di essere molto ricca, faceva della beneficenza aiutando le persone in difficoltà, specialmente i diversamente abili che avevano bisogno di cure particolari. Lei se ne occupava per procurare loro sollievo e, quando poteva, stava loro vicino per aiutarli a recuperare il senso motorio, praticandogli le fisioterapie che erano necessarie per la riabilitazione. Si occupava anche della salvaguardia degli animali abbandonati, unendosi a un gruppo di cinofili che praticavano volontariato. Insomma, era una ragazza impegnata nel sociale, che non poteva assolutamente commettere atrocità del genere. E infine, gli esami effettuati riscontravano che si trattasse di un ragno gigante, anche se questa ipotesi era dura da digerire per molti scettici, ma tutto faceva pensare al ragno, e Miranda non lo era di certo. Era una bellissima ragazza, alta, con un corpo ben fatto e un viso affascinante che colpiva per gli occhi verdi e penetranti.

Marco, con una certa apprensione, si rivolse di nuovo a Marini quasi pregandolo: «No! Questo non puoi farlo. Te ne prego, cerchiamo di andare fino in fondo, dobbiamo aiutarla. Fallo per me... Io l'amo, non potrei vivere senza di lei. Sto anche per sposarla e aspetta un figlio mio, dobbiamo assolutamente trovare il modo di scoprire la verità. Un modo ci sarà, credo che...».

L'altro, schiarendosi la voce, lo interruppe. Allargando le braccia e sgranando gli occhi, gli disse: «Bah! Che cos'hai in mente? Hai un'idea o sai come potremmo muoverci?».

«No, veramente il detective sei tu, quindi...»

In quel momento intervenne Ciccarelli, che fino ad allora era stato seduto alla sua postazione senza muovere un muscolo, ma ascoltando con attenzione il dialogo tra i due. Aveva sentito l'accorata preghiera che Marco aveva rivolto al commissario, e ne era rimasto coinvolto emotivamente. Decise così di esprimere la sua idea su come muoversi per cercare di salvare la ragazza e venire a capo della situazione complicata in cui si trovavano. Si alzò e, chiedendo scusa, disse la sua: «Commissà, ma se non vado errato, quella volta della cantante... Delle due gemelle, una delle quali posseduta dal demone dell'altra... Beh, lei intervenne con decisione, e il demone fu sconfitto. Mi pare che un medium avesse in qualche modo rievocato il mostro, e insieme lo avete distrutto. Potremmo rivolgerci ancora a lui. Che ne pensa?».

Marini lo fissò intensamente. Rifletté anche sul fatto che Ciccarelli non fosse poi tanto sprovveduto, anzi, aveva un'intelligenza acuta e una genialità che lo rendeva sempre presente ed efficiente. In quel momento pensò che la sua idea fosse geniale: si era ricordato del medium nel momento giusto. A conti fatti, quello che Ciccarelli aveva proposto poteva essere la soluzione corretta. Coinvolgendo Luxor, avrebbero potuto risalire alla complicata gestione dell'arcano, e mettere una difronte all'altra le entità: quella maligna del diavolo e quella benigna del sensitivo. Sensitivo che poteva rievocare il mostro per poi averne ragione, distruggendolo come era già accaduto in passato. Con uno smagliante sorriso si rivolse infine al suo assistente: «Ciccarelli, tu sei un tipo veramente strano. Dici sempre delle cretinate, ma a volte hai dei colpi di genio. Bravo, la tua idea non è male. Ok, rintracciami 'sto mago, e in fretta».

Ciccarelli aveva un'aria soddisfatta. Il suo capo aveva preso in considerazione la sua proposta, ritenendola valida, e questo lo rese euforico e appagato. Scattò come una molla, sbattendo i tacchi, dopo si girò e fece per avviarsi all'uscita quando il commissario gli parlò.

«Fermati, guagliò, dove vai? Chi vai a cercare? Non t'ho ancora detto come si chiama, come fai a rintracciarlo, con il lanternino?»

Il maresciallo si girò con un'aria da furbastro e disse: «Commissà, non sono poi così scemo come dice lei. Io ho una buona memoria, so benissimo chi è e dove cercarlo. Si chiama Luxor... Vado, lo prendo e lo porto qui». E di gran carriera uscì dalla stanza.

Marco si rivolse a Marini. «È proprio in gamba il tuo assistente.»

«Sì, certo, ma non farglielo sapere o si monterebbe la testa. A parte gli scherzi, è ingenuo, ma è un buon poliziotto. A volte ha delle intuizioni niente male. Gli sono molto affezionato, e figurati che più di una volta mi ha salvato la vita. Comunque, cercheremo di coinvolgere Luxor. Chissà? Può essere una soluzione.»

«Quindi hai deciso di non arrestare Miranda, non è così?»

«Già!»

«Ti ringrazio, vedrai che non te ne pentirai, ne sono certo. Anche se il DNA corrispondesse, sono sicuro che in quel momento era posseduta dal demonio. È lui che ha commesso quei terribili delitti.»

«Già, ne convengo anch'io! Ho già avuto a che fare con un demone... Con il demonio... Le analisi dei RIS parlano di un ragno: una vedova nera gigante. Mah, sembra uscito da un film dell'orrore. Ne usciremo fuori, e usciremo fuori dal cinema dopo aver visto il film.»

Nella sala riunioni del primo distretto di polizia erano riuniti Marini, Marco, Ciccarelli, Miranda e Luxor. Dopo che Miranda raccontò al medium la sua sventura, questi cominciò a trarre le conclusioni, spiegando ai suoi interlocutori come questi fenomeni di possessione fossero abbastanza frequenti, anche se il più delle volte venissero catalogati come una nevrosi. O come un esaurimento nervoso oppure un raptus omicida che portasse alla bilocazione. Quindi spiegò: «Il motivo clinico per cui avvengono queste situazioni, se di motivo clinico si può parlare, e io non credo alle conclusioni scettiche che la scienza ha verso l'occulto... Beh, effettivamente non lo conosco a fondo, non sono uno scienziato, però posso dirvi come possono manifestarsi esotericamente. Quando si giunge a comprendere che qualunque entità che si presenta con il possesso diventa più arcana per tutti, credo che si facciano delle conclusioni azzardate. Io, invece, ne sento le vibrazioni, perché l'attrazione, la bilocazione, è così... Emana le sue onde, per questo posso cogliere molti più particolari riguardo a ciò che si è presentato inizialmente. In questo caso, non è possibile cambiare direzione, qui c'entra il diavolo in persona. No, non è possibile riparare ai propri inconvenienti. Per farlo, è necessario rievocare, o almeno avvicinarsi a rievocare, l'atmosfera scatenante. Solo in questo modo possiamo tentare la strategia difensiva che credo di aver individuato».

Nel volto di tutti gli astanti iniziava a crescere una certa preoccupazione. Si resero conto che stavano combattendo contro l'ignoto, l'occulto. Miranda scoppiò a piangere sentendo nominare il diavolo. Sapeva di essere posseduta da quell'entità infernale, e aveva sentito scorrere dentro di sé il sangue e il veleno di Aracne. Inoltre, si era svegliata molte volte con accanto un uomo martoriato, esangue, ed era fuggita da quel terrore senza sapere come c'era arrivata. La sua mente si era fermata prima. Le era impossibile e inconcepibile dare una spiegazione razionale. Chi o che cosa aveva commesso quella mattanza non lo sapeva; si trovava sul posto, e non riusciva a ricordare come c'era arrivata. Si chiedeva se fosse stata lei a commettere gli assassini e, se così fosse, perché non ricordasse niente. Anche se sentiva la presenza del demone.

Sapeva benissimo ciò che era accaduto nel tempio, ma aveva preso un colpo in testa, quindi era incosciente. Era venuta a sapere, solo dopo essersi ripresa, che il suo assistente aveva avuto un incidente mortale. È vero, da quel giorno aveva sentito dentro che qualcosa stava cambiando;

era più forte, il suo udito ascoltava voci che erano troppo lontane per essere udite, e la sua vista scrutava cose troppo distanti per essere viste. E ancora: non aveva quasi più bisogno di dormire, non riusciva a mangiare cibi solidi, viveva di frullati e di cose liquide, non amava la luce del giorno e usciva quasi solo di notte. Ma, dal momento che era fuori casa, veniva invasa dall'oblio. Niente più ricordi; la sua mente ritornava in lei solo dopo che Aracne aveva ucciso il suo maschio, e solo allora la abbandonava. In quel momento tornava in sé, travolta dalla valanga di terrore.

Marco le si avvicinò e, con tenerezza, cercò di darle conforto. «Tesoro, cerca di calmarti. Vedrai, andrà tutto bene. Siamo nelle mani giuste. Vittorio è il miglior poliziotto che conosco, poi il signor Luxor ha risolto casi ancora più complicati di questo. Stai tranquilla, cacceremo il tuo incubo.»

Intervenne anche Luxor: «Miranda, se farà come dico io, riusciremo a sconfiggere questo demone che la tormenta, ma deve stare tranquilla e seguire alla lettera ciò che dobbiamo fare».

Marini si rivolse al medium. «Non mi riesce di accettare, razionalmente parlando, come possa accadere un... Insomma, cosa significa tutto ciò?»

Luxor, con il suo metro e novanta e la sua mole di centocinquanta chili, era fasciato in un caffettano bianco con disegnato sul petto un sole d'oro. Sgranando gli occhioni di un azzurro così chiaro da sembrare fosforescenti, cercò, con calma e con la voce talmente profonda che pareva arrivare dal centro della terra, di dare una spiegazione logica a questi fenomeni.

«Dunque, teosofia significa sapienza delle cose divine; è una concezione filosofico-religiosa di carattere fortemente spirituale, che si riallaccia alla sapienza atavica e alla tradizione esoterica di tutti i tempi. Il fenomeno di per se stesso è noto sin dai tempi remoti. Gli stessi libri dei morti parlano del fenomeno della possessione del demonio, che può assumere qualsivoglia sembianza e pensiero, anche trasformarsi in un ragno gigante e infilarsi prepotentemente in un essere umano. E, a suo piacimento, trasformarlo nelle sembianze che gli fanno comodo per raggiungere i suoi disegni nefasti, mettendo il soggetto in uno stato onirico, cioè un un sonno mentale profondo. Certo, al risveglio non ne rimane nessun ricordo e nessuna traccia. Ecco perché Miranda non è consapevole di ciò che le è accaduto intorno. Quei delitti non li ha commessi assolutamente lei, ma Satana, trasformandosi in una vedova nera che, dopo aver copulato con il maschio, ne mangia le carni. È la sua natura... Questo stesso fenomeno, noto a noi sensitivi specialmente in campo agiografico, viene anche chiamato ubiquità; tuttavia, volendo ben osservare, con questo termine si intende che la presenza simultanea o contemporanea del demone appare nelle due personalità: il dualismo tra il posseduto e il demone che lo possiede. Queste due personalità, pilotate in alcuni momenti dal demonio, entrano in simbiosi, e si produce nel sonno profondo una catalessi della mente, non del corpo fisico. Come se un cordone esoterico li unisse. Diversi sensitivi, compreso me, affermano di aver osservato questo cordone durante l'esplicarsi di fatti di bilocazione o di possessione. Ecco tutto.»

Marco guardò profondamente Luxor, perché in un certo senso si sentiva ignorante in materia di spiritismo, di magia e di cose che lui non comprendeva. Così si rivolse al medium per chiedere spiegazioni più dettagliate: «Mi scusi, signor Luxor, quindi lo spiritismo, l'esoterismo e la magia, per non parlare della stregoneria, tra di loro hanno un'affinità...».

L'altro rispose: «Si accusa lo spiritismo di essere imparentato con la magia e la stregoneria, ma ci si dimentica che l'astronomia ha avuto come antenata l'astrologia, e che la chimica è figlia dell'alchimia, di cui nessun uomo dotato di senso pratico, oggi, avrebbe il desiderio di occuparsi. Nessuno nega, tuttavia, che nell'astronomia e nell'alchimia vi fossero in gestazione verità dalle quali sono scaturite le scienze attuali. Già la possibilità che noi sensitivi abbiamo di comunicare con gli esseri del mondo spirituale ha conseguenze incalcolabili e della massima gravità. Tale conseguenza non può mancare di apportare, generalizzandosi, una profonda modificazione nei costumi, nel carattere, nelle abitudini e nelle credenze che hanno un'influenza tanto grande sui rapporti sociali. Lo stesso si può dire della posizione dello spiritismo nei confronti della magia e della stregoneria. E si può dire di ogni male. L'uomo lo eviterebbe, se osservasse le leggi divine. Poiché il male è il risultato delle imperfezioni dell'uomo, e poiché l'uomo è stato creato da Dio, Dio ha creato, se non il male, almeno la sua causa. Se avesse fatto l'uomo perfetto, il male non esisterebbe. Ma, siccome Dio ha creato anche Lucifero, di conseguenza ha creato il male stesso».

Tali manifestazioni sono la testimonianza della forza psico-spirituale dell'uomo, che continua a esistere anche quando è diviso dal corpo. Dai sensitivi come Luxor questo fenomeno viene spiegato con l'estrinsecazione del sottile organismo del corpo astrale. Esiste una stretta relazione fra le apparizioni dei fantasmi o demoni. I fenomeni di possessione da parte di quest'ultimi si manifestano comunemente con uno sdoppiamento della personalità e delle facoltà mentali del posseduto che, comunemente, sono per la maggior parte di noi incomprensibili. La letteratura del paranormale e dell'esoterico è molto ricca di apparizioni spettrali che, di volta in volta, nel corso della storia, sono stati oggetto di studi da parte dei grandi nomi del paranormale. Una rivelazione importante si compie: è quella che ci mostra la possibilità di comunicare con gli esseri appartenenti al mondo occulto.

Lo spiritismo procede esattamente allo stesso modo delle scienze positive; vale a dire, applicando il metodo paranormale a quello scientifico, mentre la scienza applica le formule della sapienza. Così si presentano fatti di ordine nuovo, ossia incomprensibili per chi prende la vita con razionalità comune, che non possono essere compresi sulla base delle leggi esoteriche. Il medium osserva, compara, analizza, risalendo agli effetti sino alle cause che li scatenano. Giunge con il trans a scoprire la legge che regola l'occulto, infine ne deduce le conseguenze e ne ricava le applicazioni. La scienza ha fatto giustizia, almeno secondo gli scienziati, di tutti gli elementi primitivi e, da osservazione in osservazione, è giunta alla concezione di un solo elemento generatore di tutte le trasformazioni della materia che ci circonda: il magnetismo. La cosiddetta teoria della relatività formulata da Albert Einstein tra il 1906 e il 1913, che ha come elemento il principio di relatività, e quindi il principio di inerzia, e la velocità della luce formulata da Galileo Galilei.

Il tempo e lo spazio sono legati insieme dalla massa inerziale, e quest'ultima ricava la matrice generale spazio-tempo che il demonio può pilotare e trasformare a suo piacimento. Per la scienza tutte le cose che avvengono nel paranormale sono solo delle coincidenze o addirittura leggende inesistenti. Mentre lo spiritismo, l'occultismo e il demoniaco hanno aggiunto l'elemento occulto. Quindi elemento materiale ed elemento spirituale. Ecco i due principi delle due forze della natura: Satana contro Dio. Gesù Cristo ha preso dalla legge antica ciò che era eterno e divino e, respingendo tutto ciò che era soltanto transitorio, puramente disciplinare e di concezione umana, ha aggiunto la rivelazione della vita futura, (di cui Mosè non aveva mai parlato). La rivelazione delle punizioni e delle ricompense che avverranno il giorno del Giudizio Universale, che attendono l'uomo dopo la morte. Mentre Satana è la morte stessa.

Capitolo 18

Al centro del campo dello stadio olimpico di Roma un numeroso team di tecnici stava adoperandosi montando un enorme palco, dove le sera dopo si sarebbe esibita Ketty Medì con la sua band, e anche i coristi e il corpo di ballo che facevano parte dello spettacolo. Il montaggio del palco era quasi finito, mancavano solo le luci che lo avrebbero illuminato con tutti i fantastici effetti. Una troupe televisiva, sotto la guida del regista, stava piazzando le numerose telecamere. Il pullman regia, sistemato fuori dallo stadio, era quanto di più tecnologico si potesse trovare nell'ambito delle riprese televisive, con tutte le attrezzature per la messa in onda in diretta dell'evento. Il palco era al completo, e anche i tecnici della televisione avevano messo a punto le loro telecamere. Nel pullman erano anche stati sistemati i sedici monitor che corrispondevano ognuno a una telecamera, compresi anche gli interfono che il regista avrebbe usato per comunicare con i cameraman, suggerendo come avrebbero dovuto riprendere le inquadrature da lui volute. Quando si incominciò a provare, tutto funzionava a meraviglia: mancavano solo le prove dei musicisti e della cantante. Ogni partecipante era insomma pronto per le prove generali. Anche Caterina salì sul palco e provò il suo microfono insieme ai coristi e ai musicisti. Il coreografo stava finendo di istruire i numerosi ballerini, mettendo a punto la sua coreografia. Finite le prove, venne tutto spento, ed entrarono in funzione le guardie di pattuglia, piazzandosi nei punti strategici per sorvegliare l'impianto generale contro furti o sabotaggi.

Il giorno dopo, alle prime ore del pomeriggio, lo stadio era circondato da migliaia di spettatori che iniziavano ad affluire per il concerto. Il servizio d'ordine era, di conseguenza, in pieno fermento. Gli steward, nelle varie entrate, controllando i biglietti, fecero immettere all'interno i primi fan. Alle ore 20:00 i settantamila spettatori erano tutti ai loro posti, aspettando con frenesia che lo spettacolo partisse. Dagli altoparlanti i tecnici mandarono in onda il nuovo disco di Ketty Medì, e sugli schermi i suoi video clip per intrattenere il pubblico fino all'ora dello spettacolo. Alle 21:00 in punto lo show tanto atteso partì con tutta la sua spettacolarità. Caterina stava cantando, dimenandosi con il corpo di ballo in una coreografia fantastica. Il pubblico era impazzito: settantamila scatenati che urlavano a squarciagola seguendo la canzone che lei stava cantando. Le luci in movimento illuminavano tutto lo spettacolo quando uno dei proiettori si staccò dall'americana, cadendo davanti a Caterina, e le scariche che si sprigionarono dalla lampada incendiarono il suo costume di scena. La costumista, in quella canzone, aveva concepito per la cantante un costume pieno di veli trasparenti che un ventilatore faceva svolazzare, rendendo la scena fantastica, e lei simile a una farfalla in volo.

L'abito dell'artista prese a bruciare. Il pubblico, credendo fosse un effetto speciale dello show, applaudì animosamente, andando in visibilio. Ma, quando si accorsero che il palco si stava incendiando veramente tanto che intervennero i vigili del fuoco, tra il pubblico si scatenò un panico terribile. Specialmente quando i vigili spruzzarono sul palco in fiamme getti d'acqua con le loro pompe, e l'acqua creò un cortocircuito per cui i numerosi proiettori esplosero. Tutti urlarono come impazziti, tuffandosi verso le uscite di sicurezza, ma lo fecero in blocco, correndo sfrenatamente e montandosi uno sopra l'altro per cercare di guadagnare l'uscita. Fu un caos che generò un panico senza fine. Una donna, urlando e chiamando suo figlio che, nella foga del panico, aveva perso di vista, venne travolta da quella fiumana di gente e sbattuta a terra da migliaia di piedi che la pestarono a morte. Un ragazzo di sedici anni, invece, venne spinto giù dalle tribune e cadde su un palo di sostegno del reticolato che recintava la protezione del campo, restandone infilzato come in uno spiedo. Molti altri che stavano scendendo le rampe di uscita vennero travolti da quel fiume in piena, cadendo come pere cotte e sfracellandosi a terra. Il panico aveva mietuto le sue vittime. Si contarono sessanta morti e seicento feriti, di cui una trentina gravissimi, otto dei quali in fin di vita. Fu un disastro di proporzioni catastrofiche, come in uno spettacolo che non s'era mai visto. Alla fine lo show molto atteso che doveva intrattenere una marea di ammiratori in allegria si trasformò in una colossale disgrazia. L'intervento dei vigili del fuoco riuscì in brevissimo tempo a domare le fiamme, ma fu inutile per Caterina che, ormai senza vita, era completamente carbonizzata. Tra il pubblico, in prima fila, c'erano anche Piero, Miranda e Carolina. I tre restarono impietriti, fino a quando lui si precipitò verso il palco, seguito dalle due donne, ma vennero tutti trattenuti dalle guardie di servizio. L'uomo si mise a gridare come un pazzo: «Lasciatemi passare! È mia sorella, vi prego».

I vigili, che ormai avevano avuto ragione sull'incendio, li lasciarono passare. Piero si precipitò subito su Caterina, inginocchiandosi accanto a lei e, affannosamente, cercò di rianimarla a suo modo, senza rendersi conto che era carbonizzata. I medici e i vigili del fuoco cercarono di portarlo via. Lui riuscì a divincolarsi e a tuffarsi di nuovo sul corpo inerte della sorella ormai senza volto, urlando dal dolore che provava avendola vista bruciare viva. Alzò quindi la testa al cielo con uno sguardo terrificante, mentre il volto era tirato come fosse uno scheletro. Poi incominciò a urlare come preso da una crisi insostenibile: «Nooo! Dio, cosa vuoi da noi? Perché Caterina?! No, nooo...».

Il presente gli stava sfuggendo di mano, non lo avrebbe riacchiappato e reso scintillante. Era coeso alla sua voglia di toccare con mano il destino che gli stava scappando via, ma la sua forza, sminuita dalla disperazione, non permise di tracciare una linea tra il presente e il futuro che credeva ormai fosse diventato un terribile passato. Le sue labbra si schiusero senza emettere più suoni, sembrava inchiodato nel silenzio. Ma, d'un tratto, un grido agghiacciante gli uscì dal petto: «Ahhh!».

Quell'acuto era tutto ciò che aveva da dire. Non aveva interezza, solidità, ma solo polvere che il vento trascinò via per sempre. Il pensiero gli si chiuse tra la tormenta, infine perse i sensi. Venne rianimato e portato all'ospedale. Dopo essere stato visitato, dato che si era ripreso e non aveva nessuna patologia, il medico lo dimise.

Piero era a casa con Carolina che cercava di calmarlo, senza però riuscirci. Come si può spiegare il dramma di un fratello cui davanti agli occhi si compie uno spettacolo che doveva essere la gratificazione di una cantante che, per una fatalità, era rimasta carbonizzata da una lampada caduta? Senza contare le persone uccise e quelle ferite a migliaia. Questo è impossibile da concepire e da digerire. L'uomo non poteva credere che anche un'altra componente della sua famiglia fosse rimasta intrappolata nella maledizione che gli aveva spiegato il cardinale, non se ne faceva una ragione. Era letteralmente disperato e devastato, e non riusciva a riprendersi da quel dramma. Chiunque sarebbe stato disperato davanti a quella scena devastante che poteva distruggere anche la più coriacea delle sensibilità, e Piero era un uomo sensibile e provato dalle cose che gli erano già accadute. Aveva visto la sua famiglia sterminata, e gli era rimasta solo Miranda che, però, sapeva vittima anch'essa della maledizione. Non potendo intervenire per aiutarla, si sentiva sconfitto dalle avversità che gli erano piombate addosso con tutta la loro drammaticità. Dentro di lui pensò che non si sarebbe più ripreso, e che la serenità di cui aveva sempre goduto lo avesse abbandonato per sempre. Non si dava pace; il fratello era stato vittima di un raptus omicida e poi si era suicidato, e le due sorelle erano morte in incidenti per lo più inspiegabili. Come poteva tornare a vivere la sua vita con serenità? Sarebbe rimasto per sempre vittima dei suoi drammi. Per fortuna gli era rimasta ancora sua sorella Miranda, e pregò Dio che non se la portasse via. Poi c'era Carolina che amava profondamente, e che era l'unica ancora di salvezza per non impazzire del tutto. Lei gli versò da bere, tentando di farlo rientrare in sé, e lui accettò il drink, assaporandone un sorso che probabilmente lo calmò dalla sua disperazione. Quindi prese tra le braccia il suo amore e, con tenerezza, la strinse a sé, dicendole: «Amore mio, grazie per quello che stai facendo per me. Senza di te non... Oh, Dio mio, perché c'è crollato tutto addosso? Quale peccato abbiamo commesso? Tienimi stretto forte, ho bisogno di te, ho bisogno di sentirti vicina. Aiutami, ti prego».

«Tesoro mio, sono qui. Non ti lascerò solo. Dobbiamo

farci forza, dobbiamo dimenticare il destino...»

La interruppe con le lacrime agli occhi. «Non credo che riuscirò a dimenticare. La mia famiglia non c'è più, ho solo te e Miranda, e non voglio perdere anche voi.»

«Stai tranquillo, non ci perderai, perché ti amiamo. Io in particolare ti amo più della mia stessa vita.» Poi si alzò e accese la televisione, tentando di svagarlo e di allentare la tensione che stava devastando la sua sensibilità. Stavano mandando in onda il telegiornale della notte, con lo speaker che stava dando la notizia della disgrazia: «Questa sera allo stadio olimpico di Roma, durante il concerto della rock star Ketty Medì, un faro che illuminava il palco è precipitato, incendiando gli abiti della cantante che è rimasta carboni...»

In quel momento Piero lanciò il bicchiere sul televisore, mandandolo in pezzi. Nella sua testa voleva scacciare quel dramma che lo devastava. Vide il bicchiere proiettarsi verso lo schermo come in un rallenty e, dopo averlo colpito, le schegge del monitor volarono con estrema lentezza per tutta la stanza.

Capitolo 19

Marini stava percorrendo a piedi via del Corso. Si stava dirigendo verso via dell'Oca, a casa sua. Spesso, quando era preoccupato per le sue indagini, per concentrarsi e pensare, faceva questa passeggiata a piedi dal suo distretto fino casa. La camminata, molto probabilmente, gli permetteva una maggiore concentrazione. Era molto preoccupato perché sentiva che qualcosa di demoniaco lo stava coinvolgendo in quella dimensione occulta che non riusciva a capire. Specialmente dopo ciò che gli era accaduto nella casa dei Medici ne era impaurito, e per lui questa situazione era inconcepibile, perché non aveva mai provato un timore più forte di quello che stava provando. Ma il terrore del diavolo e delle sue coorti infernali avevano avuto la meglio sulla razionalità del composto Marini, su ogni dubbio giudizioso e assennato. In più la riunione con Luxor aveva ancora aumentato le sue perplessità. Ciò indicava l'esistenza del diavolo non come uno scherzo o una facezia, ma come un fatto ben inconfutabile. Pertanto, non vi era da stupirsi o indignarsi nel constatare che era perfettamente logica la conseguenza di pensare che, come la Chiesa di Dio, Chiesa del bene, avesse i propri riti e le proprie adunanze, il proprio culto e i suoi fedeli, così anche la Chiesa del demonio aveva le proprie dottrine, i propri adepti e i propri demoni che diffondevano il male sull'umanità. L'aspetto di caprone conferito al diavolo, che era un miscuglio di Fauno mitologico insieme a Satiro e Pan, veniva identificato come l'anti divinità, l'anti Cristo, cioè il male assoluto.

A un certo punto una tromba d'aria investì Marini che venne sollevato da terra, e intorno a lui tutto scomparve. Si trovava nel nulla, come se stesse fluttuando nello spazio. Poi ricadde sulla terra ma, ciò che vide intorno a sé, lo lasciò senza parole. In via del Corso non passavano automobili, ma carrozze trainate da cavalli e guidate da vetturini. I lampioni che fiocamente illuminavano la notte erano alimentati a gas. Anche il suo abito era cambiato; vestiva un tait con un lungo mantello, e in testa portava un cappello a cilindro, mentre in mano aveva un bastone da passeggio. Si guardò intorno senza capire dove fosse e perché fosse vestito in quel modo, dopo si sentì come impazzire, perché non riusciva a capire se stesse sognando o se era desto. Il posto dove stava camminando non gli sembrava via del Corso, per cui non riusciva a orientarsi su dove si trovasse. Tutto sembrava proiettato verso la fine dell'Ottocento. Non riusciva a rendersi conto cosa fosse accaduto e che cosa l'avesse trasportato in quell'epoca. Quale diabolica magia avesse mandato l'orologio indietro più di cento anni, e come fosse stato possibile tutto ciò. Si chiedeva, insomma, quale macchina del tempo lo avesse sparato in quell'epoca. Una domanda che, per il momento, non trovò risposta. Quello che doveva provare quell'uomo così realista e razionale doveva mandarlo al manicomio. Lui credeva solo in quello che vedeva, come San Tommaso, e ora vedeva davanti a sé soltanto qualcosa di incomprensibile e di irrazionale.

Vittorio Marini iniziò a guardarsi intorno, poi si mise a correre, forse cercando la via per tornare indietro e per riagguantare la sua epoca. Improvvisamente, però, dietro un vicolo, sentì delle urla strazianti: una donna stava per essere aggredita. Il suo senso di giustizia lo fece ritornare il poliziotto che era, sempre pronto ad aiutare chi era in difficoltà. Così si mise a correre verso le urla che stava sentendo. Girato l'angolo, vide lo scintillio che emanava la lama di un grosso coltello, tenuto in mano da un tipo sporco e malandato con un ghigno da brigante, che stava per sferrare una coltellata a una ragazza. Sembrava una scena di un film di Alfred Hitchcock. Lui si precipitò tuffandosi verso l'uomo e, appena in tempo, gli bloccò il braccio prima che la punta del coltello si infilasse nelle carni della malcapitata. Nacque una colluttazione alla fine della quale riuscì ad avere la meglio sul brigante, immobilizzandolo, e intervenne anche una pattuglia di gendarmi che lo arrestò. Guardando la donna con attenzione, però, l'uomo rimase fulminato: quella splendida ragazza era identica in ogni particolare a sua moglie Carlotta. Ne rimase meravigliato, pensò proprio a lei, ed era costernato. Chissà se l'avrebbe più rivista? Chissà se sarebbe ritornato nella sua dimensione? Mentre pensava a queste cose, la carrozza con sopra il tipo losco inchiavardato dai ferri partì verso la caserma. La donna, invece, fuggì via, senza che potesse parlarle. Fu lui a gridarle: «Carlotta, non fuggire. Sono io, amore mio...».

Lei non lo ascoltò, ma continuò a correre finché sparì dietro l'angolo. Lui cercò di inseguirla ma, girato l'angolo a sua volta, lei non c'era più. Rimase impalato, senza niente da dire e niente da fare, e si domandò se quella persona fosse proprio Carlotta o una sosia, oppure una visione senza copo. Ma pensò che tutto dovesse essere la verità: aveva combattuto con il brigante, salvando la vita a una donna che assomigliava in ogni particolare a sua moglie. Dentro di sé stavano crescendo le sue perplessità; cominciava a non capire più nulla e a non darsi una risposta su cosa gli stesse accadendo. Aveva visto la sua amata Carlotta, o almeno credeva che lo fosse, e le aveva salvato la vita; come poteva essere che la donna vivesse in un'epoca lontana cento anni indietro nel tempo? Non aveva una risposta. Era lì in un mondo che non gli apparteneva e in un'epoca che non era la sua, senza sapere che cosa ancora gli sarebbe capitato. Non immaginava di poter vivere cento anni prima di quand'era nato, perché gli sembrava fantascienza, eppure era là senza alcun dubbio e, probabilmente, senza alcun rimedio.

Si diede uno schiaffo sulla guancia per essere certo di non sognare, di conseguenza gli volò via la tuba dalla testa, così si assicurò che era desto. La sua situazione, invece di rilassarlo, lo mise ancora più in apprensione. Ora sì che era consapevole che ciò che gli stava capitando era reale, e ne rimase allibito, sempre più perplesso e impaurito. Si girò da tutte le parti, cercando qualcuno a cui chiedere una spiegazione sull'epoca in cui si trovava, ma in giro non passava anima viva. Era irrimediabilmente solo, in un mondo ignoto, in un'epoca sconosciuta. Mentre si stava avviando senza alcuna meta nei vicoli di quella città che non conosceva, da un portone uscì un uomo alto, biondo e con gli occhi azzurri, che lo invitò a seguirlo. Era talmente etereo da sembrare trasparente, inoltre vestiva una tunica bianca luminescente come se fosse stato un Angelo. Marini lo seguì senza pensarci, senza chiedersi chi fosse e perché fosse così divino, fino a entrare in un ambiente molto strano. Era un seminterrato sotto a una rampa di scale. Dopo che l'uomo aprì la porta, si trovarono in un ambiente che sembrava una grande grotta di roccia piena di luce. L'Angelo che fluttuava nell'aria, allargando le braccia, esordì: «Non aver paura, tornerai nel tuo mondo. Ti abbiamo chiamato dall'universo, portandoti qui nell'altroverso. Dio stesso mi ha mandato per parlarti, ma non sono potuto scendere nella tua dimensione perché il demonio ne sta occupando l'aria e mi avrebbe incendiato. Lo ha già fatto con altri emissari di Dio. Per questo ti ho chiamato qui. Queste due dimensioni camminano parallele, ma l'altroverso è indietro di un centinaio di anni rispetto alla tua epoca. Vittorio Marini, tu sei stato prescelto per comandare gli uomini che, unendosi insieme, sconfiggeranno il male come fosse l'esercito di Davide. Il demonio è libero per distruggere le nazioni, e Dio ti comanda di sconfiggerlo».

L'uomo, come impietrito, rimase a bocca aperta. Aveva difronte quell'Angelo e gli sembrava di non appartenere più al mondo dei vivi; credeva di essere morto e di vivere in una dimensione che non gli apparteneva. In seguito, guardandolo, prese coscienza e gli rispose con voce spezzata dall'emozione e dall'incredulità. «Com'è possibile tutto questo? Non capisco come posso essere io a dover salvare il mondo dal demonio. In fondo, sono solo un commissario di polizia che vive nell'anno 2014. Come posso... Con quale esercito? Io non sono Davide.»

L'Angelo lo interruppe. «Vittorio, tu hai già cambiato il corso del futuro: hai salvato tua moglie dalla morte, sei arrivato in tempo per farlo e lo hai fatto. Dio stesso ha guidato la tua mano, per dimostrarti la sua potenza. Ora devi tornare nella tua dimensione e arrivare in tempo per salvare le anime di Dio, distruggendo il serpente prima che distrugga l'umanità. Vai, Vittorio, torna nell'universo, torna. Dio è con te. Quando tornerai nel tuo tempo, non ricorderai nulla del nostro incontro, ma sentirai dentro di te la divinità del Signore.»

L'Angelo allungò le mani verso di lui, e un vortice luminoso lo avvolse. Quando riaprì gli occhi, dopo un battito di ciglia, stava camminando in via del Corso verso casa come se non fosse successo niente. Non ricordava ciò che aveva vissuto, era tornato dall'altroverso senza sapere che c'era stato. Qualcosa stava cambiando in lui, si sentì più forte e più sicuro di sé. Tutti i suoi fantasmi erano scomparsi, era felice e certo che il suo intervento con Luxor avrebbe vinto il male, sconfiggendo e rispedendo all'inferno il demonio. Ma sentiva anche un'irrefrenabile voglia di tornare a casa e abbracciare la sua Carlotta. Non sapeva il perché, ma era impaziente di accertarsi che lei ci fosse. Per questo allungò il passo per arrivare prima. Quando giunse a casa, strinse forte a sé la moglie riempiendola di baci. Non riusciva proprio a fermarsi dal dimostrarle un affetto così palese e irresistibile. Dal canto suo, Carlotta rimase sconcertata da quel piacere inaspettato. Vittorio era sempre stato affettuoso con lei, ma non si era mai comportato con uno slancio che sembrava isterico. Sconcertata dalle effusioni e dai baci che suo marito si adoperava a darle senza smettere, cercò di fermarlo, anche se ne era estasiata e incuriosita. Dopo gli chiese: «Vittorio, amore mio, cosa ti prende? Sembra che è una vita che non mi vedi... Sei diverso».

L'uomo la prese per le spalle, la scansò quanto basta per guardarla negli occhi e le rispose: «Amore mio, ti amo. Ti amo da più di cento anni e voglio amarti ancora per altri cento».

Quindi la strinse in un abbraccio interminabile, come se avesse paura che le sfuggisse di mano e scomparisse.

La taskforce capitanata da Marini e Luxor, con al seguito Ciccarelli, Marco e Miranda, si stava introducendo nella grotta che conduceva al tempio. Miranda, che già sapeva cosa fare per aprire la porta, si adoperò per farlo, e la porta si aprì, lasciandoli entrare all'interno. Migliaia di occhi rossi e fosforescenti stavano guardando loro, gli intrusi. Subito vennero accerchiati da una miriade di ragni che incominciarono ad aggredire tutti tranne Miranda. Con lei si bloccarono, circondandola in cerchio senza però aggredirla. Ciccarelli, dalla sua borsa dove aveva inserito tutto il necessario per l'eventuale difesa, tirò fuori un grossa bombola di veleno adatto a uccidere ogni tipo di insetto, compresi gli aracnoidi. Spruzzò così quell'arma micidiale, uccidendone a migliaia. Le bestie rimaste vive fuggirono via, liberando anche Miranda che era rimasta impietrita dal terrore. Luxor entrò in trans, pronunciando frasi incomprensibili e richiamando Aracne, che uscì dalla sua tana con l'intenzione di aggredire i nostri eroi. Marini, per un attimo, rimase bloccato dalla paura quando vide quel mostro, ma in seguito si riprese, tirando fuori dalla fondina la sua Beretta, e scaricando sul ragno tutti i suoi colpi. La bestia, però, sembrava ancora più minacciosa. I colpi che non l'avevano neanche scalfita la fecero avventare contro di loro. Proprio mentre stava per attaccarli, Luxor, allungando le mani, formò una barriera luminescente contro il ragno che cominciò a dimenarsi, emettendo versi gutturali. Sembrava che la forza della mente di Luxor riuscisse ad avere ragione sulla bestia, ma quest'ultima gli sparò addosso una scarica tipo fulmini che lo fecero sbalzare qualche metro indietro, lasciandolo stordito. Questo diede il tempo a Marini di rovistare nella borsa di Ciccarelli e di tirarne fuori una bomba incendiaria che lanciò contro Aracne, la quale prese fuoco, contorcendosi come un'ossessa. Le fiamme divamparono ovunque ma, il fuoco che stava bruciando Aracne, le fece assumere forme demoniache che volteggiarono per tutto l'ambiente.

La terra cominciò a tremare, stava per crollare tutto. Marini, Ciccarelli e Luxor cominciarono a fuggire. Miranda, al contrario, sembrava non riuscire a reagire per il terrore che gli era rotolato addosso. Era come pietrificata quando, dal centro della grotta, si aprì una voragine infuocata che risucchiò come in un mulinello i mostri che stavano volteggiando tutto intorno. Dal corpo di Miranda si sprigionò un vortice fosforescente che, per un attimo, assunse le sembianze del demonio che sembrava infuocato. Poi, attratto dal turbine, si unì agli altri mostri che stavano precipitando nella voragine. Anche lei stava per cadere, tuttavia riuscì ad aggrapparsi a una radice. Successivamente le sue mani ebbero un cedimento, e la radice uno strattone. Miranda calò di qualche centimetro, quando le sue mani, ancora serrate all'appiglio, scivolarono. Emise prima un urlo agghiacciante, sostituito da grida disperate: «Aiutooo! Non ce la faccio...».

Marco si tuffò, arrivando fino al bordo e allungando una mano per tentare di afferrarla. «Prendi la mia mano. Dai, allungati.»

«Non ce la faccio, non posso... Sto precipitando.»

Marco, rendendosi conto che lei stava scivolando in modo inesorabile e che rischiava di cadere in quel fosso pieno di fuoco, la sollecitò a non mollare. «Sì che ce la fai! Dai, Miranda, resisti. Ce l'hai quasi fatta. Afferra la mia mano, ce la puoi fare, devi farcela. Dai, brava, così...»

La donna, con uno sforzo immane, tentò di aggrapparsi a Marco, ma non ci riuscì. Allora lui, con altrettanto sforzo, le afferrò il polso, trascinandola via appena in tempo e salvandola da un crollo che l'avrebbe succhiata all'inferno. Fuggirono, mentre la voragine si richiuse con un frastuono che sembrava un terremoto, lasciando dietro di sé un boato infernale. Stavano correndo verso l'uscita, e dietro di loro tutto stava franando. Marco la sollecitò ad accelerare il passo, trascinandola per una mano. «Corri, amore, qui ci sta crollando addosso tutta la montagna. Fatti forza, mancano pochi passi e siamo salvi.»

In quel momento Miranda inciampò e cadde a terra. Non riusciva a rialzarsi, perché un cumulo di terra le era franato addosso. Allora lui tornò indietro, e con le mani cominciò a scavare fino a dissotterrare la ragazza, aiutato da Marini. Marco la prese sotto le ascelle e, con forza, la tirò fuori, dolorante ma indenne. Quindi fuggirono di nuovo. Come si spostarono, il soffitto crollò dietro di loro. Continuarono a correre verso l'uscita, mentre tutto stava crollando. Una volta fuori dalla grotta, si girarono a guardare. Il monte che sovrastava il tempio stava collassando: implodeva su sé stesso con un polverone che non permetteva di vedere cosa stesse succedendo. Quando il frastuono cessò e la polvere si diradò, il monte non c'era più. Al suo posto si spianava una valle piena di vegetazione fiorente. Tutti loro si guardarono per darsi il cinque come dei ragazzini, saltando di gioia.

«Vai! Sì, ce l'abbiamo fatta. Abbiamo salvato il mondo, siamo degli eroi» disse con soddisfazione Ciccarelli, mentre gli altri cominciarono a ridere copiosamente.

Quelle risate erano uno sfogo liberatorio. Gli incubi erano finiti insieme alla maledizione di Angelica, e il diavolo era stato sconfitto e rispedito all'inferno. L'esorcismo del cardinale Ludovisi che era riuscito a scacciarlo dal corpo di Piero, la forza spiritistica del medium, la pistola e la bomba incendiaria di Marini avevano vinto. Dio aveva guidato Marini a compiere l'atto che aveva liberato l'universo dal demonio, ricacciandolo nel suo naturale elemento.

Per ironia, il diavolo era stato sconfitto dagli stessi elementi di cui era il sacerdote: era stato distrutto dal fuoco che, nell'inferno, è il suo mondo. Ma si sa che al diavolo non bastano esorcismi e bombe incendiarie. I nostri eroi avevano "soltanto" vinto una complicata battaglia, ma non la guerra contro il male. Il male è sicuramente il più coriaceo dei nemici che minacciano l'umanità ed è impossibile abbatterlo del tutto. Difatti, non è possibile sconfiggere completamente le forze negative che opprimono la serenità dell'uomo. Nietzsche diceva: «La cattiveria è necessaria perché l'umanità prosperi, così l'uomo sarà un superuomo».

Questa affermazione sembra una cosa assurda, anzi, lo è per antonomasia. Invece, io credo che la fantasia concepita come esaltazione vitale sia un modo risolutivo per superare il male insito nella realtà. Questo è vero perché la fantasia è il carburante che alimenta la creatività dell'uomo, spingendolo a migliorarsi e alimentare la sua capacità di sopravvivenza. Ma ciò viene compromesso dalla cattiveria, dalla perfidia e dall'arrivismo dei potenti, perché la cattiveria non produce che altra cattiveria, indebolendo l'umanità e rendendola sempre più precaria e cagionevole. Altro che superuomo. L'uomo finirà per distruggere l'uomo stesso con la sua perfidia e il suo senso spietato nel concepire il bene come una debolezza e il male come una forza. Però, questa forza distruggerà tutte le conquiste culturali e scientifiche, riportando il mondo alla preistoria. Così il demonio non lo si può sconfiggere del tutto, perché il demonio siamo noi stessi. I potenti esprimono la nostra evoluzione considerando il potere come una conquista, e l'arrivismo come una disciplina per pilotare quel potere al proprio servizio che schiaccerà e sfrutterà le creature più deboli. Questi adepti del potere non sono una piccola setta, ma una grande potenza. Essi guidano l'umanità intera verso il disastro. E il denaro è il veleno che intossicherà tutto ciò che è bene; con il denaro si può comprare ogni cosa materiale, ma non si può comprare la libertà di pensiero né la pace eterna, perché il demonio che comanda il male non è in vendita.

Capitolo 20

Nella grande biblioteca del castello degli Angeloni di Montecasperia, afflosciato come una calza bagnata, il duca Ermidio VIII se ne stava alla finestra, fissando il fondo del viale e aspettando con ansia che, da un momento all'altro, sbucasse l'auto con dentro sua figlia Carlotta e il marito Vittorio Marini. Era lì quando, d'un tratto, il suo umore afflosciato si irrigidì; ora era teso come una corda di violino, non stava nella pelle, cominciava ad agitarsi, guardava l'orologio ogni minuto che passava, e per lui sembravano tempi interminabili. Voleva riabbracciare la sua amata figliola che non vedeva da più di sei mesi... Un tempo inconcepibile per lui. Nei suoi occhi azzurri si notava un'espressione di tristezza; la sua fronte era scabra, e questo era ancora più strano per il fatto che di solito era felice come può esserlo solo un uomo senza pensieri, fornito di un'ottima salute e di una cospicua rendita. Era impalato con lo sguardo fisso, ma con il suo aspetto regale che emanava un fascino a cui nessuno poteva resistere. Era lui la vera attrazione del castello, era quanto di più decorativo si potesse immaginare. Con la sua voce calda e suadente, quando parlava, non si poteva fare a meno di ascoltarlo perché incantava senza possibilità di distrazione, e i suoi interlocutori restavano affascinati ed estasiati dalla sua eloquenza.

Era una mattina di fine ottobre, e l'aria era tutta impregnata dei soavi profumi che i fiori del curatissimo giardino spandevano tutto intorno. Il castello si trovava su una collina all'estremità meridionale del Terminillo. Lontano, nell'azzurro, si perdevano le boscose colline che affiancavano il grande monte, tanto per accompagnarlo fino alla sua cima che scintillava come una spada sguainata al sole. Dall'altra parte del fiume si stendeva una prateria curvilinea di pascoli che saliva come un'ondata verde di smeraldo fino a lambire il castello, infrangendosi sulle terrazze in una variopinta cascata di fiori multicolore. All'improvviso il duca di Montecasperia si accese come un faro, e il suo aspetto assunse un'espressione giuliva quando, in fondo al viale, apparve la BMW del genero. L'uomo, saltando di gioia come un bambino, si mise a correre per andare ad accogliere la coppia di sposi che stava arrivando. L'auto si fermò davanti alla grande scalinata che portava all'entrata del castello. Carlotta scese velocemente tuffandosi tra le braccia dell'amato padre. In quel momento, giunse anche la madre che baciò la figlia con amore materno, dicendole: «Bambina mia, finalmente sei arrivata. Tuo padre non stava nella pelle, sembrava impazzito, se non arrivavi... credo rischiasse l'infarto. Ma anch'io ero in ansia. Ti vogliamo bene e ci manchi moltissimo. Siamo distanti pochi chilometri da Roma, eppure sembra che vivi dalla parte opposta del mondo. Piccola mia, ti vorrei sempre qui con noi».

«Eccomi qui, mammina mia, siamo finalmente tutti insieme. Questo mi rende così felice che non sto nella pelle, e anche voi mi siete mancati moltissimo. Vi amo ogni giorno di più.»

Ermidio, carezzandole il viso con amore, parlò: «Amore della nostra vita, abbiamo solo te, e questa casa, da quando non ci sei, sembra un deserto rovente. Anche i pranzi della domenica con i nostri parenti sembrano dei funerali. Il tuo posto accanto a me è vuoto, sembra una landa dispersa. Era la tua allegria a coinvolgere tutti, e tu rendevi la serata una festa».

Poi si rivolse a suo genero. «E tu, Vittorio, quando ti decidi a lasciare il tuo lavoro e a trasferirti qui ad amministrare il castello? Io e la mia duchessa stiamo invecchiando, e abbiamo bisogno di te e di Carlotta. Inoltre, ci fai stare in pensiero con il tuo lavoro che è molto pericoloso.»

L'uomo, abbracciandolo gli rispose: «Io e Carlotta ne parliamo spesso ed è il nostro obbiettivo, ma ancora la criminalità ha bisogno di me».

Il duca lo interruppe. «Questo attaccamento al lavoro ti fa onore, ma hai sposato la mia figliuola e non il dipartimento di polizia. Cerca di ricordarlo.»

«Stai scherzando? Carlotta è la cosa più preziosa della mia vita. Ti prometto che, al più presto possibile, ti faremo una sorpresa: staremo con voi. In fondo è il desiderio di Carlotta, e ogni suo desiderio è per me più che un ordine.»

Attraverso le tende delle finestre raggi dorati di sole echeggiavano, simulando l'avanguardia del crepuscolo. Era una bella sera; le sfere dell'orologio nel pendolo dell'Ottocento inglese segnavano le 19:45, invece quelle dell'orologio Piaget che ingioiellava il polso affusolato di Carlotta le 19:52, il che significava che su per giù erano le ore 20:00. Carlotta, con le sopracciglia aggrottate, era turbata e in una disposizione d'animo non precisamente improntata a quella serenità che l'aveva sempre distinta. Era in lotta con il suo vestito elegante di Yves Saint Laurent, con la chiusura lampo che non voleva saperne di chiudersi. Finalmente dal bagno uscì Vittorio che, con un po' di apprensione e cautela, per non rischiare una rottura che avrebbe rovinato la serenità di Carlotta e quindi la sua, riuscì comunque ad aiutarla senza troppi affanni. Così la splendida Carlotta fu pronta a uscire per cena. Vittorio era sereno e allegro, anche perché era riuscito a risolvere le complicate indagini che avevano portato alla condanna degli assassini. Poi aveva combattuto la sua guerra contro il demonio, sconfiggendolo e ricacciandolo all'inferno. Non c'erano indagini complicate dove la sua presenza fosse necessaria, allora demandò la direzione del distretto nelle mani del tenente Di Berti, e poté prendersi la vacanza che aveva promesso solennemente alla sua amata mogliettina: quella di passare qualche giorno al castello dei genitori di lei.

La notte era calata silenziosamente, mentre la luna splendeva piena, stampandosi nel cielo ammantato di stelle. Una luna da capogiro, quasi esplosiva, che spandeva intorno a sé un velo d'argento che si tuffava sul castello, disegnando la silhouette del mastio. Carlotta si voltò indietro a guardare la sua magione che amava come una cosa preziosa, e preziosa lo era davvero. Nel corso degli anni il castello era stato restaurato più volte, ma l'ultimo restauro che era stato fatto una decina di anni addietro lo aveva reso spettacolare, con i suoi quattromilaottocento metri quadrati coperti, arredati con mobili d'epoca. I saloni immensi affacciavano su un parco secolare ammantato da un tappeto d'erba curatissima. Le pareti della biblioteca erano tappezzate di libri antichi, e il pavimento ricoperto da soffici tappeti in cui sostavano morbidi divani carichi di cuscini ricamati, che ravvivavano il grande caminetto dal focolare di pietra sormontato da una mensola di legno di quercia. Poltrone bergère torreggiavano maestose davanti alle finestre dai pesanti tendaggi. Per contrasto, soggiorno, sala da pranzo, salone, solarium e persino l'atrio che si apriva sull'ingresso sembravano intimare "guardare ma non toccare", tanto erano perfetti ed eleganti. Preziose antichità e opere d'arte inestimabili appartenute da sempre alla famiglia, tranne qualche pezzo acquistato negli ultimi anni sia da Ermidio che da sua moglie, si potevano ammirare in ogni angolo degli ambienti, e tutto ciò arredava gli ampi spazi elegantemente. Quella era la vetrina del castello dei Montecasperia, e ne erano orgogliosi. C'era anche il laghetto che ospitava una quantità infinita di pesci, e al cui centro spuntava un'isoletta su cui giaceva un grande gazebo in cui, nelle feste estive, si piazzava l'orchestra che intratteneva gli ospiti con una musica soave. In un lato della piscina olimpionica si ergeva una costruzione di pietra a vista che richiamava i muri del castello, e che ospitava un ambiente che veniva usato per le grandi feste ed era anche fornito di una cucina con forno e barbecue. A un centinaio di metri dal maniero, sul lato ovest, c'era la grande scuderia, dove una decina di stupendi cavalli sgranocchiava fieno e biada nelle stalle. Nel box più grande nitriva Fiocco di neve, lo stupendo stallone, con il manto candido, che era il cavallo personale di Carlotta. Lei amava moltissimo quel magnifico esemplare che era stato il complice delle sue galoppate nel vasto parco della sua proprietà. Inoltre, aveva partecipato con lui ad alcuni concorsi ippici che aveva vinto. Lei stessa curava e spazzolava il suo Fiocco di neve; dopo restava a parlargli per delle ore, come se la bestia potesse capire ciò che gli diceva. Al momento aveva quasi vent'anni, ma era ancora in buona salute e in perfetta forma.

Dopo aver salutato i suoi genitori e tutti gli ospiti del castello, Carlotta prese per mano suo marito e lo trascinò nelle scuderie, dove accarezzò il suo stallone come se fosse stato suo figlio. In seguito, si girò verso Vittorio e gli disse: «Guarda, amore, è ancora un magnifico cavallo, il mio

Fiocco. È un vecchietto in gamba, e sono sicura che ancora può tenere testa a tutti gli altri. Domani voglio montarlo. Andremo a fare una bella cavalcata e faremo un picnic sul prato in riva al lago Del Santo. Che ne dici?».

«Certo, è una bellissima idea.»

La piscina coperta era nel lato sud della casa dove, dopo un arco, si scendevano quattro scalini e si entrava in un ambiente circondato da finestroni con i vetri piombati a cattedrale, che raffiguravano le onde del mare, e dove un sole rosso stava per tramontare nello skyline. Quando entrava il sole, si sprigionavano fasci di luce multicolore che si tuffavano nell'acqua, riflettendosi tutt'intorno e creando un'atmosfera fantastica. Nel salone centrale la scalinata che portava ai piani superiori era immensa e saliva nella sua maestosa rotondità. Sul muro c'erano delle nicchie dove giacevano statue di marmo ad altezza umana, e le sedici stanze da letto erano ampie, luminose e ben arredate. In una sala attigua che conduceva alla fornitissima biblioteca, appesi ai muri, sostavano quadri raffiguranti gli avi degli Angeloni Di Montecasperia. Nel primo piano sottostante del maniero, invece, c'era la foresteria che ospitava la numerosa servitù. Si proseguiva nella grande cucina arredata con tutti i comfort e completamente rivestita d'acciaio, mentre nel piano interrato si trovava l'intera storia del castello con le sue segrete, le celle per ospitare i carcerati e la sala tortura, piena di tutti i suoi marchingegni per ogni tipo di coercizione sui malcapitati che si erano susseguiti dal Medio Evo in avanti. Inoltre, faceva bella mostra di sé il museo, dove sostavano reperti di settecento anni di storia degli Angeloni di Montecasperia. In quell'enorme stanza giaceva ogni tipo di arsenale atto all'attacco contro i nemici e alla difesa del castello stesso. C'erano armature, spade, scudi, lance e stendardi appartenuti a tutti i duchi che si erano succeduti nel corso degli anni, tra cui non poteva mancare la divisa da generale dell'aviazione di Ermidio, con tutte le sue decorazioni e le medaglie al valore. Si potevano infine osservare le catapulte, le torri per l'assedio e ogni tipo di armi per l'attacco e la difesa.

Mentre stavano scendendo la scalinata esterna, Carlotta vide una scena che la lasciò piacevolmente incantata. In cima a un grande e secolare cedro pendulo del Libano, con le sue fronde che piovevano verso il basso, formando un'immensa campana frastagliata tanto da sembrare un enorme elefante verde, sostava un bellissimo barbagianni bianco. I suoi occhi grandi, illuminati dalla luna, scintillavano come due diamanti.

Lei bloccò l'uomo e, sottovoce, gli disse: «Fai piano, non fare rumore. Guarda quel barbagianni sul cedro, sembra finto da quanto è bello. È una scena da favola».

«Oh, mamma mia, hai ragione. Con lo sfondo di questa luna sembra finto, come la scena di un film fantastico. Certe volte la natura ci offre immagini che scatenano in noi una fantasia che...»

In quel momento il volatile spiccò il volo, spiegando le sue candide ali e, con una virata, si allontanò, spandendosi sul chiarore lunare. I due insieme mormorarono: «Peccato, è volato via».

L'uomo, seguendo con lo sguardo il volo del candido uccello, ricominciò: «Però, guarda che meraviglia! Il suo volo silenzioso si perde nella luna... È fantastico».

Quindi si incamminarono. Voltandosi indietro, la donna si accorse che, dietro alla finestra dov'era stata concepita, la madre li spiava mentre si avviavano verso l'auto. La duchessa aprì la portafinestra fino a portarsi sul parapetto del terrazzo semi ovale per guardare meglio. Sua figlia, con un gesto elegante, la salutò per poi salire in macchina e partire con il marito che, in seguito, si fermò davanti a un ristorantino caratteristico fuori dalle mura di Rieti. Il proprietario, con galanteria, li fece accomodare nel miglior tavolo. Facendo un leggero inchino, si rivolse a lei: «Contessa Carlotta, quale onore averla di nuovo nel mio locale. Ne è passato di tempo dall'ultima volta che ci onorò con i suoi genitori, eh? Spero stiano bene».

«Grazie, Attilio, stanno benissimo. Porterò loro i suoi saluti. Papà ne sarà felice. So che andate a caccia insieme, o avete smesso?»

«Non del tutto, ma sempre più raramente.»

«Bene, sono contenta, sono sempre stata contraria alla caccia. Oh, ma ancora non le ho presentato mio marito: il commissario Vittorio Marini.» Dopo, girandosi verso di lui, finì le sue presentazioni. «Vittorio, lui è Attilio, il proprietario del miglior ristorante della Sabina, se non d'Italia.»

I due si diedero la mano. Quindi Attilio mormorò alla bellissima donna: «Cara Contessa, sono davvero lusingato del suo complimento, ma credo sia esagerato».

«No, assolutamente, come ho mangiato qui non ho mangiato da nessuna parte al mondo. E questo non è un complimento, ma un fatto.»

Attilio, accennando un inchino dopo aver acceso le candele poste sul candelabro al centro del tavolo, si dileguò. Carlotta allora si rivolse al marito. «Conosco Attilio da tanti anni, da quando ero più giovane.»

«Hai un tuo ritratto in soffitta che invecchia al posto tuo o cosa?»

«Amore, cosa vuoi dire? Che sciocchezza è?»

«Voglio dire che non mi sembri invecchiata neanche un

po' dal primo momento che ti ho incontrata. Sei sempre più bella e affascinante, mia cara.»

«Grazie, amore mio, ma non sono uscita dalla penna di Oscar Wilde... Non sono Dorian Gray. Sono solo la tua Carlotta.»

«Non sei niente male, ti prenderò come dessert.»

«Beh, prima ceniamo. Il tavolo lo abbiamo trovato, no?»

«Sì, certo, comunque tu riusciresti ad avere un tavolo ovunque.»

«Sì?»

«Non fare quella faccia, intendevo farti un complimento... Tutto qui.» Mentre parlava, lui spostava la testa qua e là per non farsi impallare dal candelabro. Poi, stufo di questo movimento, chiamò un cameriere e lo fece portare via. E di nuovo ricominciò a parlare. «Oh, adesso sì che possiamo conversare senza guardare una partita di tennis... Mi stava venendo il torcicollo. Non abbiamo bisogno di candele, ci sei tu che illumini tutt'intorno. Mi hai illuminato fin dal primo momento che ti ho vista in aereo, sembravi un sogno.»

I due si erano conosciuti in aereo, quando occupavano gli stessi sedili uno vicino all'altra. Carlotta era in viaggio per Milano, doveva partecipare a una serata di beneficenza, invece Vittorio era in missione per seguire le indagini su una colossale truffa perpetrata ai danni dello Stato. Cominciarono un colloquio cordiale e interessante. Lui le chiese il motivo per cui stava viaggiando verso Milano e lei, in risposta, gli spiegò che aveva un impegno importante. Il loro dialogo li avvicinò sempre più l'uno all'altra. Vittorio, sentendo che anche Carlotta era sola a Milano, si permise di invitarla a cena. «Nonostante il suo impegno, vorrei che cenassimo insieme. Le va?»

Lei scosse la testa. «Mi piacerebbe ma, come ho detto, sono impegnata. Dovrò partecipare a un evento, ecco perché sono diretta a Milano.» Subito, però, le venne in mente che poteva portare un ospite, e fu proprio lei a invitarlo alla manifestazione in cui ci sarebbe stata anche la cena. I due legarono moltissimo. L'uomo non riusciva a toglierle gli occhi di dosso, tanto era rimasto fulminato dalla bellezza raffinata della donna, e anche lei non rimase indifferente al fascino che emanava Vittorio. Così passarono una meravigliosa serata, parlando del più e del meno con allegria e cordialità. Finita la serata, ognuno andò per i fatti propri. Carlotta era ospite di sua cugina, Margherita Pallavicini Sforza, sorella della contessa che a Roma aveva fatto passare a lui quella noiosissima serata. Margherita abitava in viale Manzoni, e Vittorio con il taxi accompagnò Carlotta, poi si scambiarono i numeri di telefono. Prima di scendere dall'auto, lei diede un bacio sulla guancia al suo affascinante accompagnatore, che rimase estasiato da quel congedo. Tornato a Roma, cominciò a frequentare sempre più assiduamente il castello di Carlotta che, a sua volta, passava sempre più tempo nella sua casa in via dell'Oca. La loro frequentazione andò avanti fino a che non si confessarono il loro amore, per poi convogliare a nozze.

Cenarono cordialmente, scambiandosi complimenti e tenerezze. Carlotta era felice come non lo era mai stata. Finalmente era riuscita a portare il marito al castello, lo aveva tutto per sé, e nessuno poteva portarglielo via. Gli aveva vietato di portarsi dietro il cellulare dell'ufficio per non essere rintracciato dal dipartimento. Questa volta Ciccarelli non lo avrebbe contattato per rovinarle la bella vacanza che era riuscita a strappare alla routine della città, oltre ad avere il suo Vittorio in esclusiva. Questa volta non poteva accadere che il maresciallo lo contattasse come aveva già fatto l'anno precedente, quando stavano felicemente festeggiando il suo trentacinquesimo compleanno. Ciccarelli gli aveva telefonato, e lui era stato costretto a intervenire per l'indagine che stava seguendo, guastando a lei la serata. Ora, invece, erano lì al ristorante, dove avevano consumato una cena magnifica. Attilio aveva sfoderato tutta la sua esperienza di grande chef, servendo piatti caratteristici che avevano ingolosito Vittorio al punto che si era abbuffato, deliziandosi di quelle leccornie. Finito di cenare, la coppia lo salutò, e i due si incamminarono verso il castello.

Le finestre della camera erano chiuse per tener fuori il freddo autunnale che spirava dalla cima innevata del grande monte, ma uno spiffero agitava le tende di pizzo veneziano. Vittorio, prima di salirci sopra, volle provare la resistenza del letto di rovere a baldacchino, visto che l'ultima volta uno di quei letti gli era crollato addosso nella foga dell'amplesso. Il giaciglio era alto, antico e solido, e li accolse dentro le lenzuola che emanavano una fantasia di odori. Carlotta, tra gli altri, scorse il profumo del fieno. Il marito le prese la mano e se la poggiò sul petto, e lei sentì contro il palmo della mano il battito possente del suo cuore. Il cuore che Vittorio le aveva regalato perché l'amava sopra ogni altra cosa al mondo. La voglia di fare l'amore non tardò ad arrivare...

Capitolo 21

Piero, Carolina e Miranda, con il suo pancione, erano a Villa Borghese, seduti sulle tribune d'onore di piazza di Siena, dove si stava svolgendo il concorso ippico internazionale per stabilire chi fosse il campione del mondo. In quel momento era la volta di Marco che, con il suo cavallo, stava effettuando il percorso netto con un tempo eccezionale. Sulle tribune tutti si alzarono in piedi per applaudire il cavaliere e il suo magnifico percorso. I giudici di gara stabilirono la parità tra Marco Silvestri e un altro cavaliere: un americano che avrebbe voluto portare la coppa nel Nuovo Mondo, ma l'abilità di Marco aveva fatto crollare le sue speranze. Il percorso netto dei due non aveva dato alla giuria la possibilità di stabilire una vittoria, visto che erano in parità. Così si dovette ricorrere al barrage per stabilire il campione. Si partì dal metro e sessanta; giunti ai due metri Marco, con il suo magnifico cavallo, un baio maremmano migliorato, balzando a tre, superò la prova senza difficoltà. L'altro cavaliere ebbe sorte peggiore. Il suo cavallo, che era un magnifico mezzosangue grigio, toccò con le zampe posteriori le barriere, e quelle cominciarono a dondolare. Tutto il pubblico si alzò in piedi con il fiato sospeso. Sembrava che ce l'avesse fatta, ma d'un tratto le barriere caddero, allora la vittoria fu consegnata, con la coppa e l'assegno, al grande cavaliere Marco Silvestri, che diventò campione del mondo.

Dopo la cerimonia della consegna del premio, i quattro

amici passeggiavano allegramente per i giardini di Villa Borghese. Ogni tanto qualche fan chiedeva l'autografo al campione, che lo rilasciava con soddisfazione. Dopotutto, essere il campione lo stava rendendo orgoglioso, difatti non stava nella pelle. Aveva partecipato al concorso ippico più prestigioso e aveva vinto, portandosi a casa la coppa e il premio in palio. Inoltre, era stato il migliore tra i migliori cavalieri del mondo. Era talmente felice e orgoglioso che saltava dalla gioia.

Sia Marco che gli altri tre erano felici come non lo erano mai stati, nonostante le vicissitudini di cui erano stati vittime. Ma il tempo lenisce ogni dolore, facendo pian piano impolverare i drammi che ci hanno colpito, creando intorno alle vicissitudini una patina che sbiadisce il dolore. Per loro dimenticare del tutto sarebbe stato impossibile, ma la vita doveva continuare, anche se nel cuore la ferita sarebbe rimasta aperta per sempre. Erano usciti dall'incubo che li aveva colpiti, e stavano pian piano dimenticando i loro tormenti, godendosi quel meraviglioso tramonto. Il sole basso si specchiava dentro il laghetto di Villa Borghese in un controluce magico. Le loro figure si stavano disegnando sulla tela di quel magico crepuscolo, il crepuscolo delle loro sofferenze, il cui balsamo era l'amore che univa le due coppie. Piero amava Carolina, che lo ricambiava, e Marco amava Miranda, come lei amava lui. Erano rimasti solo loro, ed erano una famiglia unita nell'amore e nel dolore.

Mentre camminavano, Miranda stava per mettere un piede sopra un grande ragno che sembrava vero, invece era di plastica, tenuto al guinzaglio da una bambina che, quasi urlando, le disse: «Attenta! Stavi per schiacciare Spider...».

Miranda si girò a guardare il ragno giocattolo e venne colta da un sussulto. Il sorriso che aveva stampato sulle labbra le si spense di colpo, e il labbro superiore assunse una smorfia tremolante al pari delle mani che ebbero un tremore. Incredula e sorpresa, credette di scorgere in quel ragno un leggero movimento. Solo una frazione di secondo e i suoi organi visivi si accesero. In quel momento si scosse, emettendo un leggero singhiozzo che la lasciò senza aria. Credette di vedere negli occhi di quella plastica nera e pelosa lo scorrere della vita. Per un attimo quasi impercettibile sentì nella sua mente la forza del diavolo, ma era solo una sensazione e niente più, dovuta alla vista di quell'animale che assomigliava in modo stupefacente ad Aracne in miniatura. Poi scrollò la testa per scacciare quel pensiero, e non ci ragionò più di tanto. Il suo cuore era come una landa sperduta, assetata di pioggia che potesse inondare l'aridità che aveva arso il suo cuore. Voleva rinascere e ricominciare a vivere la sua vita, partorendo il figlio che portava in grembo e crescendolo nella felicità. Sempre coltivando il suo amore per Marco. Questo era ciò che stava maturando nella sua anima, e non voleva che niente e nessuno intralciasse lo splendore che auspicava per la sua famiglia. Non poteva immaginare che il demonio ci mettesse ancora la coda per far naufragare la sua nave, sbattendola contro gli scogli.

I quattro continuarono a passeggiare fino ad arrivare sulla riva del laghetto. Erano stati attori di copioni che avevano messo in scena la drammaturgia, e chiuso il sipario sulla vita delle persone che amavano. Un atto che non volevano più che andasse in scena. In quel momento erano felici, nonostante le disavventure che, qualche tempo prima, li avevano visti protagonisti. Tanto più che nella loro famiglia stava per nascere una nuova vita. Mancavano solo un paio di mesi al dolce evento, e Miranda voleva che il bimbo si chiamasse

Enrico, come l'amato fratello. Marco acconsentì, così le due coppie erano in dolce attesa che arrivasse Enrico Silvestri, il quinto componente della loro famiglia. La vittoria di Marco, per il momento, aveva scacciato ogni loro incubo. Si sedettero in riva al laghetto, ammirando l'acqua che scintillava colpita dal sole basso che ammantava il greto, colorandolo d'oro. A Miranda venne la voglia di toccare l'acqua e infilò una mano dentro quell'oro fuso. Al contatto il laghetto cominciò a tingersi di rosso sangue, e la sua mano si trasformò in un artiglio demoniaco. Se fosse un film, in questa scena scorrerebbero i titoli di coda...

Il presente è in mano alle forze del male, ecco perché nel mondo c'è tanto dolore e tanta sofferenza, carestie, malattie, guerra e calamità naturali, per non parlare delle esperienze più comuni di odio, solitudine e morte. Ma in futuro tutto ciò che è male sarà distrutto e rimarrà solo il bene; non ci saranno più fame, pena, sofferenza, dolore o morte, ma solo il volere di Dio, che regnerà sovrano sulla terra.

Bart D.
Ehrman

Special Thanks

Almax Magazine
Rita Nisticò
Manolo Cristian
Musa Grafica
Evelyn Storm

Sommario